कानन-कानन

(कहानी संग्रह)

बाल कृष्ण सक्सैना

डायमंड बुक्स

www.diamondbook.in

उद्घोषणा

प्रस्तुत कहानियां काल्पनिक घटनाओं पर आधारित हैं। पात्रों के नाम, स्थान व घटनाएं भी काल्पनिक हैं। यदि किसी काल्पनिक पात्र की समानता किसी भी जीवित या स्वर्गीय व्यक्ति से हो तो यह केवल संयोगात्मक होगा। इस संयोगवश समानता के लिए लेखक व प्रकाशक उत्तरदाई नहीं होंगे।

प्रकाशक : डायमंड पॉकेट बुक्स प्रा. लिमिटेड
X-30, ओखला इंडस्ट्रियल एरिया, फेज-II
नई दिल्ली-110020
फोन : 011-40712200
ई-मेल : sales@dpb.in
वेबसाइट : www.diamondbook.in
संस्करण : 2023

Kanan Kanan

by : *Bal Krishna Saxena*

: समर्पण :

यह कहानी संग्रह 'कानन-कानन' ससम्मान समर्पित है

मेरी पत्नी *श्रीमती नीलम सक्सैना* को

जिनकी प्रेरणा और सहयोग से

मैं लेखन के क्षेत्र में कदम-कदम बढ़ता गया

बाल कृष्ण सक्सैना की अन्य रचनाएं

१. हाफ़ डे लीव
२. प्रैशर रिलीज़
३. श्यूं... पिग्गी बैक राइड
४. लाल का कमाल
५. हीरो मुन्नालाल
६. फत्तो मौसी
७. डैडी जी की सेवा
८. अन्नापूर्णा
६. पंक्चुअल साहब
१०. मामा तारनहार
११. जुगाडू गृहणी
१२. बाज़ार की चाट
१३. हमारे सरकारी बैंक
१४. सरकारी टक्कर
१५. गुलेल का खेल
१६. चाचा जी थाइलैंड वाले
१७. संडास की सैर
१८. मुफ़्त की चुस्की
१६. रब दी मेहर
२०. नमस्ते-नमस्ते

---

१. हाय! मेरी पिचकारी
२. मुझे इन्तज़ार रहेगा
३. करमजली
४. कैसा फितूरी
५. एफ़.आई.आर. न.१
६. लुच्चा सब तों उच्चा
७. पटरियाशास्त्र
८. नो पार्किंग प्लीज़
६. शराबी कालू
१०. किसकी दीवाली?
११. महामारी-चाय पानी की
१२. शिकारी की हदें
१३. गिल्लू रे गिल्ल
१४. कड़वी आइसक्रीम
१५. ऐसा दोस्ताना
१६. एन.सी.सी.
१७. सत्यमेव जयते
१८. क्या हम बेवकूफ़ हैं?

आर्डर करने हेतु सम्पर्क करें :-

Manro Books - manrobooks.22@gmail.com, M0. : 9810233453

मन की बात

बाल कृष्ण सक्सैना

मैं सदा प्रयत्नशील रहता हूं कि जीवनरुपी मनोहर कानन में रंग बिरंगी तितलयों की भांति विचरती जीवन गाथाओं को कहानियों में ढालता रहूं। जिस प्रकार प्रत्येक तितली की चपल उड़ान में एक नवीन उमंग, एक अनूठी तरंग सी दिखाई देती है, उसी प्रकार हर रचना के माध्यम से एक नई उड़ान भरने का प्रयास करता हूं।

हर कहानी को एक चुनौती के रुप में लेते हुए प्रत्येक क़िरदार में प्रवेश कर उसकी भावनाओं, उसके मन को जानने की चेष्टा करता हूं। मुझे ऐसा प्रतीत होता है मानो कि मैं क़िरदार के हृदय में प्रवेश करके, उसकी मनःस्थिति जान लेता हूं। फिर तो स्वतः ही अनुकूल वाक्य, उपयुक्त भाषा-शैली व शब्दावली उभर कर मेरी लेखनी के माध्यम से निसरित होने लगती है। स्थान, समय, स्थिति, व क़िरदार के व्यक्तित्व के अनुकूल ही संवाद लिखना मेरी प्राथमिकता रहती है। मैं तो बस कानन-कानन भ्रमण करता रहता हूं, भांति-भांति के पुष्प एकत्र कर एक पुष्प गुच्छ बनाकर कहानी का रुप दे देता हूं।

अपनी प्रथम कहानी संकलन 'स्मृति गंध' व दूसरे कहानी संग्रह 'अनुगूंज' के पाठकों की प्रतिक्रियाएं मेरे लिए उत्साहवर्धक रहीं। पाठकों की समीक्षा, सुझाव व टिप्पणियां मेरे लेखन के लिए अत्यन्त शिक्षाप्रद व प्रेरणादायक होती हैं। परन्तु उन आलोचक पाठकों का मैं बहुत ऋणी हूं जो समय-समय पर मेरी ख़ामियों को सम्मुख लाकर और रचनात्मक आलोचना से मेरा मार्गदर्शन करते रहते हैं।

कहानियों का तीसरा संकलन समर्पित करते हुए मुझे हर्ष हो रहा है। सदैव यही प्रयास करता हूं कि मेरी कहानियां आम आदमी के जीवन के इर्दगिर्द घूमती दिखाई दें। अपने अनुभवों को कहानी के माध्यम से अभिव्यक्त करना मुझे बहुत अच्छा लगता है। कहानी को वास्तविकता का जामा पहनाने के लिए प्रत्येक क़िरदार के अन्र्तमन में झांककर उसकी भावना, उसके एहसास को जानना बहुत आवश्यक होता है। जितनी

गहराई में गोता लगाया जाए उतना ही वास्तविकता को नज़दीक से देखा जा सकता है। बस इसके उपरान्त ही एक जीवंत कहानी का सृजन करने में सफ़लता मिलती है। जैसा कि संत कबीर दास जी ने कहा है :-

जिन खोजा तिन पाइया गहरे पानी पैठ
मैं बपुरा बूडन डरा रहा किनारे बैठ

बस इसी से प्रेरणा लेकर मैं साधारण जन व साधारण जन-जीवन के मन की गहराइयों में गोते लगाकर कुछ नवीन खोज लाने की चेष्टा करता रहता हूं। मेरे विचार से कहानी के माध्यम से यदि समाज को कुछ संदेश दिया जा सके, किसी समस्या को उजागर किया जाए या फिर पाठक को कुछ सोचने पर मजबूर कर सके तो वह कहानी सफ़लता के मापदण्ड पर खरी उतरती है। इसी दिशा में कार्य करने में सदैव प्रयत्नरत रहता हूं। किसी भी रचना का सर्वोत्तम आंकलन केवल पाठकगण ही कर सकते हैं, अतः मुझे उनके सुझावों की सदैव प्रतीक्षा रहती है।

कानन-कानन के प्रकाशक, डायमंड बुक्स के चेयरमैन, श्री नरेन्द्र जी तथा उनके स्टाफ़ का तहे दिल से आभारी हूं जिन्होंने अपनी व्यवसायिक कुशलता से इस संग्रह को इतने सुन्दर स्वरुप में प्रस्तुत किया।

-बाल कृष्ण सक्सैना

शुभ संदेश

डॉ. उमा यदुवंश

कहानी संग्रह 'अनुगूंज' व 'कानन-कानन' की प्रत्येक कहानी को पढ़ा व उसके संदेश को समझा। कहानियों का विमोचन और आंकलन कर अपनी टिप्पणी भेज रही हूं। कहानियों का प्रत्येक पात्र अपनी ही एक अलग भाषा में संवाद करता है। सारे पात्र अपनी भाषा पर पूरी पकड़ रखते हैं और उनके मुख से निकले वाक्य स्थिति के अनुकूल हैं, वाजिब हैं। कहानियों में सामाजिक ढांचे की अनछुई परतों को परत दर परत उजागर कर दर्शाया गया है। यह वह पहलू हैं जो हमारे बुद्धिजीवी वर्ग से सम्भवतः अनछुए रह गए हैं।

जिस दक्षता से लेखक ने कहानी के पात्रों की भावनाओं, विचारों व दृष्टिकोण का चित्रण किया है और समय समय पर व्याख्या देकर समझाया है, वह लेखक की परिपक्वता दर्शाता है। यह लेखन शैली चुनौतीपूर्ण है।

'अनुगूंज' व 'कानन-कानन' हिन्दी साहित्य में कहानी लेखन में मौलिक रुप से एक नया प्रयोग कहा जा सकता है। मुझे विश्वास है कि वह पाठक वर्ग जो कि सामाजिक व इन्सानी रिश्तों के अध्ययन-चिंतन में रुचि रखते हैं इस पुस्तक की ओर अवश्य आकर्षित होंगे।

आप में अपने को व्यक्त करने की असीम प्रतिभा है, सारांश यह है कि आपकी भाषा बहुत दमदार है, आपकी सोच एक ज़मीनी सच्चाई है और सभी चरित्र आशावादी हैं। मैं इस लेखन शैली की सराहना और ज़ोरदार स्वागत करती हूं। इस पुस्तक की सफ़लता के लिए मेरी शुभकामनाएं।

-डॉ. उमा यदुवंश
रीडर, दौलत राम कॉलेज
दिल्ली विश्वविद्यालय

अनुक्रम

"कहानी संग्रह पढ़ने में अनुमानित समय- घंटे:मिनिट:सैकिण्ड ३:४५:००"

अनोखे ख़ुराफ़ाती

- १२:०० मिनट -

पांच दोस्त, पांचों एक से बढ़कर एक शैतान। नित नए बखेड़े खड़े करना, हमेशा एक दूसरे का साथ देना, भले ही मित्र ग़लत काम कर रहा हो, इनका स्वभाव बन चुका था। इतना ही नहीं, आपस में भी ज़रा-ज़रा सी बात पर हाथापाई करने में कोई कसर नहीं छोड़ते थे। न जाने किस मिट्टी के बने थे, किस सांचे में ढाले गए थे। उनकी हरकतें देख-जान कर सब की हंसी के गुब्बरे छूट जाते, य फिर दांतों तले अंगुली दबा लेते। क्या इतने छोटे बच्चे इस हद तक शैतानी कर सकते हैं?

सब के सब एक सरकारी स्कूल में पढ़ते थे। पहले का नाम सुरेश, पिता चाट पापड़ी का ठेला लगाते थे, नाम पड़ गया 'पापड़ी', दुबला पतला, आयु १० वर्ष, चौथी कक्षा का छात्र। दूसरा चमन, पिता साइकिल पर डबलरोटी बेचते थे, पांचवीं का छात्र। तीसरे महानुभाव का नाम दीनदयाल, नाम पड़ गया 'दीना', पांचवीं का छात्र, पिता पारिवारिक कोयले की टाल चलाते थे। चौथा था सतपाल उर्फ़ सत्तू, चौथी कक्षा का छात्र, पिता की नाई की दुकान। पांचवां सूरमा था सत्तू का चचेरा भाई, परमा जो कि तीसरी कक्षा का छात्र था। टोली का सबसे छोटा सदस्य अपने बड़ों को गुरु मानकर उनके पद चिन्हों पर चलता हुआ उनके गुण अपना रहा था। इस ख़ुराफ़ाती टोली के सभी बच्चे ७ से १० वर्ष की उम्र के बीच के ही थे।

स्कूल की पूरी छुट्टी होने पर सब साथ साथ घर की ओर चल पड़ते। स्कूल से घर तक का पूरा रास्ता उनकी प्रयोगशाला था, सारे रास्ते कुछ न कुछ नई शैतानी करने के तरीके खोजते और आज़माते रहते थे। रास्ते में अच्छे रिहाइशी इलाके पड़ते थे। यहां पर बताना आवश्यक है कि पुरानी रिहाइशी कॉलोनियों में मकानों की कतारों में पीछे की ओर एक गली अवश्य होती थी जिसको *सर्विस लेन* कहा जाता था। प्रत्येक घर के पीछे आंगन होता था जिसका दरवाज़ा *सर्विस लेन* में खुलता था। मकानों के सामने की

चौड़ी सड़क पर आवाजाही लगी रहती थी, परन्तु पीछे की सर्विस लेन, ख़ासतौर पर भरी दोपहरी में तो बिल्कुल ही सुनसान रहती थीं। सर्विस लेन के दरवाज़े प्रायः बन्द ही रहते थे, क्योंकि इन दरवाज़ों का इस्तेमाल बहुत कम होता था, अतः यह पीछे के दरवाज़े कभी कभार ही खोले जाते थे।

बस इसी वजह से यह गलियां जिसे *सर्विस लेन* कहते हैं, उनकी पसंदीदा शिकारगाह बन गईं थीं। शैतानों की टोली इन गलियों से होकर ही रोज़ निकलती। रास्ते में पेड़ों की डालियां तोड़ते चलते थे। गली में एक दरवाज़े की लकड़ी फूली हुई थी, डाली ज़ोर से मारी तो ढोल जैसी आवाज़ आई। बस फिर क्या था, सब चालू हो गए, ढम-ढमा-ढम, ढम-ढमा-ढम करके कोहराम मचा दिया। एक महिला अन्दर से चिल्लाईं, कौन है, यह क्या कर रहे हो?

'माता जी ढोल बजा रहे हैं।' एक ने जवाब दिया।

'ठहर जाओ मैं तुम्हारा ढोल बजाती हूं।'

जैसे ही उन्होंने दरवाज़ा खोला सब भाग खड़े हुए। अगले दिन शैतानों ने पैंतरा बदल दिया। सबसे पहले बाहर से दरवाज़े का कुण्डा लगा दिया और फिर अपना ढोल बजाने का कार्यक्रम शुरु कर दिया, ढम-ढमा-ढम, ढम-ढमा-ढम।

'ओए बेशरमों फिर आ गए, आज मैं तुम्हें नहीं छोड़ूंगी।' कहकर महिला दरवाज़ा खोलने लगीं, पर यह क्या कर दिया? दरवाज़ा तो खुल ही नहीं रहा, लगता है बदमाशों ने बाहर से कुण्डी लगा दी है। जब तक बेचारी माता जी मकानों की परिक्रमा कर पिछले दरवाज़े तक पहुंची तो सब ठहाके लगाते भाग गए

अगले दिन माता जी हाथ में डंडा ले दरवाज़ा खोल कर चारपाई बिछाकर बैठ गईं। उन्हे बैठा देख शैतान पास नहीं आए, दूर से ही शोर मचाने लगे- माता जी ढोल बजाना है, माता जी ढोल बजवा लो आदि-आदि।

बेचारी माता जी परेशान हो गईं, दोपहर में वह घर में अकेली ही रह जातीं थीं, समझ गईं कि इन शैतानों से गुस्सा करके काम नहीं चलेगा। इनको तो प्यार से बात करके ही काबू करना होगा। सो अगले दिन गली के मुहाने पर पहुचीं, बच्चों को आता देख मुस्कुरा कर उनको बुलाया, 'डरो नहीं, बेटा मेरे पास आओ, तुम तो बहुत प्यारे बच्चे हो, मैं तुमसे बिल्कुल नाराज़ नहीं हूं।'

माता जी ने बहुत प्यार दुलार से बात की, 'बेटा मैं तो तुम्हारी दादी के समान हूं, मेरा पोता भी तुम्हारे जैसा है। हाथ जोड़ती हूं, बेटा मुझे क्यो सताते हो? तुम तो बहुत अच्छे बच्चे हो न।' माता जी ने इतने अनुनय विनय से बात करी कि शैतान

बच्चे एकदम प्रभावित हो गए और सबने एकमत से उन्हें कभी भी तंग न करने का आश्वासन दे दिया।

बात की बात में सत्तू बोला, 'माता जी सच्ची बात तो यह है कि हमें दरवाज़े पीटने में, लोगों को तंग करने में बड़ा मज़ा आता है, क्या करें। अब हम कोई और दरवाज़ा ढूंढते हैं।'

अब माता जी को भी शरारत सूझी- 'दूर क्यों जाते हो? दरवाज़ा ही पीटना है तो वह जो कोने वाला मकान है न, उसका दरवाज़ा बड़ा अच्छा बजता है। वहां ढोल बजा लिया करो।'

'लेकिन उस मकान में रहता कौन है?'

'मकान मालिक तो विदेश में रहते हैं देखभाल के लिए एक बुड्ढा नौकर रहता है, बड़ा खडूस है, बात बात पर चिल्लाता है, उसे सब ताउ कहते हैं। लेकिन देखो मेरा नाम न लेना, ठीक है न।' कहकर माता जी झटपट चली गईं।

बस फिर क्या था, एक नया शिकार मिल गया। तुरन्त पहुंचकर पहले तो ताउ के दरवाज़े का कुण्डा लगाया, फिर उसका ढोल बजाना शुरु कर दिया। अन्दर से ज़ोर की आवाज़ आई- 'अबे कौन है, क्या बात है बे?'

'ताउ जी नमस्ते।'

ताउ खोलने के लिए दरवाज़े की ओर लपका- 'नमस्ते की ऐसी तैसी, तुम हो कौन बे। ओत्तेरे की, सालों ने बाहर से कुण्डा लगा दिया, दरवाज़ा क्यों पीट रहे हो?'

'ताउ जी हम तो बस आपका ढोल बजा रहे हैं।' और भी ज़ोरों से दरवाज़ा पीटने लगे।

ताउ जब तक सामने के दरवाज़े से निकलकर पीछे गली में आता, तब तक सब दूर भाग खड़े हुए- 'ताउ तेरी ताई कहां है।' मुंह से सीटियां बजाने लगे।

बच्चे थे बहुत चालाक, शैतानी करने के बाद कुछ दिन के लिए अपना रास्ता बदल लेते थे। फिर अन्य गलियों का रुख कर वहां तमाशे के अवसर तलाशते, यही उनकी रणनीति थी। ताउ ने सोचा चलो एक दिन की बात थी, ख़त्म हुई। पर यह क्या, तीन दिन बाद फिर दरवाज़ा पीटा गया। 'ताउ जल्दी आ, तेरी ताई को चोर ले जा रहे हैं।'

'अबे हरामियों बहुत मारुंगा, तुम मुझे जानते नहीं हो।' पर वह ताउ के हाथ आएं तब तो।

अब ताउ ने भी उन्हें पकड़ने की योजना बनाई और दरवाज़े का बाहरी कुण्डा ही निकाल दिया, और रोज़ दोपहर दरवाज़े के पीछे बैठ उनकी प्रतीक्षा करने लगा। कुछ

दिनों बाद फिर टोली आ पहुंची। चमन ने कुण्डा बन्द करने को जैसे ही हाथ बढ़ाया, 'अरे यह क्या, कुण्डा कहां गया?'

ध्यान से देख, साले ताउ ने कुण्डा ही निकाल दिया है।' सत्तू ने समझाया, 'लेकिन अब क्या करें?'

'ऐसा करते हैं, सामने जो टाट की सड़ी-गली बोरियां पड़ी हैं न, उन्हें दरवाज़े पर लगी कील पर टांग देते हैं।' सबसे सीनियर सुरेश ने सुझाया।

कील ऊपर चौखट पर लगी थी, तो सुरेश ने सबसे छोटे परमा को कन्धे पर उठा लिया। सब इस बात से बिल्कुल अंजान थे कि ताउ दरवाज़े के पीछे बैठा सब कुछ सुन रहा था और झपटने को तैयूयार बैठा था। जैसे ही सुरेश परमे को उठा आगे बढ़ा, तो तैयार बैठा ताउ दरवाज़ा खोल उन पर झपट पड़ा। हड़बड़ा कर सुरेश ने संतुलन खो दिया, परमा ताउ के सिर पर गिरा, लम्बे-चौड़े ताउ को देख सब डरकर भाग गए। पर छोटे परमे को ताउ ने धर दबोचा, दनादन तीन चार तमाचे जड़ दिए- 'बोल बेटा अब दरवाज़ा पीटेगा, बताउं कहां है ताई?'

परमा रोते हुए बोल- 'मैं तो सबसे छोटा हूं, मैंने कुछ नहीं किया, मै तो बस उनके साथ स्कूल जाता हूं।'

दूर खड़े साथी शोर मचाने लगे- 'ताउ छोड़ दे, बच्चा है, तुझे तेरी ताई की कसम छोड़ दे।'

'क्या नाम है तेरा, कहां रहता है, अभी बुलाता हूं तेरे बाप को।' छोटा बच्चा देख ताउ ने डांट-डपट कर छोड़ दिया। लेकिन साथियों ने किसी और दिन उससे पिटाई का बदला लेने की ठान ली

अगले दिन से फिर नई शरारत तलाशने के लिए गली बदल ली गई। बैक लेन में अक्सर लोग घर का टूटा-फूटा सामान, कबाड़ आदि बाहर रख देते हैं। किसी के दरवाज़े पर रखी फटी दरी दूसरे के दरवाज़े पर लटका दी, और उसकी टूटी चारपाई किसी अन्य के दरवाज़े पर सजा दी। किसी के टूटे गमले किसी और के दरवाज़े पर पटक दिए, किसी की टूटी कुर्सी किसी तीसरे के द्वार पर। यानिकि सबके कबाड़ की आपस में अदला बदली कर पड़ौसियों में झगड़े का बीज बो दिया। हम तो चले अपना काम करके, अब पड़ौसी आपस में लड़ते-निबटते रहो।

कुछ और आगे बढ़े तो देखा एक घर के बाहर रेत, बदरपुर और रोड़ी की ढेरियां लगी थीं, शायद घर की मरम्मत करने का काम चल रहा था। तुरन्त मन में नया विचार जागृत हो गया। पास रखे फावड़े से कुछ रेत बदरपुर में डाल दिया और

कुछ रोड़ी में, फिर कुछ बदरपुर उठाकर रेत में और कुछ रोड़ी में डाल अच्छी तरह से मिला दिया। तीनों चीज़ें आपस में मिला कर तीनों की ऐसी तैसी कर के बहुत प्रसन्न हुए, यही उनकी प्रकृति थी।

स्कूल से घर के रास्ते में जो भी टहनियां, लकड़ी, पत्ते, कबाड़ आदि उठाते, रास्ते में किसी भी घर, दरवाज़े की भेंट कर देते, अपने घर कुछ नहीं लेकर जाते थे। एक बार रास्ते में एक मरा हुआ कौवा पड़ा मिला, सोचने लगे कि इसका क्या सदुपयोग हो सकता है। पापड़ी ने कहा- 'अरे ताउ को तो हम भूल ही गए, चलो आज यह तोहफ़ा उस को ही देते हैं।'

क्योंकि ताउ से भिड़न्त हुए बहुत दिन बीत चुके थे, उससे ख़तरे की सम्भावना नहीं थी, इसलिए सत्तू ने सहमति दे दी। मरे हुए कौवे की टांग सुतली से बांधकर लटकाते हुए चल दिए ताउ की गली। सावधानी से दरवाज़े के हैंडिल से मरा कौवा लटकाकर, जल्दी से दो-चार बार दरवाज़ा पीटकर दूर भागकर खड़े हो गए और ताउ की प्रतिक्रिया का आनन्द लेने की प्रतीक्षा करने लगे। जल्द ही ताउ भुनभुनाता हुआ बाहर निकला तो कौवे को देख भौंचक्का हो पीछे को हट गया। सारी टोली ठहाका लगाने लगी। 'ताउ डरो नहीं, यह मरा हुआ है, काटेगा नहीं, यह तोहफ़ा तुम्हारे लिए चुन के लाए हैं।' कहकर भाग गए। ताउ बेचार दांत पीसता रह गया।

नित नई शैतानी करने वालों की नज़र एक अनार से लदे पेड़ पर पड़ी, डालियां गली की ओर झुक रहीं थीं, तो अपने को रोक न पाए। तुरन्त जुगत लगाकर अनार तोड़ने शुरु किए ही थे कि आंगन से आवाज़ आई- 'कोई अनार तोड़ रहा है, चोर-चोर, पकड़ो।' जुगत में लगे तीनों बच्चे एक के ऊपर एक लुढ़क कर सड़क पर लोट गए, चोटें भी लगीं। इतने में दो आदमी संटी लिए दरवाज़े से बाहर निकले, सब बच्चों ने बेतहाशा भागकर अपनी जान बचाई। 'यह घरवाले तो बहुत बदमाश हैं, अब यहां कभी नहीं आएंगे।' सबने ठान लिया कि आइंदा इस मकान का रुख़ कभी नहीं करेंगे।

ऐसा चलन आज भी है कि भगवान की खन्डित मूर्तियां, चित्र आदि इधर-उधर फेंकने की बजाय प्रायः लोग पीपल के वृक्ष के आस-पास छोड़ जाते हैं। रास्ते में इसी तरह एक पीपल के वृक्ष पर उनकी दृष्टि पड़ी तो शरारत की अनेक संभावनाएं सूझ गईं। जिस घर से अनार तोड़ने में विफ़ल हुए थे उसके प्रति मन में कुण्ठा तो थी ही, बस उसको ही निशाना बनाने की ठानी। सबने हाथों में खन्डित मूर्तियां, चित्र आदि उठाए और उस मकान के दरवाज़े के बाहर सजा दिए, चित्र दरवाज़े पर टांग दिए। फिर ज़ोरों से दरवाज़ा पीटकर अपनी कारिस्तानी का नतीजा देखने के लिए गली के

नुक्कड़ पर जा खड़े हुए, अपनी शरारत का चरमोत्कर्ष देखने में ही तो शरारत करने का असली मज़ा छिपा होता है।

एक आदमी बाहर लपकता हुआ आया तो दरवाज़े पर इतनी सारी मूर्तियां देखकर भौंचक्का रह गया, डर कर एक कदम पीछे हटा फिर चिल्लाया- 'भाई साहब, भाभी जी जल्दी बाहर आइऐ, देखिए यह क्या हो गया, किसी ने टोटका कर दिया। इतनी सारी भगवान जी की मूर्तियां कहां से आ गईं?'

एक आदमी और एक महिला तुरन्त बाहर आए, दरवाज़े पर चित्र लटके और ढेर सारी मूर्तियां देख घबरा से गए। महिला बोलीं- 'शर्तिया किसी ने जादू टोना ही किया है, किसी चीज़ को हाथ मत लगाना, जल्दी से एक ओझा को बुलवाइए, वही इसका उपचार करेगा।'

तभी उनमें से एक आदमी की नज़र नुक्कड़ से झांकते लड़कों पर पड़ी, तो चीख पड़ा- 'वह रहे बदमाश, उस दिन भी वही थे, यह सब उन्होंने ही किया होगा।' वास्तव में स्कूल यूनीफ़ॉर्म से उनकी पहचान हो गई थी।

'भागो-भागो, पकड़ो सालों को' दोनों शोर मचाते पीछे भागे। आता देख सब तेज़ी से भाग खड़े हुए, भला बच्चे उनके हाथ आने वाले थे।

रास्ते में खेल के सामान की एक छोटी सी दुकान पड़ती थी। सारे शैतान दुकान के मालिक चीमा लाल को सामान ख़रीदने के बहाने घेर लेते, अनेक वस्तुएं देखते और मौका पा कर चालाकी से कभी लटटू, कंचे, फिरकी आदि पर हाथ साफ़ कर देते। उसे शक तो था ही, एक बार रंगे हाथों पकड़े गए तो पिटे भी थे। चीमा से पिटाई का बदला लेना तो बनता ही था। दोपहर को रोज़ वह दुकान बन्द कर अन्दर विश्राम करता था। बस यही समय था उससे बदला लेने का। कुछ दिनों बाद पीपल के पेड़ से कलावा, फूलों की पुरानी मालाएं, अगरबत्ती-धूप के सूखे टुकड़े, फूल पात आदि लाकर उसकी दुकान के बाहर दरवाज़े पर सजा दिए। आदत के अनुसार दरवाज़ा पीटकर प्रतिक्रिया का आनन्द लेने की प्रतीक्षा करने लगे। बौखलाया चीमा बाहर का नज़ारा देख असमंजस में पड़ गया। बच्चों ने आवाज़ लगाई- 'चीमा बेटा आज तेरी शादी है। सबको एक एक लटटू तो दे।' उस दिन के बाद से बेचारे चीमा लाल ने दोपहर को आराम करना ही बन्द कर दिया।

एक बार सड़क पर एक मरा हुआ कुत्ते का पिल्ला देखा तो शरारत करने को जी मचलने लगा। एक मोटी टहनी के बीच पिल्ले को लटकाकर एक छोर से दीना ने पकड़ा और दूसरे से पापड़ी ने और चल पड़े अन्तिम संस्कार करने। एक घर में सफ़ेदी चल

रही थी, उंची दीवारों पर दो पेन्टर सीढ़ी पर चढ़े काम कर रहे थे। नीचे सड़क पर पेन्ट से भरा एक बड़ा ड्रम रखा था। शैतानों की टोली आराम से चलते चलते ड्रम के पास पहुची, चारों तरफ़ देखकर स्थिति का जायज़ा लिया। दोनों पेन्टर सीढ़ी पर चढ़े काम में व्यस्त थे। शैतान जानते थे कि यदि पेन्टर एकदम नीचे उतरना भी चाहेंगे तो कम से कम एक मिनट तो लगेगा ही, इतना समय उनके भाग जाने के लिए बहुतेरा था।

बच्चों को ड्रम के पास मंडराता देखकर एक पेन्टर को कुछ शक हुआ तो वह अपना हाथ रोककर उनकी हरकत देखने लगा। सत्तू से इशारा पाते ही मरा हुआ पिल्ला पेन्ट के ड्रम के अन्दर उछाल कर डाल दिया। सीढ़ी पर चढ़ा पेन्टर ऊपर से चिल्लाया- 'अबे रुको, क्या कर रहे हो बे, ठहरो मैं अभी बताता हूं।'

दूसरा पेन्टर चिल्लाया- 'अरे पकड़ो-पकड़ो, लौंडे बदमाशी कर के भाग रह हैं, पेन्ट के ड्रम में कुछ डाल दिया है।'

पापड़ी बोला- 'ओए चाचा पहले नीचे तो उतर ले, ऊपर टंगे हुए क्या उखाड़ लेगा, पहले नीचे उतर के तो आ।'

जब तक पेन्टर सीढ़ी से उतर कर नीचे आया, सब भाग गए और दूर से सीटियां बजा कर चिल्लाए- 'पेन्टर जी कुत्ते को भी पेन्ट में घोट लो, बहुत अच्छा रंग आएगा, हमारी गारन्टी है।' अपनी कामयाबी की ख़ुशी मनाते घर की ओर चल दिए।

इतनी छोटी सी उम्र में इतनी दादागीरी, हमारे समाज में इस प्रकार के उद्दन्ड बालक बहुत जल्दी परिपक्व हो जाते हैं। उनके घर परिवार का माहौल, उनके माता पिता का आचरण, रिश्तेदार, पड़ौसी आदि ही उनके व्यवहार और आचरण को प्रभावित करते हैं। यदि इनको जल्दी ही ठीक रास्ते पर न लाया जाए तो बड़े होकर यही समाज में असन्तोष और अराजकता फैलाने में अग्रणी होते हैं।

भविष्य में यह बालक क्या एक ज़िम्मेदार नागरिक का रोल निभा पाऐंगे, मुझे तो संशय है। अब तक तो यह सारे अनोखे ख़ुराफ़ाती वयस्क हो चुके होंगे, मन में बहुत जिज्ञासा है यह जानने की कि वह अब कहां होंगे, क्या करते होंगे, उनका आचरण कैसा होगा और क्या वह कानून का पालन करने वाले अच्छे नागरिक बन पाए होंगे?

समाप्त

पीर पराई

- ७:४५ मिनट -

मैं समझता था कि वह केवल अपनी कम्पनी के लिए ही संकटमोचक की भूमिका निभाते थे, परन्तु मैं ग़लत था। अपनी सामर्थ्यानुसार वह हर किसी की मुश्किल हरने का प्रयत्न करते, और यह उनके व्यक्तित्व का एक अभिन्न हिस्सा बन गया था। भारत की एक बहुत बढ़ी बहुराष्ट्रीय दवाई कम्पनी के जैनेरल मैनेजर सेल्स, सभी आधुनिक सुख सुविधाओं के अधिकारी होने के बावजूद उनमें अपने सामाजिक उच्च स्तर की बू तक न थी। दुनिया की ज़मीनी हकीकत से जुड़े, सादगी को सहेजे, आधुनिक समाज में अपना विशेष स्थान रखते थे। महीने में २४-२५ दिन तो उनको कम्पनी के कार्यवश यात्रा करनी रहती थी क्योंकि प्रत्येक पेचीदा समस्या को हल करने के लिए कम्पनी उन्हें ही भेजती थी। हां, ऐसा अनूठा व्यक्तित्व था पटेल साहब का और इसी वजह से वह कम्पनी के पारलगैयूया जाने जाते थे।

वास्तव में मेरे पिता के मित्र होने के नाते ही मुझे उनके सम्पर्क में आने का सौभाग्य प्राप्त हुआ, और मैं उनके आयकर से संबन्धित मामलों की देखभाल किया करता था। एक दिन आयकर आफ़िस में उनका केस निबटाने के बाद वह मेरे साथ ही मेरे आफ़िस आ रहे थे। रास्ते में गोल मार्केट के पास पटरी पर ही एक छोटा सा किऔस्क यानिकि बूथ पड़ता था। उन्होंने सिगरेट लेने के लिए मुझे गाड़ी रोकने को कहा और हम दोनों उस बूथ पर पहुंच गए।

काउन्टर के पीछे एक छोटा सा मासूम बालक, करीब ८-९ वर्ष का रहा होगा, अकेला बैठा था। उसके कोमल गालों पर निरन्तर अश्रुधारा बह रही थी, लगता था कि वह काफ़ी समय से रो रहा था। हमें देख वह ऑसूं पोंछता तुरन्त उठ खड़ा हुआ, 'साहब जी क्या चाहिए आपको।'

कुछ क्षण तो पटेल साहब ने उसके चेहरे को ग़ौर से देखा, फिर बोले- 'बेटा एक पानामा सिगरेट का पैकेट तो देना।' मैंने पाया कि इस दौरान वह उस बालक के

आँसूं देखकर विचलित हो रहे थे। सिगरेट के पैसे देने के बाद वह बहुत प्यार से बोले 'अच्छा बेटा अब ज़रा हमें यह बताओ कि तुम रो क्यों रहे हो?'

इतना सुनते ही वह फूट-फूट कर रोने लगा, हम हैरान, यह क्या हो गया, अवश्य ही कोई गम्भीर समस्या होगी। पटेल जी ने दुलार से उसके सिर पर हाथ फेरते हुए पूछा- 'बेटा तुम इतना रो क्यों रहे हो, क्या हुआ हमें बताओ तो सही।'

बालक कातर नेत्रों से देखते हुआ बोला- 'इधर काउन्टर पर टौफ़ी-चॉकलेट का एक मर्तबान रखा था, कोई उठा कर ले गया, मुझे पता भी नहीं चला कि कौन चोरी कर के ले गया। मेरे पिता जी आने वाले हैं, मैं उन्हें क्या जवाब दूंगा? जब उन्हें पता चलेगा तो मुझे बहुत मारेंगे।' कहकर बालक फिर दहाड़ मारकर रोने लगा। उस अबोध बालक के हृदय विदारक रुदन से हमारा दिल द्रवित हो उठा।

पटेल साहब ने उसके हाथों को अपने हाथों में लेकर आश्वासन देते हुए कहा- 'देखो तुम्हारा मर्तबान तुम्हें मिल जाएगा, पर पहले तुम रोना बन्द करो, मुंह धोकर मुस्कुराओ, फिर तुम्हारा खोया मर्तबान तुम्हें वापिस दिलवा देंगें, बोलो है मंज़ूर।'

बालक एकदम शान्त हो गया, पहले तो हतप्रभ सा उनकी ओर देखने लगा, फिर जल्दी-जल्दी मुंह धोकर आश्वस्त मुद्रा में सामने आ खड़ा हुआ। उत्सुकता से बोला- 'लीजिए अब मैं रो नहीं रहा हूं, मुंह भी धो लिया है, बताइए मेरा मर्तबान कहां है।'

पटेल साहब ने उससे हाथ मिलाया- 'अब से हम दोस्त हो गए हैं, बोलो दोस्ती मंजूर है।' बेचारा कुछ समझ न पाया, बस ऑखें फाड़े उनको देखता रहा।

कुछ रुककर बोले- 'देखो मेरे दोस्त, मैं तुम्हें यकीन दिलाता हूं कि तुम्हारा कोई नुक्सान नहीं होगा और तुम्हारे पिता जी तुम्हें बिल्कुल भी नहीं डांटेंगे। अच्छा अब बताओ कि तुम्हारा नाम क्या है, यह दुकान क्या तुम अकेले ही चलाते हो, स्कूल नहीं जाते क्या?'

'मेरा नाम गनेशी है, तीसरी कक्षा में पढ़ता हूं। रोज़ाना स्कूल के बाद दुकान पर आ जाता हूं। मैं तो अपना होम वर्क कर रहा था, पता ही नहीं चला कि कब कोई आया और मर्तबान ले गया।' उसकी आँखों में फिर से आँसू छलकने लगे।

बालक को पुचकारते हुए पटेल साहब बोले- 'बस-बस, अब तुम्हें रोना नहीं है, अच्छा यह बताओ कि मर्तबान में कितने रुपए का सामान था?'

कुछ सोचकर, हिसाब लगाकर कहा- 'साहब पक्का तो पापा को ही पता होगा, शायद ५०-६० य फिर ६०-७० य फिर ८०-९०, नहीं साहब मुझे नहीं पता, पापा को ही पता होगा।'

‘और ४०-५० रुपए का तो मर्तबान भी होगा ही, तो तुम्हारा कुल नुक्सान करीब १५० रुपए का हो गया होगा।’ पटेल साहब ने नुकसान का अन्दाज़ा लगाया।

‘जी साहब इतना ही होगा।’ बालक ने सहमति से सिर हिलाया।

‘तुम्हारे पापा कहां गए हैं, कब तक आऐंगे?’

‘बाज़ार से कुछ सामान लेने गए हैं, बस आते ही होंगे।’

‘ठीक है बेटा, हम उनका इंतज़ार करते हैं, उनसे मिल कर ही जाएंगे।’

मुझसे मुखतिब होकर पटेल साहब ने कहा- ‘मुझे ज़रा समय लग जाएगा, आप को तो अपने ऑफ़िस पहुंचना है, देर हो रही होगी? आप ऑफिस चलिए, मैं यह काम निबटा कर आपके ऑफ़िस पहुंचता हूं।’

परन्तु मैं भला इस मार्मिक समस्या के चरमोत्कर्ष को जाने बिना और पटेल साहब को बीच रास्ते छोड़ कर कैसे जा सकता था? उनका सुझाव न मानते हुए मैंने उनके साथ ही रहने का अनुरोध किया।

पटेल साहब ने सिगरेट सुलगाई और हम गनेशी के पिता के आने का इंतज़ार करने लगे। जल्द ही एक अधेड़ उम्र का व्यक्ति साइकिल पर सामान लादे हुए आया। वही उसके पिता थे और वह बोझा उठाए बूथ में दाख़िल हुए। पटेल जी ने आगे बढ़ अपना परिचय देकर हाथ मिलाया और उसका नाम पूछा। इतने प्रभावशाली व्यक्तित्व के आदमी को इतनी आत्मीयता से मिलता देख वह भौंचक्का सा रह गया। हाथ जोड़कर कहा- ‘साहब मेरा नाम धनीराम है, क्या बात हो गई जी?’

‘कुछ नहीं बस आपसे कुछ बात करनी है।’ कहकर पटेल साहब ने सारा वृत्तान्त गनेशी के पिता को कह सुनाया। धनीराम ने अपने पुत्र से पूछताछ कर वास्तविकता जानी परन्तू उसको डांटा नहीं। पटेल साहब ने धनीराम को पास बुला उसके कन्धे पर हाथ रख प्रेम से समझाया।

‘देखिए धनीराम जी, यह आपका निजी मामला है, फिर भी आपको छोटे भाई समान मानकर आपको कुछ सलाह देना चाहता हूं यदि आप इजाज़त दें तो।’

‘हाँ बाबू जी हुक्म करिए।’

‘मैंने यह पाया कि आपका बेटा आपसे बहुत ख़ौफ़ खाता है। माना कि बच्चों को अनुशासन में रखने के लिए पिता का थोड़ा सा डर होना ज़रुरी होता है, पर यदि बच्चों के दिल में पिता का डर दहशत पैदा कर दे तो भविष्य में पिता-पुत्र के मधुर रिश्ते को बिगाड़ देता है। यहां तक कि बच्चे के भोले मन में पिता के प्रति घृणा अंकुरित होने लगती है। इससे बच्चे के मानसिक, शारीरिक और शैक्षिक विकास

पर भी बहुत बुरा असर पड़ सकता है। आप मेरी बात समझ रहे हैं न?'

'मैं ग़रीब ज़रुर हूं, अनपढ़ नहीं हूं साहब, आपकी सब बातें बहुत अच्छी तरह से समझ रहा हूं।'

'देखो भाई मर्तबान चोरी हो जाने के लिए बच्चे को ज़िम्मेदार मत ठहराना, न ही मारना-पीटना। वह होम वर्क ही तो कर रहा था, अबोध बालक ही तो है, हर जगह नज़र कैसे रख सकता है।'

'यह भी सच है कि जिस उम्र में बच्चे खुलकर खेलते-कूदते हैं, गनेशी बूथ में आपकी मदद करता है। मासूम बच्चा ही तो है, उसके साथ बहुत प्यार और नर्मी से बर्ताव करने से आप दोनों के रिश्ते बहुत मधुर और मज़बूत होंगे। मैं तो आपसे केवल निवेदन ही कर सकता हूं, बाकी आपकी मर्ज़ी, आप खुद समझदार हैं।'

धनी राम ध्यानपुर्वक उनकी बातें सुन रहा था। 'साहब आपने बहुत अच्छी सीख दी हैं, ग़रीब आदमी हूं, कभी-कभी गुस्सा आता है तो ग़लती हो जाती है। आपसे मेरा वादा रहा, आज से मैं गनेशी को कभी नहीं पीटूंगा, हर बात प्यार से ही समझाया करुंगा, आख़िर बच्चे तो भगवान का रुप ही होते हैं।'

'अब आपको मेरी एक और बात माननी होगी, मर्तबान की चोरी से आपका करीब २०० रुपए का नुक्सान तो हुआ ही है। यह २०० रुपए लीजिए और नया मर्तबान ले आइए।' कहकर दो १००-१०० रुपए के नोट धनीराम को ज़बरदस्ती थमा दिया।

'पर बाबू जी मेरा इतना नुक्सान तो नहीं हुआ, यह तो बहुत ज़्यादा है।' वह बार-बार लेने से मना कर रहा था।

धनीराम ने खूब विरोध किया पर पटेल साहब ने उसकी एक न मानी उसे आलिंगन में लेकर कहा- 'तुम्हारे गुस्सा करने की आदत का दण्ड यह २०० रुपए है। तुम्हें जब भी गुस्सा आए, इस नोट को देखकर मुझे याद कर लेना, तुम्हारा गुस्सा एकदम शान्त हो जाएगा।'

धनीराम भाव विभोर हो हाथ जोड़ कर खड़ा हो गया। 'साहब जी आज आपने मुझे एक अनमोल सीख दी है, इसे मैं कभी नहीं भुलाउंगा।'

हमने गनेशी के सिर को सहला कर विदा ली और एक प्यारे बालक के रोते चेहरे पर मुस्कुराहट लाने के संतोष के साथ अपनी मंज़िल की ओर बढ़ गए।

उस अंजान बालक से पटेल साहब का क्या सम्बन्ध था जो कुछ क्षणों में ही उन्होंने बालक को कष्ट में देख उसकी मदद करने का निश्चय कर लिया। उनको क्या पड़ी थी, बालक को उन्होंने तो रुलाया नहीं था। कोई और होता तो सिगरेट ले अपने काम से

आगे बढ़ जाता। परन्तु वह समाज के दुःख से बेपरवाह आम आदमी नहीं थे, उनका हृदय करुणा से ओतप्रोत था, यह मैंने उस दिन जाना। एक भोले-भाले बच्चे की वेदना देख उनका हृदय द्रवित हो उठा, इसको ही इंसानियत का रिश्ता कहते हैं। आज के आधुनिक व स्वार्थी समाज में किसी अंजान को कष्ट से निजात देने वाले भलेमानुष बहुत कम मिलते हैं। अपने व्यवहार से पटेल साहब ने मुझे में भी दुखी लोगों की मदद करने की प्रेरणा को जागृत कर दिया।

उनकी कार्यशैली में मैनेजमैन्ट का एक मूल मंत्र भी छिपा था। वह यह कि यदि किसी समस्या को सुलझाना हो तो पहले उस समस्या की जड़ में पहुंचकर समझना होगा और उसके ऊपरान्त ही समस्या का निदान संभव होगा। मर्तबान का चोरी हो जाना गनेशी की समस्या नहीं थी, उसकी समस्या तो थी उसके हृदय में घर कर गई पिता की दहशत। वह मर्तबान चोरी होने की वजह से नहीं रो रहा था, वह बेचारा तो पिता के ख़ौफ़ का सामना करने के डर से फूट-फूट कर रो रहा था। पटेल साहब ने समस्या को समझा, और मूल में जाकर उसका समाधान कर दिया। एक ओर तो पुत्र को पिता के ख़ौफ़ से निजात दिलवा दी और दूसरी ओर पिता को भी अपने बच्चे के प्रति सहिष्णु और उदार भाव रखने की अनमोल नसीहत दे डाली।

समाप्त

काला करो सफ़ेद

- ८:४५ मिनट -

हमारी सरकारों की योजनाएं भी कमाल की होती हैं। पंचवर्षीय योजनाओं की कामयाबी या नाकामयाबियों पर बहुत कम चर्चा हुई है, इनको लोग भुला चुके हैं। इसके अतिरिक्त हमारे देश की सरकारों की कुछ अघोषित दीर्घकालीन योजनाएं भी होती हैं। किस विचारधारा के तहत ऐसी योजनाएं घोषित की जाती हैं इसका जवाब हमें ही ढूंढना होगा। सरकारें समय-समय पर, कुछ अन्तराल के बाद काले धन को सफ़ेद धन में बदलने की योजनाएं लाती रहती हैं। इस माध्यम से भारत में पनपते भ्रष्ट-वर्ग को परोक्ष रुप से एक संदेश दिया जाता रहा है। संदेश यह है कि आप जो भी काला धन अर्जित करते रहेंगे, हर कुछ अन्तराल के बाद आपको अपनी काली कमाई को सुनुयोजित तरीके से सफ़ेद करने का मौका मिलता रहेगा। सरकार द्वारा प्रायोजित *"मनी लौंडरिंग"* की योजनाएं समय-समय पर आती रहती हैं। ऐसी योजनाएं बेईमान राजनीतिज्ञों, माफ़ियाओं, भ्रष्ट व्यापारियों, नौकर शाह व सरकारी कर्मचारियों के लिए बहुत सुविधाजनक रहती हैं।

इसी सरकारी सोच के तहत १९९० में भी एक योजना जिसका नाम *"वौलैन्टरी डिक्लेरेशन ऑफ़ इन्कम स्कीम १९९०"* था, की घोषणा की गई। यहां पर यह बताना बहुत आवश्यक होगा कि सरकार की *"वौलैन्टरी डिक्लेरेशन ऑफ़ इन्कम स्कीम"* का बहुत ज़ोरदार तरीके से टी.वी., आकाशवाणी, व अख़बारों के माध्यम से प्रचार किया जाता था और जनता को इस स्कीम का लाभ उठाकर अपनी काली कमाई को सफ़ेद करने के लिए प्रोत्साहित किया जाता था। हिदायतें दी जाती थीं कि कोई भी सरकारी बैंक किसी भी हालत में आय डिक्लेअर करने वाले को वापिस नहीं कर सकता। जो भी बैंक में ५ बजे तक पहुंच जाएगा, उसका डिक्लेरेशन बैंक को लेना ही पड़ेगा चाहे रात के बारह बज जाएं। ऐसे आदेश प्रत्येक बैंक में भेज दिए गए थे। यहां तक की ३१ दिसम्बर, १९९० को, जो कि स्कीम का अन्तिम दिन था, सख्त हिदायत थी कि रात

के बारह बजे तक सब अधिकृत सरकारी बैंक व रिज़र्व बैंक करदाताओं के लिए खुले रखे जाएंगे और इस आदेश का पालन अधिकांश बैंकों ने किया भी था।

मेरे एक मुवक्किल, भसीन साहब- यह काल्पनिक नाम है, भी इस सरकारी स्कीम के तहत टैक्स जमा करवाकर अपने धन का शुद्धिकरण करवाने आए। आमदनी डिक्लेयर करने और टैक्स अदा करने की तैयूयारी करके, दो बड़े बैग में नकदी सहेजकर हम स्टेट बैंक ऑफ़ इन्डिया की रिंग रोड स्थित एक बड़ी ब्रांच में सुबह ११ बजे पहुंच गए। हमारे साथ मेरे सहायक कर्मचारी राकेश जी व भसीन साहब के एकाउन्टैन्ट साहब नकदी के बैग थामे सीधे कैश काउन्टर पर जा पहुंचे।

हम पंक्ति के आख़िरी छोर पर खड़े हुए ही थे कि केबिन में बैठे चीफ़ कैशियर साहब चिल्लाए हां जी, *वौलेन्टरी डिक्लेरेशन ऑफ़ इन्कम १६६०* का पैसा जमा करवाने आए हो क्या?-

'हां जी, इसीलिए आए हैं।'

'हमारे पास पहले से ही इतनी लम्बी लाइन लगी है, आज नहीं हो सकता, किसी और ब्रांच में जाओ।' हिदायती लहज़े में बोले।

'आज तो आख़िरी दिन है, अब और कहां ढूंढते फिरेंगे, अभी तो ११ ही बजे हैं।'

'हमें नहीं पता, बस यहां हमारी लाइन में मत लगो।'

चीफ़ कैशियर का अड़ियल रवैयूया देख हम तुरन्त पहली मंज़िल पर विराजमान चीफ़ ब्रांच मैनेजर सुनेचा जी के पास शिकायत करने पहुंचे। वह अपनी बड़ी सी रिवौल्विंग कुर्सी पर अधलेटे से अपने सामने बैठे एक व्यक्ति से पॉलिटिकल मुद्दे पर गरमा-गरम बहस कर रहे थे। हमारा आना उनको कुछ अच्छा नहीं लगा।

हमने अपनी शिकायत सुनाई तो उन्होंने छूटते ही हमारी बात का विश्वास करने से मना कर दिया।- 'ऐसा तो हो नहीं सकता, हमारा चीफ़ कैशियर कभी मना कर ही नहीं सकता।'

मेरे बार-बार आग्रह करने पर उन्होंने चपरासी बुलाया, पैसे जमा करवाने का चालान हमसे लेकर चपरासी को थमाते हुए कहा- चीफ़ कैशियर गुप्ता से इस चालान का टोकन ले आओ।'

थोड़ी ही देर में चपरासी वापिस आ गया- 'गुप्ता जी मना कर रहे हैं, कहते हैं मेरे पास पहले से ही लम्बी लाइन लगी हुई है।'

देखा हम ठीक कह रहे थे न, आप तो हमारी बात का यकीन ही नहीं कर रहे हैं।

मना कर दिया तो क्या हो गया? ऐसा ही होता है, यह देश का सबसे बड़ा बैंक है, बहुत *रश* रहता है हमारे पास, फिर भी मैं आपका काम करवाता हूं। सुनेचा ने

इंटरकौम द्वारा गुप्ता से बात की, कुछ बहस की और कुछ समझाया, फिर चपरासी को चालान देकर कहा- 'जा मैंने गुप्ता से कह दिया है, अब वह टोकन *इशू* कर देगा।'

इस बार चपरासी गुप्ता जी से टोकन ले आया। मुझे टोकन थमाते हुए बोले 'चलिए जी आपका काम हो जाएगा। अभी आप जाइए, चाय-शाय पियो, आराम से लंच कर लो, घूम फिर लो, तीन बजे बैंक में आ जाना।'

'भाई साहब हम बैंक में ही इंतज़ार करते हैं।'

'नहीं-नहीं हमारे बैंक में भीड़ मत लगाइए, कहा न कि पूरे तीन बजे आ जाना, आपका काम हो जाएगा।'

'देखिए जनाब हमारे पास इतना कैश है, आप तो समझते ही हैं, इतना कैश लेकर आप हमें बाहर जाने को कह रहे हैं। यह हमारे लिए ख़तरे से ख़ाली नहीं है। हम ब्रांच में ही इंतज़ार करते हैं।' मैंने दबाव डालकर कहा।

'यहां अब आपके पास कोई चौएस नहीं है।' इसके बाद एक शैतानी मुस्कुराहट चेहरे पर लाकर उन्होंने पंजाबी भाषा की एक बहुत ही घटिया सड़क-छाप कहावत मेरे मुवक्किल के लिए कह डाली। 'क्या आप जानते नहीं कि एक बार जब लड़की ... . है तो उससे जो मर्ज़ी कर लो वह कुछ शिकायत नहीं कर सकती।' इस कहावत में नारी जाति के लिए अत्यन्त गंदे व अपमान जनक शब्दों का प्रयोग किया जो कि मेरे लिए नाकाबिले बर्दाश्त था।

सुनेचा जी की इतनी निम्न स्तर की दलील सुनकर मैं आग बबूला हो गया, अपना आपा खो बैठा। कठोर से कठोर शब्दों में मैंने उनकी भर्त्सना की, जी भर के लताड़ा। हमारा घमासान वाक्‌युद्ध हुआ, तू तड़ाक हुआ। यहां तक कि हाथापाई की नौबत आ पहुंची परन्तु भसीन साहब व राकेश ने बीच-बचाव कर हाथापाई नहीं होने दी।

'मैं तुझे छोड़ूंगा नहीं, तेरी ऊपर तक शिकायत करुंगा।' जाते-जाते मैंने सुनेचा को ऐलानिया चेतावनी दे डाली।

मौके की नज़ाकत को समझते हुए, मैंने अपने को संयमित किया, ठंडे दिमाग से सोचकर निर्णय लिया कि अब हमें इस ब्रांच में पैसे जमा नहीं करवाने चाहिए। फिर क्या करें? सरकार ने ऐलान किया था कि सारे अधिकृत बैंक व भारतीय रिज़र्व बैंक रात बारह बजे तक स्कीम के तहत कैश स्वीकार करेंगे। समय देखा, दोपहर के साढ़े बारह बजे थे। हंगामा देखकर मेरे मुवक्किल भसीन साहब बहुत घबरा गए। परेशान होकर दयनीय सी आवाज़ में बोले- 'अब क्या होगा, मैं तो पूरी तैयूयारी कर के आया था, मेरे डिक्लेरेशन का क्या होगा?'

'अभी कुछ नहीं बिगड़ा है, आप बिल्कुल चिंता मत करिए, चलिए रिज़र्व बैंक चलते हैं, वहां आसानी से आपका काम हो जाएगा।' मैंने आश्वासन दिया।

हम सब तुरन्त कैश के बैग उठाकर सीधा पार्लियामैंट स्ट्रीट स्थित रिज़र्व बैंक पहुंच गए। बैंक के विशाल हॉल में प्रवेश कर *वौलेन्टरी डिक्लेरेशन ऑफ़ इन्कम स्कीम* का काउन्टर ढूंढ ही रहे थे कि एक बैंक कर्मचारी ने नम्रता से पूछा- 'मैं आपकी क्या सेवा कर सकता हूं, क्या आप *वौलेन्टरी डिक्लेरेशन ऑफ़ इन्कम स्कीम के तहत पैसा जमा करवाने आए हैं?'*

हमारे हां कहने पर तुरन्त वह हमें एक काउन्टर पर ले गए, हमारी ऐप्लीकेशन व सारे काग़ज़ात चैक करके हमें काउन्टर के पीछे एक बड़ी सी मेज़ पर बिठाया गया। कैश गिनने की मशीन से कैश गिना गया। अन्त में चालान व डिक्लेरेशन की रसीद हमें देकर सारी प्रक्रिया को पूर्ण किया। रिज़र्व बैंक के कर्मचारियों व ऑफ़िसरों ने शिष्टतापूर्ण व्यवहार किया और इस सारी प्रक्रिया में केवल आधा घन्टा ही लगा। हम सबने चैन की सांस ली, ऐसा लग रहा था कि मानो कोई जंग जीत ली हो। सरकारी स्कीम के तहत, सरकारी निर्देशानुसार काम करने में भी हमें कितनी कठिनाइयों का सामना करना पड़ा। किसी ने सच ही कहा है '*दिस हैप्पन्स ओनली इन इंडिया।*' परन्तु हमारे साथ हुए दुर्व्यवहार को चुपचाप सहना मुझे गंवारा नहीं था।

अब मुझे सुनेचा से निबटना था। अगले दिन मैंने स्टेट बैंक के मुख्य कार्यालय के नाम एक पत्र लिखकर रजिस्टर्ड पोस्ट से शिकायत भेज दी। बैंक की कामचोरी और सुनेचा जी के दुर्व्यवहार का बहुत तफ़सील से वर्णन किया। उनके द्वारा कही गई वह नारी जाति लक्षित घटिया कहावत को शब्द-बा-शब्द उस पत्र में उजागर कर दिया। उस शिकायत की प्रतियां बैंक के ज़ोनल व रीजनल कार्यालयों में भी भेज दीं।

कुछ समय बाद मुझे पत्र द्वारा सूचित किया गया कि मेरी शिकायत पर बैंक ने इंक्वाइरी करने का फ़ैसला लिया है। इंक्वाइरी करने के लिए एक डी.जी.एम. स्तर के ऑफ़िसर की नियुक्ति करी गई। इंक्वाइरी का समय व तारीख़ सूचित कर मुझे साक्ष्य के साथ उपस्थित होने को कहा गया।

निश्चित समय पर अपने सहयोगी राकेश जी के साथ मैं नियुक्त आफ़िसर के ऑफ़िस जा पहुंचा। बैठते ही उन्होंने कहा- 'मैंने आपकी शिकायत देख ली है, अब आप सुनेचा जी से बात करके आपस में *कम्प्रोमाइज* 'समझौता' कर लीजिए।

'*कम्प्रोमाइज़?* कैसा *कम्प्रोमाइज़,* मैंने आपके चीफ़ मैनेजर के गंदे व्यवहार की शिकायत की है। आप इंक्वायरी करके अपना निष्कर्ष निकालकर ऐक्शन लीजिए। इसमें *कम्प्रोमाइज़* कहां से आ गया। आपको तो इंक्वायरी करके अपनी *फ़ाइनडिंग्स* देनी हैं। आप अपनी तहकीकात कीजिए।'

उल्टे सीधे तर्क देकर डी.जी.एम. साहब बारबार मुझे *कम्प्रोमाइज़* करने के लिए दबाव बनाते रहे, परन्तु मैंने उनके सारे कुतर्क खारिज कर दिए। वह साफ़तौर से

पक्षपात कर सुनेचा जी से भाइचारा निभा रहे थे। उनसे खूब बहस हुई क्योंकि वह किसी का पक्ष सुने बिना ही खुलकर सुनेचा की तरफ़दारी कर रहे थे। सुनेचा जी सामने बैठे मन्द-कन्द मुस्कुरा रहे थे मानो कह रहे हों 'बेटा जितना मर्ज़ी ज़ोर लगा ले, मेरा बाल भी बांका नहीं कर सकेगा।'

मैंने इंक्वायरी ऑफ़िसर को चेताया- 'आप खुलेआम पक्षपात कर रहे हैं, दोषी कर्मचारियों पर कार्यवाही नहीं करते, इसलिए ही आपके बैंक के कर्मचारी कभी सुधर नहीं सकते। और मैं आपको यह भी बता देता हूं कि मैं यहां नहीं रुकूंगा, मैं आपकी भी शिकायत करुंगा कि आपने इंक्वायरी करी ही नहीं, केवल ढोंग किया है।' कहकर हम दोनों वापिस आ गए।

इंक्वायरी ऑफ़िसर की शिकायत बैंक के हैड ऑफ़िस, बोर्ड आफ़ डाइरैक्टर और एम.डी. साहब को भेजी। मैं बैंक के अन्य सर्वोच्च अधिकारियों को भी अपनी शिकायत की प्रतियां भेजता रहा। अनेक अनुस्मारक, तकाज़े भेजकर पूछता रहा कि मेरी शिकायत पर बैंक ने क्या कार्यवाही करी। अन्ततः अनेक तकाज़ों के बाद मुझे बैंक से एक पत्र मिला जिसमें केवल इतना ही लिखा था *'ऐप्रोप्रिएट एक्शन हैज़ बीन टेकन ऑन यौर कम्पलेन्ट,* अर्थात 'आपकी शिकायत पर उचित कार्यवाही कर दी गई है।'

मुझे काफ़ी निराशा हुई कि इतने परिश्रम, इतनी लड़ाई लड़ने के बाद भी मैं दोषी को सज़ा दिलवाने में नाकामयाब रहा। आख़िर एक साधारण नागरिक कर ही क्या सकता है? जब सार तंत्र ही बिगड़ा हुआ हो, कर्मचारी बैंक में ग़लत काम करने वाले अपने सहकर्मियों को सरंक्षण देते हों, नियमों को ताक पर रखकर मनमानी करते हों तो बैंक की सेवाओं का बंटाढार तो होगा ही।

मायूस होकर मैंने फ़ाइल बंद करके रख दी, अपने आप को समझाया कि चलो मैंने तो अपनी क्षमतानुसार अन्याय के ख़िलाफ़ जितना लड़ सकता था लड़ा। मन मारकर संतोश कर लिया और दोषी को सज़ा देने य न देने का फ़ैसला भगवान पर छोड़ दिया। परन्तु मैं यह नहीं जानता था कि देर-सवेर दोषी व्यक्ति को दण्ड तो मिलता ही है। यह सच्चाई मैं इस घटना के करीब तीस वर्ष बाद ही जान पाया।

मेरी शिकायत का क्या और कितना असर हुआ, क्या दोषी को सज़ा मिली? यह जानकर पाठक हैरान होंगे कि इस का जवाब मुझे ३० वर्ष बाद मिला जब मैं उस ही बैंक की एक अन्य शाखा के चीफ़ मैनेजर साहब से बैंक की कार्यशैली पर वार्तालाप कर रहा था। उस दौरान मुझे पता चल पाया कि सुनेचा जी के साथ क्या घटित हुआ जो कि एक रोचक कहानी के रुप में मेरी अगली प्रस्तुति है।

समाप्त

पासा पलट गया

- ६:०० मिनट -

दिल्ली की सड़कों पर बेतहाशा रफ़्तार से, बेतरतीबी से भागता ट्रैफ़िक और ट्रैफ़िक नियमों का खुलेआम उल्लंघन करते वाहन यहां की सड़क कानून व्यवस्था को बयान करते हैं। बीसियों मौडल की बड़ी छोटी कारें, बसें, ट्रैक्टर, ट्रौली, तिपहिया वाहन, दुपहिया वाहन, साईकिल और न जाने कैसे भांति भांति के कॉमर्शल वाहन सड़कों पर मानो एक दूसरे से आगे निकलने की प्रतिस्पर्धा में लगे हों।

अरे वह देखो इतनी तेज़ रफ़्तार से चलते ट्रैफ़िक के बीच में यह चमचमाती लम्बी कार इतनी धीरे-धीरे सड़क के किनारे क्यों चल रही है। लेकिन इसका चालक तो कार में बैठे साथियों से बातचीत में मशगूल है, कभी अचानक गति बढ़ा देता है और कभी एकदम धीमी गति से चलाता है। कार में धनाड्य लोग सवार हैं, शायद आपस में सलाह मशविरा हो रहा है, लगता है उलझन में हैं कि आगे कौनसे मार्ग पर जाएं। अन्ततः चालक ने निर्णय ले ही लिया, चलो सीधा ही चलते हैं। अचानक कार की स्पीड बढ़ाकर बग़ैर *इन्डीकेटर* दिए सहसा दाईं ओर की फ़ास्ट लेन में प्रवेश कर लिया। पीछे दाईं ओर से आती एक कार का चालक इस अचानक लेन परिवर्तन से अपनी कार को बचा न सका। ज़ोर से ब्रेक लगाने के बावजूद उसकी कार लेन बदलती साहब लोगों की कार से हल्के से घिसट गई। दोनों कारों पर हल्की सी खरोंचें आईं।

बड़ी कार के चालक साहब गुस्से से तमतमाते बाहर निकले, अन्य दो लोग भी बाहर आए। पुरानी कार का चालक एक कार मैकैनिक था, उसके कपड़े कालिख, ग्रीस व तेल लगने से मैले कुचैले थे, पतला दुबला सा लड़का था। साहब लोगों को देख हाथ जोड़ बाहर निकला- 'साहब जी आपने बिना *इन्डीकेटर* दिए ही एकदम गाड़ी दाईं ओर घुमा दी, मेरी तो कोई ग़लती नहीं है।'

साहब आग बबूला हो गए, उसका गिरेबान पकड़ बोले- 'अबे दो कौड़ी के मैकैनिक तू हमें गाड़ी चलाना सिखाएगा? उल्लू के पट्ठे गाड़ी चलानी आती नहीं, निकल पड़े

सड़क पर गाड़ी लेकर?' कह कर दो-चार ज़ोरदार तमाचे जड़ दिए। उसके अन्य दो साथी भी मैकैनिक पर हाथ चलाने लगे, बेचारा लड़का हक्का-बक्का रह गया।

'दिखा तेरा ड्राइविंग लाइसेन्स कहां है?'

'हां, ड्राइविंग लाइसैन्स तो है, वर्कशॉप पर रखा है।'

'वर्कशॉप पर ऐसी तैसी करवाने के लिए रखा हुआ है, गाड़ी सड़क पर चला रहा है और ड्राइविंग लाइसैन्स वर्कशॉप पर? झूठ बकवास करता है।'

वास्तव में वह मैकैनिक कार मरम्मत के वर्कशाप में काम करता था। मरम्मत के बाद गाड़ी की ट्राई के लिए निकला था। भले ही उस समय उसके पास ड्राइविंग लाइसैन्स नहीं था, परन्तु दुर्घटना में उसकी ग़लती तो थी ही नहीं, यह सच्चाई तो साहब लोग भी जानते थे।

बेचारे को अकेला बेसहारा देख उसके मोटे-तगड़े दोनों साथी भी उस पर पिल पड़े, अफ़सोस की बात तो यह कि उनमें एक करीब ५०-५५ वर्षीय, शायद उनके पिता थे, उन्होंने अपने पुत्रों को रोकने के बजाए ख़ुद भी पीटने में हाथ बंटाया। ट्रैफ़िक रुक गया, भीड़ एकत्र हो गई परन्तु किसी ने भी उसको पिटाई से बचाने की कोशिश नहीं की, सब तमाशबीन बने रहे। वह बेचारा हाथ जोड़ता रहा, अपने को बचाने की कोशिश करता रहा पर वह रह-रह कर उसे ठोकते रहे।

इतने में ही एक अधेड़ उम्र का तगड़ा सा व्यक्ति स्कूटर पर सवार वहां से ग़ुज़र रहा था। अन्याय होता देख वह सह न सका, स्कूटर छोड़ कर ज़ोर से चिल्लाता आया- 'रुको ओय रुको, तिन-तिन बन्दे इकल्ले नू मार रहे हो, त्वानू शरम नहीं आंदी?'

वह भाग कर आया, एक हाथ से मैकैनिक को थामा, दूसरे हाथ से हमलावरों को रोकते हुए दहाड़ा- 'ख़बरदार जो मुंडे नू हथ लाया तां, ठहरो कायरों! लड़के नू एकल्ला देख बहादुरी दिखांदे हो, हिम्मत है तां आ जाओ, करो मेरा मुकाबला।'

उस अजनबी के जोशीले हस्तक्षेप से तीनों एकदम स्तब्ध हो गए। कुछ पीछे हटकर संभले- 'आपको पता नहीं जी, यह बग़ैर ड्राइविंग लाइसैन्स के गाड़ी चला रहा है, ऊपर से टक्कर मार दी।'

'उसकी भी तो सुनो न, वह कहता है कि ग़लती आपकी है। आराम से बात करो, यह क्या तरीका है, कमज़ोर देखकर सबने बेचारे की धुनाई शुरु कर दी। ड्राइविंग लाइसैन्स न होने की सज़ा तुम दोगे क्या?'

'आप बेकार में उसकी तरफ़दारी कर रहे हो, आप नहीं जानते यह लोग बहुत बदमाश होते हैं।' पिता बोले।

अजनबी ग़ुस्से से चिल्लाया- 'ग़रीब मैकैनिक के मैले कपड़े तो उसे बदमाश बना दिया। आपके कपड़े सफ़ेद चिट्टे तो आप सच्चे हो गए, कामगार के कपड़े मैले तो वह झूठा हो गया? आप तो पढ़े-लिखे धनवान लोग हो, अपना स्तर तो देखो, इस तरह अकेले को तीन-तीन आदमी मार रहे हो। यह आपको शोभा देता है क्या?'

'अगर इसके भी चार साथी आकर आपको मारें तो कैसा लगेगा, इतनी बेदर्दी एक असहाय के साथ?, ओए शराफ़त भी कोई चीज़ होती है कि नहीं?'

उन तमाशबीनों में से निकलकर कुछ चश्मदीद भी आगे आकर बताने लगे कि ग़लती मैकैनिक की नहीं पर उन साहब लोगों की ही थी। कुछ अन्य लोग भी लड़के से हमदर्दी जता उससे हुई ज़्यादती का विरोध करने लगे। उस अजनबी की हिम्मत को सब मन ही मन सराह रहे थे।

'और बाउ जी आप तो बड़े हैं, शायद इनके पिता हैं, आपको तो मारापीटी रोकनी चाहिए थी। मौका देखकर आप भी चालू हो गए, बहुत मज़ा आया होगा न? कम से कम आपने तो बड़प्पन दिखाया होता।'

साहब लोगों की ग़लत हरकत ज़ाहिर हो चुकी थी। मामला शान्त होने जा ही रहा था कि तभी सामने से करीब ८-१० मैकैनिक लोग हाथों में लोहे की सलाखें, पाने आदि लिए भागते हुए आ पहुंचे। उन्होंने तीनों को पकड़ पीटना शुरु कर दिया, कुछ थप्पड़ घूंसे लगाए। एक ने उनके पिता को भी पकड़ लिया, परन्तु गैरेज के मालिक ने उनके पिता को हाथ न लगाने की हिदायत दी। हुआ यूं था कि किसी जानकार ने उस लड़के को पिटते देखा तो उसके वर्कशॉप में उसके मालिक को जाकर बता दिया। सूचना मिलते ही उसके साथी मदद को आ पहुंचे।

पिताजी चिल्लाए- 'अरे भाई मारा-मारी क्यों करते हो, आराम से बात करते हैं न, यह क्या तरीका हुआ। आप लोग तो गुण्डागर्दी पर उतर आए हैं।'

फिर उस अजनबी से अनुरोध करते हुए बोले- 'भाई साहब आप इनको रोकिए न, यह कहां की शराफ़त है।'

अजनबी- 'हाथापाई की शुरुआत तो आपने ही की थी, अब उनका पलड़ा भारी हो गया तो आपको शराफ़त की याद आ गई।'

पिताजी निरुत्तर थे, मैकैनिक से आग्रह करने लगे- 'बेटा प्लीज़ रुक जाओ, शान्ति रखो, ठहरो तो सही।'

अजनबी हंसते हुए बोला- 'वाह बाउ जी वाह, जो अभी तक उल्लू का पट्ठा और बदमाश था, अब वह बेटा हो गया?'

वर्कशॉप के लड़कों ने ज़्यादा ताकतवर होने के बावजूद बस थोड़ी सी पिटाई करके ही संतोष कर लिया और उस अजनबी के समझाने पर शांत हो गए। परन्तु एक बात साफ़-साफ़ दिखाई दे गई कि उन कामगारों ने शराफ़त दिखाते हुए उनके पिता पर हमला नहीं किया। उन्होंने साबित कर दिया कि उनका आचरण धनवान साहब लोगों से कहीं ज़्यादा ऊंचा था।

अजनबी ने अन्त में उनके पिता से कहा- 'आपको समझना चाहिए कि यह लोग मैले कपड़ों वाले ज़रुर हैं, आपकी तरह अमीर नहीं हैं, फिर भी इनमें आपसे ज़्यादा शराफ़त है। आप खुद ही देख लो, इन मैकैनिक लोगों ने तो आपकी उम्र का लिहाज़ किया, परन्तु आपने अकेले कमज़ोर लड़के की पिटाई में कोई कसर नहीं छोड़ी। महंगी गाड़ी वाले बाउजी जाते-जाते इन मैले कपड़े वालों से भी कुछ शराफ़त का सबक सीखते जाइए।'

वह तीनों शर्म से पानी-पानी हो चुके थे, सो जल्दी से कार स्टार्ट कर मौके से खिसकने में ही अपनी भलाई समझ वह तुरन्त नदारद हो गए। आमतौर पर दुनिया का नज़रिया यही होता है, कि व्यक्ति का आंकलन उसके कपड़े, लम्बी गाड़ी, गले में लटकी पाव भर की चेन, हथकड़ी जैसी मोटी ब्रेसलेट, महंगी घड़ी आदि के आधार पर ही किया जाता है। हमारे आधुनिक समाज का कटुसत्य यही है कि साधारण कपड़े पहनने वालों को आदर का पात्र नहीं माना जाता। मलीन वस्त्र वालों को तो यदि इंसान की श्रेणी में मान लिया जाए तो ग़नीमत है। वाह! क्या खूब है! यही हैं हमारे शिक्षित व सभ्य समाज के मापदण्ड।

समाप्त

कटोरी चली दिल्ली

- १८:३० मिनट -

१.

कटोरी देवी ने ज़रा सी करवट बदली तो चारपाई की चरमराहट कमरे में गूंज उठी। यह कम्बख़्त टूटी टांग की चारपाई ही मेरी किस्मत में लिखी है। दिन का उजाला होने को था, सोचने लगी चलो कुछ देर और आराम कर लिया जाए, उठने के बाद तो दिन भर पिलना ही है।

तब ही माई की करारी आवाज़ सुनाई दी- 'अरी कटोरिया अभी तक उठी नहीं क्या, देख सूरज निकलने को है और तू सन्ना रही है। उठकर चूल्हा तो सुलगा ले।'

'एक तो यह खटमल रात भर ख़ून पीते हैं, चैन नहीं लेने देते, और दूसरी ओर यह माई दिन निकलते ही खून पीना शुरु कर देती है, यह भी किसी खटमल से कम नहीं है। और यह गुल्ली के पापा, न जाने कैसे इतने बेसुध होकर सोते रहते हैं। इस बार तो तनख्वाह आते ही सबसे पहले इनसे एक बोतल मिट्टी का तेल मंगवाकर चारपाइयों के खटमल मारुंगी।

चलो जल्दी से बिस्तर छोड़ूं वरना माई हमारे कमरे में ही घुसी चली आएगी, हमें तो कभी पराइवेसी नसीब ही न हो सकी। अपनी कोठरी का दरवाज़ा तक बन्द नहीं कर सकते, दरवाज़े के कब्ज़े कब से टूटे पड़े हैं, इनको तो परवाह ही नहीं है।' गुस्से में बड़बड़ाती कटोरी उठ खड़ी हुई।

गुल्ली को चादर ओढ़ा कर कटोरी अंगीठी सुलगाने का इंतज़ाम करने लगी तो माई फिर चिल्लाई- 'बहुरिया इतनी देरी काहे लगा रही हो, चाय का पानी चढ़ाया कि नहीं?

'माई अंगीठी सुलगाने की बारी तो बाद में आएगी, पहले तो तुम हमें ही सुलगा दो। समय लगता है, सुलगते-सुलगते ही तो अंगीठी सुलगेगी, कोई जादू थोड़े ही करना है।'

कटोरी बड़बड़ाने लगी- 'शादी के बाद से तो मेरी ज़िन्दगी झंड हो कर रह गई है। क्या सोचकर इनसे शादी करी थी और क्या निकले। चलो जो हो गया सो हो गया, अब तो कुछ बदला नहीं जा सकता। अब तो बस कुछ बढ़िया सा पिलान बनाकर दिल्ली में बसने की योजना बनाई जाए। अपने लिए नहीं तो बच्चों के लिए सही, बड़े शहर जाकर अपने सपने साकार करने ही होंगे। सारी ज़िन्दगी छपरिया के कबाड़ख़ाने मे नहीं बिता सकते। बच्चों का भविष्य तो सुधारना ही है। कहते हैं दिल्ली बम्बई में तो कमाई करना बहुत आसान है। वहां तो ससुरी अनपढ़ झाड़ू-पोंछा वाली बाई भी हमारे इनसे से ज़्यादा कमा लेती हैं। कितनी बार कहा है कि फूफा जी को माथा टेक आओ तो दिल्ली में कहीं न कहीं सैट कर ही देंगे, पर हमारी कभी सुनें तो।'

२.

बिहार के एक छोटे से कस्बे छपरिया में सुशील कुमार दो कोठरी किराए पर लेकर अपनी माई-बाबू जी के साथ रहते थे। बारहवीं पास करके बी.ए. में दाख़िला लिया ही था कि बाबू जी कैन्सर से ग्रसित हो गए, कैंसर इतना बढ़ चुका था कि इलाज के बावजूद संभल ही न सके और साल भर में ही देहान्त हो गया। कोई कमाने वाला न रहा तो सुशील ने भागदौड़ करके कम्पनी के गोदाम में गेटमैन की नौकरी पा ली।

अब माई की प्राथमिकता थी कि सुशील का विवाह करवाकर उसका घर बसा दे। सो छानबीन शुरु करी गई। अपने को सामाजिक कार्यकर्ता बताने वाले एक दलाल किस्म के नेता, राम खिलावन जी ने अपनी दूर की भांजी का रिश्ता सुझाया। बताया कि लड़की कमाल की है, एम.ए. पास, घर के कामकाज में दक्ष। है भी बहुत सीधी-साधी, समझ लो बस गाय ही है। कसर यह है कि ग़रीब घर की है, दहेज में कुछ नहीं मिलेगा।

माई ने सोचा कि लड़की ग़रीब घर से है तो वह दब के रहेगी, तपाक से बोलीं- 'वह एम.ए. पास है तो क्या, हमारा सुशीलवा भी तो बी.ए. पास है, बाकी वह सोच लें।'

राम खिलावन ने टोका- 'माई हमें न चलाओ, हमने तो सुना है कि सुशील केवल बारहवीं पास ही है।'

माई ने तुनक कर जवाब दिया- अरे बी.ए. की क्लास में कुछ दिन तो बैठा था, और तुम किस मर्ज़ की दवा हो जी, कह देना कि लड़का बी.ए. पास है। हमारे प्रति भी तुम्हारा कुछ फ़र्ज़ बनता है कि नहीं?'

माई के कहने पर राम खिलावन तुरन्त लड़की के पिता को बुलवा लाए। माई ने चतुराई से बात शुरु करी- 'लड़के की पढ़ाई-लिखाई के बारे में तो आपके साले साहब

राम खिलावन जी ने बता ही दिया होगा, लड़का कम्पनी में छोटा मनीजर है। क्यों भाई जी मैंने ठीक कहा है न?'

'हां बहन जी मैंने तो हरबंस जीजा को सब कुछ बता ही दिया है।' राम खिलावन ने तस्दीक कर दी।

'हरबंस भाई साहब अब ज़रा लड़की की सही-सही उम्र भी बता दीजिए? माई लड़की की उम्र जानना चाहती हैं।' राम खिलावन बोले।

लड़की के पिता हरबंस ठहरे एक नम्बर के लीचड़ और कांइयां, परचून की छोटी सी दुकान चलाते थे, पैसे बटोरना तो जानते थे पर खरचने से बचते थे। झूठ बोलने में माई से भी दो कदम आगे। उनकी बेटी कटोरी २६ पार कर चुकी थी, बताते २२ की थे। केवल बारहवीं पास कटोरी को बेधड़क हो कर एम.ए. पास बताते नहीं झिझकते थे।

तपाक से उन्होंने रटा-रटाया सबक पढ़ डाला- 'लड़की को २२वां लगा ही है, एम.ए. पास है, घर के काम में माहिर है, लड़की तो बस हीरा है हीरा। भला मामा राम खिलावन से ज़्यादा कौन जाने कटोरी बिटिया को? क्यों साले साहब बताइए न समधन जी को, हमारी बिटिया के बारे में।'

अब राम खिलावन जी क्या बोलें, दोनों तरफ़ से झूठ बोलने का ठेका तो उन्होंने ही ले रखा था। वह तो पहले ही २६ साल के सुशील को २३ साल का बता चुके थे। बोले -हां माई जी, हरबंस जीजा जी की एक एक बात बिल्कुल सही है।-

माई ने चाय की प्याली आगे बढ़ा मुस्कुराते हुए कहा -अब ज़रा लगे हाथ दान दहेज की बात भी निबटा लीजिए तो आगे बढ़ा जाए।-

इसपर हरबंस जी तुरन्त हाथ जोड़ बोले - बहन जी हम तो बहुत मामूली लोग हैं, मुश्किल से गुज़ारा करते हैं। नकदी तो दे नहीं सकते, पर बारात की ख़ातिरदारी बढ़िया से कर देंगे। -

'कोई हाथी घोड़े तो मांग नहीं रहे। देखिए ज़्यादा नहीं तो थोड़ा बहुत शगुन के तौर पर तो होना ही चाहिए। क्या एक जोड़े में ही लड़की विदा करना चाहते हैं? आख़िर बिरादरी में हमारा भी तो मान सम्मान है, हमारी तो नाक ही कट जाएगी। ऐसा तो नहीं चलेगा- माई ने सख़्त रुख दिखाया।

'नहीं नहीं सुशीले की माई, जीजा का मतलब यह नहीं था। इनको थोड़ा सोचने का मौका तो दीजिए, अपने घर में सलाह मशविरा कर के आपको इत्तला कर देंगे। और माई आप भी ठंडे से कुछ सोच विचार कर लीजिए।' - कहकर राम खिलावन ने मामला संभालने की कोशिश करी।

'ठीक है हरबंस भाई जी, हम भी सोच विचार के कटोरी के मामा जी को बता देंगे, आप उनसे ही पूछ लेना।' कहकर माई ने उन्हें विदा कर दिया।

हरबंस समझ गए कि मामला दहेज पर अटकता लगता है। वह कटोरी के मामा जी की औकात जानते थे। सोचा दो-चार ठर्रे की बोतल देने से ही मामा जी को काबू कर लूंगा। सो मामा को तुरन्त अगले दिन अपने घर आने का न्योता दे डाला।

उधर मामा विचारने लगे- 'मैंने तो दोनों की तरफ़ से झूठ बोला है। आज न कल, देर-सवेर सच तो सामने आएगा ही। जब भी आएगा, मैं क्या जवाब दूंगा? दोनों मुझे ही जूते मारेंगे। फिर विचार आया, जब भी झूठ खुलेगा दोनों का ही तो खुलेगा न, दोनों पार्टियां ही तो झूठी हैं, मैं क्यों ख्वामखांह में डर रहा हूं? क्या सुशील की माई और क्या कटोरी का बाप, दोनो ही साले एक नम्बर के मक्कार हैं।

मेरे करे से दोनों परिवारों की मुराद पूरी हो जाएगी, पर मुझे क्या मिलेगा, टट्टू? जीजा तो बस ५० रुपल्ली वाली एक-दो ठर्रे की बोतलें देकर ही टरका देंगे? और यह माई तो मरी मक्खी न देने की। नहीं जी नहीं, मैं इतने सस्ते में नहीं बिक सकता।'

मामा ठहरे छुट्भइये नेता के चमचे, जनता से पैसा घसीटने के सारे हथकण्डे जानने वाले। सोचने लगे माई मेरी क्या लगती है, मैं उसके लिए क्यों झूठ बोलूं? और यह बेइमान परचूनिया हरबंस जो हर किसी को चूना लगाने से नहीं चूकता। मैं क्यों किसी का लिहाज़ करुं। झूठ बोलने की तो कीमत होती है। मैं तो दोनों से कीमत वसूल करुंगा।

तुरन्त माई के पास जाकर बोले- 'देखो सुशील की माई, तुम बोलती रहीं पर मैं कुछ न बोला, चूं भी कर देता तो सब गुड़ गोबर होते देर न लगती, बस तुम्हारी इज़्ज़त ख़ातिर, सुशीले को सैट करने के लिए ही तुम्हारे बड़े बोल सुनता रहा। तुम्हारा घर बसेगा तो मेरे घर की भी तो कुछ सोचो। बरसात का मौसम आने वाला है, वरांडे की छत कच्ची है। उसे पक्का करवाने में करीब १० हज़ार का खर्चा आएगा, ४ हज़ार का इंतज़ाम तो मैं कर ही लूंगा, बाकी के ६ हज़ार मैंने सुशील के ज़िम्मे डाल दिए हैं। एक हफ़्ते में पैसे पहुंचा दो, उसके बाद ही शादी की तैय्यारी शुरु करना, मेरा आर्शीवाद मिलेगा।'

माई सब समझती थी, राम खिलावन की बदनीयती भी जानती थी। जो कुछ रुपए की ख़ातिर सगी भान्जी के हित को बेच डाले भला वह हमारी क्या परवाह करेगा। इतना अच्छा रिश्ता मिल रहा है, इस कमबख्त के मुंह में तो हड्डी डालनी ही पड़ेगी।

'भाई साहब, आजकल पैसे की तो बहुत तंगी है, परन्तु आप से तो घर की ही बात है। और सुशील भी तो आपका ही है, हम आपके काम न आवेंगे तो कौन आवेगा,

आप तो अपने ही हैं। ६ तो नहीं, चलो ५ हज़ार कर लो। दो-तीन दिन के भीतर ही आपको ३ हज़ार पहुंचा दूंगी, बाकी २ सगाई के बाद, बशर्ते कि दान-दहेज की रकम ठीक ठाक से तय करवाओ।'

'ठीक है ५ हज़ार से ही काम चला लेंगे।'

अब राम खिलावन मामा ने हरबंस जीजा के घर का रुख़ किया।कटोरी हमारी भांजी है तो क्या, अपने हक का दाम तो कभी छोड़ नहीं सकते। कटोरी की अम्मा फूलन और हरबंस को बिना लाग लपेट के मन की बात कह डाली- 'जीजा ज़रा ध्यान से सुनो, माई बहुत तिलमिला रही थी, मुझे कल घर बुलवाया था। कह रही थी कि समधी जी तो बढ़े सयाने निकले, दहेज की बात करी तो कन्नी काट गऐ। हमारे पास तो पच्चीस हज़ार नकद देने वाली कई पार्टियां चक्कर लगा रही हैं। किसी दूसरी लड़की को देखने का भी ज़िक्र कर रहीं थीं।'

'राम खिलावन भाई जी अब तो तुम्हारा ही सहारा है, अपनी कटोरी भांजी को किनारे लगा दो। इस लड़के को हाथ से न जाने देना, बस कम से कम में सौदा पटा दो।'

'अरे जीजा अपनी तिजोरी का मुंह तो खोलो। लड़की के रिश्ते के लिए लोग सब कुछ कर गुज़रते हैं और एक तुम हो महाकंजूस जो बेटी के दुश्मन बने बैठे हो। कटोरी की उम्र तो देख लो, असलियत पता चल गई तो पछताते रह जाओगे। यह तो मैं तुम्हारा हितैशी हूं जो ज़ुबान पर ताला जड़े बैठा हूं।'

कटोरी की अम्मा फूलन तुनक कर बोलीं- 'भाई जी बिल्कुल ठीक कह रहे हैं। देखो जी कटोरी के पापा, क्या बेटी के लिए भी पैसों का मुंह देखोगे?'

चलो तुम्हारी मानी, बात बढ़ाओ, पूछो क्या करना है?' हरबंस ने सहमति दिखाई।

पूछना किस से है, माई ने मेरे ऊपर सब कुछ छोड़ रखा है। बारात की बढ़िया दावत तो ठहर ही गई थी, बस ११००० नकद और माई के लिए असली सोने के कंगन में ही उन्हें मना लूंगा, यह मेरा ज़िम्मा रहा। बहुत सस्ता सौदा है, बोलो क्या कहते हो?'

'चलो भाई जी हमारी ओर से तो हां है, तुरन्त जा कर पक्का कर दो।' फूलन ने तुरन्त सहमति दे दी।

देखो जीजा मैं तो सबका सेवादार हूं, सबकी सोचता हूं, पर मेरी कोई नहीं सोचता, कभी मेरी दाल रोटी की चिन्ता करी तुमने?'

बस तुम्हारी कसर बाकी थी, अब तुम भी बको, क्या चाहते हो?'

'मेरा क्या है जनता के लिए ही सारे दिन दौड़धूप करता फिरता हूं, थक जाता हूं। एक पुराने स्कूटर की सख़्त ज़रुरत है। एक स्कूटर पसंद भी कर लिया है, बस

थोड़े पैसे कम पड़ रहे हैं। केवल ६००० से मेरा काम संवर जाएगा लेकिन पैसे परसों तक चाहिए, वरना स्कूटर हाथ से निकल जाएगा। इस बात का ज़िकर भी किसी से न कर देना।'

हरबंस जानता था कि यदि इस का मुंह न भरा तो रिश्ता तुड़वाने में भी नहीं हिचकेगा। छोटे से छोटे काम के दाम वसूलता है, अपनी बहन तक का भी लिहाज़ नहीं करता। 'कटोरी के मामा हम किस दिन काम आएंगे, आप तो हमारे लिए तारनहार हैं, चिन्ता मत करिए, परसों क्यों आज ही, लेकिन ५००० में पक्का करो। २००० हज़ार अभी देता हूं, ३००० रुकवाई वाले दिन। रिश्ता आज ही पक्का होना चाहिए, बोलो है मंज़ूर?'

चलो कटोरी बिटिया की ख़तिर आप की मानी, लाओ बयाने के २०००, अभी गया और आज शाम तक वापिस आकर शुभ समाचार देता हूं।'

हरबंस प्रसाद अन्दर गए और तुरन्त २००० रुपए मामा के हवाले कर बोले- 'लीजिए आपका नज़राना, बाकी के ३००० रुकाई के दिन। अब तुरन्त माई के पास जाकर रिश्ता पक्का कर आइए। मैं और तुम्हारी जीजी तुम्हारे आने का इंतज़ार कर रहे हैं। वापिस आओगे तो बोतल से तुम्हारा स्वागत करुंगा।'

शादी सम्पन्न हुई और बारहवीं पास कटोरी एम.ए. का चोला ओढ़ ससुराल आ पहुंची।

३.

कटोरी को अपनी ज़िन्दगी से हमेशा यही शिकायत रही कि उसकी चाहत में रईस पति था तो भगवान ने उसकी किस्मत में एक फक्कड़ क्यों लिख दिया। मौके बेमौके सबके सामने सुशील की छोटी नौकरी के ताने मारने में कभी न चूकती थी। बेचारी नादान गुल्ली को भी यही समझाती- 'गुल्ली बेटा यही तो पिरौबलम है कि तुम्हारे पापा केवल बारहवीं पास किए हैं, अपने को बी.ए. पास कहते फिरते थे, हमसे भी झूठ बोलकर शादी किए। बी.ए. पास किए होते तो अच्छी नौकरी पा जाते।'

'अम्मा, पापा बता रहे थे कि आप भी बारहवीं पास हैं लेकिन नाना जी ने भी तो आपको एम.ए. पास बताया था।'

'चुप कर, मरी कहीं की, लड़कियों की झूठी तारीफ़ को झूठ नहीं कहा जाता। शादी जमाने के लिए लड़की के गुण तो बढ़ा-चढ़ा कर ही बताए जाते हैं। यही ज़माने की रीत है।' गुल्ली को डांट लगाई- 'तेरे नाना ने कुछ ग़लत नही किया। यह तू अभी से समझ ले ससुरी, जब तेरी शादी का मौका आएगा तो हम भी ऐसा कुछ ही करेंगे।'

'लड़कों की तो केवल जेब देखी जाती है, जिसकी जेब भारी, वही उपयुक्त वर होता है। तेरे नाना तो जेब परखने में ही गच्चा खा गए, नतीजा मैं भुगत रही हूं।'

जब गुल्ली का भैयूया भी आ गया तो घर ख़र्च चलाना और भी कठिन हो गया। माई बीमार पड़ी तो सुशील ढंग से इलाज भी न करा पाया, बेचारी ने बीमारी व ग़रीबी में देह त्याग दी। अब तो कटोरी ने सुशील को चेतावनी ही दे डाली।- 'मुझे यहां नहीं रहना है, दिल्ली चलके बुआ-फूफा के पैर पकड़ लो। बहुत जान पहचान है, रुतबे वाले हैं, कहीं न कहीं तो नौकरी लगवा ही देंगे। और तुम्हारी यह गेटमैन की नौकरी! हमें तो किसी को बताते भी शर्म आती है।'

४.

आख़िरकार चाटुकारिता पसंद फूफा ने एक गैस्ट हाउस में सुशील की केयरटेकर की नौकरी लगवा दी। तनख्वाह भी ठीक ठाक थी, लेकिन असली मज़ा तो ऊपर की कमाई में था। गैस्ट हाउस में कम्पनी के सर्वोच्च ऑफ़िसरों का आना जाना लगा रहता था। रख-रखाव करने में ऊपर की कमाई के मौके आते रहते थे। जैसा कि हर गैस्ट हाउस की रवायत है कि भोजनादि ज़रुरत से ज़्यादा बनाया जाता ताकि केयरटेकर व बावर्ची के परिवारों की भी मौज रहे। सुशील कम्पनी से आनेवाले गैस्ट की खूब सेवा कर उन्हें रिझाता था। सारा कन्ट्रोल उस ही के पास था, जवाब देही कुछ थी ही नहीं। यहां तक कि गेस्ट हाउस के राशन पर भी हाथ साफ़ किया जाता था। सरकारी मेहमान अक्सर बोतल में बची शराब यूं ही छोड़ जाते थे, बस इस मुफ़्त की शराब से ही सुशाल को शराब की लत लग गई।

छपरिया की कुठरिया से निकल दिल्ली की चकाचौंध में कटोरी अपना आपा खो बैठी। सबसे पहले तो अपना नाम ही बदल डाला और कटोरी से बन गईं करिश्मा, गुल्ली का नाम रखा प्रियंका, बेटे का नाम हुआ लक्की और बना दिया आधुनिक परिवार। सुशी़ल को यह रंग बदलना सुहा नहीं रहा था पर कटोरी किसी की चलने तो दे न।

सुशील ने चुटकी ली- 'अपना नामकरण कर रही हो करिश्मा, तुम्हें पता भी है कि कितनी *स्लिम-ट्रिम* है वो, छरेरा बदन, कुल वज़न ४५ किलो है। तुम्हारा तो अकेला कमर से नीचे का हिस्सा ही ५० किलो का होगा। कुछ तो समानता देखी होती।'

'बस चुप करो, तुम क्या जानो मॉडरन कैसे बना जाता है।'

फिर गुल्ली को चेता दिया- 'अब से इन्हें बाउ जी भूल कर भी न बुलाना, इन्हें डैडी जी कहा कर, समझ गई न? और छपरिया की कोठरी वाले घर का किसी से ज़िकर भी न करना।'

दिल्ली आने से मानो सारे परिवार का काया कल्प ही हो गया। बाउ जी और कटोरी माई हो गए डैडी और मम्मी। बहुत कठिनाई से कटोरी नाक कुरेदने की और इधर-उधर थूकने की आदत छोड़ पाई। सुशील ने भी कमीज़ की आस्तीन से नाक पोंछने की जगह रुमाल रखना सीख लिया। बच्चों को इधर-उधर खुले में न जाकर टॉयलेट इस्तेमाल करने की आदत डाली गई। कुछ समय तो लगा, पर छपरिया के अंधेरे में रहने वाले गंवेठी अब दिल्ली का आधुनिक परिवार बन गये। डांट-डपट कर बुआ जी ने रही सही तहज़ीब भी सबको सिखा दी।

फूफा ने अपने घर के पास ही एक खोका किराए पर दिलवा दिया। गैस्ट हाउस सरकारी था तो सुशील की तनख़्वाह में भी बढ़ोतरी होती रही। आख़िरकार पक्का मकान किराए पर ले ही लिया। कटोरी फूफा-बुआ की चाकरी करती और बदले में आर्थिक सहायता पाती रहती थी। धनाड्य रिश्तेदार की चमचागीरी का उचित दाम मिलता रहे तो सौदा बुरा नहीं होता। अब कटोरी उर्फ़ करिश्मा, अपने अधूरे अरमान अपनी बेटी के जीवन में पूरे होते देखना चाहती थी।

बच्चों की पढ़ाई के लिए एक टाई-स्कर्ट वाले स्कूल की खोज की गई और एक अंग्रेज़ी माध्यम के स्कूल में दाख़िला करवा दिया। गुल्ली अब प्रियंका के नए रुप में दबंगई में अपनी मां से भी दो कदम आगे निकल गई। वास्तव में उसको एक आधुनिक व आइडियल लड़की बनाने के जुनून में माता-पिता ने उसे एक ज़िद्दी अक्खड़ व बद्दिमाख़ी लड़की के किरदार में ढाल दिया। हर किसी से बहस करना, बिना ज़रुरत अंग्रेज़ी झाड़ना उसकी पसंदीदा हौबी बन गया।

बारहवीं में पास तो हो गई पर ख़राब नम्बर की वजह से किसी भी अच्छे कॉलेज में दाख़िला न मिल पाया। परन्तु प्रियंका के दिमाख़ में तो एक मॉडर्न हीरोइन जैसी बनने की मानसिकता हावी थी। थक हार कर आन्ध्र प्रदेश के एक प्राइवेट कॉलेज में *फ़िज़ियोथीरैपिस्ट* के कोर्स में दाख़िला पा लिया। मोटा पैसा तो देना पड़ा, लेकिन अच्छा लड़का अटकाने के लिए हर बाप को इतना तो करना ही पड़ता है। तुरन्त छपरिया में सब रिश्ते-नातेदारों में ख़बर फैला दी कि हमारी लड़की डॉक्टर बन गई है।

५.

समय बीतते पता ही नहीं चलता, मुट्ठी से रेत की तरह फिसलते कब मुट्ठी ख़ाली हो जाती है एहसास तक नहीं होता। आज हाथ में प्रियंका की लिखी आख़िरी चिटठी लिए, आंखों में आंसू भरे चौखट पर बैठी कटोरी अपनी किस्मत को कोस रही

थी। बार-बार चिटठी पढ़ती, फिर मोड़ कर लिफ़ाफ़े में डाल देती। यह उसकी दिनचर्या हो गई थी। रोज़ सुबह उठकर घर की दहलीज पर बैठ सामने गली के नुक्कड़ को निहारती, इस उम्मीद में कि शायद आज वह आ जाए।

डेढ़ साल हो गए प्रियंका को घर छोड़ कर गए, जाने के ५ दिन बाद बस एक बार फ़ोन कर के बताया था कि सब कुछ ठीक है। जो चिटठी छोड़ गई थी, उसमें भी चेता दिया था कि 'पुलिस में शिकायत न दर्ज करें, वह बालिग है और अपनी मर्ज़ी से शादी कर चुकी है, अतः अपने कानूनी पति के साथ जा रही है। मुझे खोजने की कोशिश न करें। जब मुनासिब समझूंगी मैं स्वयं ही आपसे मिलने आ जाउंगी।'

सोच रही थी कि कम से कम अपनी मां से मिलने तो आ ही सकती है। क्या औलाद इतनी निर्मोही भी हो सकती है? माना कि लड़की को तो एक दिन जाना ही होता है, लेकिन उसके जाने का तरीका अत्यन्त पीड़ादायक और असंस्कारी था। कितना अच्छा होता यदि वह हमारी सहमति से, रीति रिवाज़ से शादी कर के जाती। बड़े शहरों में तो सनातनी हिन्दू संस्कारों को भटटी में डाला जा चुका है।

बड़े शहरों में तो स्कूल में ही लड़कियां-लड़के अपना जोड़ा ढूंढ लेते हैं। कब अंधी जवानी के जोश में खूंटा तोड़ के भाग जाएं पता चलना तो दूर कोई सूंघ भी नहीं सकता, इतने चालाक हैं आजकल के बच्चे। छोटे-छोटे कपड़ों से शुरु करके धीरे-धीरे बेशर्मी की हदें लांघते जाते हैं। भाग कर अपनी मर्ज़ी से शादी करना तो चलन हो चुका है। और यह हमारा बेटा, ससुरा लक्की शादी कर के जो दुबई गया हमारी सुध तक न ली। न तो मिलने आता और न ही हमें अपने पास बुलाता है।

कटोरी ने आज सावन के पहले सोमवार का व्रत रखा था। पूजा अर्चना कर विचारों में खोई, रोज़ की तरह चौखट पर आ बैठी। तब ही उसकी नज़र सामने से आते डाकिए पर पड़ी। जाने कैसे एक झटके में उठ खड़ी हुई मानो उसे अन्तर्ज्ञान हो गया हो। डाकिया दूर से ही एक चिटठी कटोरी की ओर उछालता हुआ आगे निकल गया। उसकी अंतर्दृष्टि ने सही पहचाना था, पत्र प्रियंका का ही था। झपट कर पत्र उठाया, लिफ़ाफ़ा खोल अन्दर सुशील के पास दौड़ी आई- 'गुल्ली के पापा देखो आ गई, गुल्ली की चिटठी आ गई, मैं कहती न थी, एक दिन ज़रुर वह हमें याद करेगी।'

बेचारा सुशील कुमार एक ओर तो बेटा और बेटी के छोड़ जाने के ग़म में डूबा रहता और दूसरी ओर रिटायरमैंन्ट के बाद आर्थिक तौर पर भी कमज़ोर हो गया था। इस घोर पीड़ा से उसका शरीर आधा हो गया था। बेटी का पत्र देखकर शरीर एकदम उर्जावान हो गया। बिस्तर से उठा, कटोरी ने चश्मा थमाया, वह चिटठी पढ़ने लगा।

'अम्मां मैं तो तुम्हें अम्मां ही कहूंगी, जो अपनापन अम्मां में है वो मम्मी में कहां है। मेरे से ग़लती तो क्या अपराध हुआ है जिसकी ज़िम्मेदार मैं ही हूं, और न ही मुझे इसका कोई अफ़सोस है।

वास्तव में गुड्डू कोई इम्पोर्ट-ऐक्सपोर्ट का काम नहीं करता, उसने अपना नाम भी ग़लत बताया था। वह तो एक कसाई की दुकान पर मीट काटने का काम करता है। एक साज़िश के तहत मेरे साथ बहुत बड़ा धोखा हुआ। शादी के १० दिनों बाद ही मुझे सब कुछ पता चल गया था, परन्तु तब तक बहुत देर हो चुकी थी। आपको इसलिए नहीं बताया क्योंकि अपनी बेवकूफ़ी का दण्ड मैं स्वयं ही झेलना चाहती थी। अब कुछ नहीं हो सकता, मुझे ऐसे ही अपना जीवन यापन करना होगा। आप मेरी बिल्कुल चिन्ता न करना।

सच कहूं अम्मां मैंने तो वही किया जो तुम चाहती थीं। तुम ही तो कहती थीं कि आज के ज़माने में हर लड़की को स्वतंत्रता से रहने व जीने का अधिकार है। आपने ही सारे परिवार को मॉडर्न बनने की प्रेरणा दी और सबको रईसी अन्दाज़ सीखने को बाध्य किया। मैने भी स्वतंत्र विचारधार अपनाई, वही किया जो मुझे भाया, बाकी मेरा मुकद्दर। पापा का ख्याल रखना। अब मैं बस करती हूं, मेरा नमाज़ अदा करने का समय हो रहा है। खुदा हाफ़िज़।

अम्मां-पापा को मेरा प्रणाम

आपकी भगोड़ी बेटी गुल्ली'

चिटठी के अन्त तक पहुंचते-पहुंचते सुशील के हाथ कांपने लगे, चिटठी हाथ से छूट गई, इससे पहले कि कटोरी संभाल पाए, बेचारा गश खाकर निढाल बिस्तर पर लुढ़क गया। पड़ौस के सिंह साहब की मदद से अस्पताल में भर्ती करवाया, पता चला सदमे से दिल का दौरा पड़ा था।

कटोरी ने माथा पीट लिया, पश्चाताप में डूब गई- 'हाय री मेरी किस्मत! क्यों मैं छपरिया का सुख शान्ति का माहौल छोड़ कर दिल्ली की ओर भागी आई। दिल्ली की चकाचौंध ने मुझे अंधा कर दिया, अपने सनातनी संस्कारों को त्यागने की भयंकर भूल कर बैठी। क्यों मुझ पर अपनी गुल्ली को एक मॉडर्न लड़की बनाने का भूत सवार हुआ। हाय रे पगलैट कटोरी! माया मिली न राम।'

समाप्त

प्रैज़ीडैन्ट साहब

- ६:४५ मिनट -

हमारे मित्र, सिंह साहब बहुत दार्शनिक विचारों वाले व्यक्ति हैं और एक सरकारी स्कूल में अध्यापक हैं। बहुत मिलनसार होने के साथ-साथ लोगों के व्यवहार व आचरण की बहुत सटीक समीक्षा करते हैं। उनका मानना है कि प्रायः लोग अपने रिश्तेदार, पड़ौसियों और सहकर्मियों आदि से उचित व्यवहार नहीं करते। अपनी स्वार्थ सिद्धि और दूसरों की जेब की गहराई के आधार पर ही उनका स्वागत, आदर या अनादर किया जाता है।

सिंह साहब एक अच्छी धनाड्य लोगों की हाउसिंग सोसाइटी में रहते हैं। एक बार उनसे मिलने पहुंचा तो वह गेट पर ही मुझे लेने आ गए। सुरक्षाकर्मी ने हमें *गैस्ट पार्किंग* में कार लगाने को कह दिया। सोसाइटी के चारों ओर एक सड़क थी जिस पर *वन-वे* था। अतः *गैस्ट पार्किंग* में जाने के लिए पूरी सोसाइटी की परिक्रमा करके ही जाया जा सकता था। मैं जैसे ही आगे बढ़ा तो पाया कि करीब २०-२५ फुट आगे पुरुषों की एक टोली हंसी ठट्ठा करते हुए धीरे-धीरे चल रही थी। झुंड में करीब १६-१७ लोग थे जो बीच-बीच में रुककर इधर-उधर, ऊपर-नीचे देखते हुए जा रहे थे। उस टोली से एक सुरक्षित दूरी कायम करते हुए मैं धीरे धीरे गाड़ी चलाता रहा। उनमें से एक दो ने मुड़कर पीछे देखकर जान भी लिया कि पीछे गाड़ी आ रही है, परन्तु हमें निकलने का रास्ता देना उचित नहीं समझा। मैंने भी भद्रतावश हॉर्न नहीं बजाया, यह सोचते हुए कि सभ्य लोग ही होंगे, स्वयं ही रास्ता दे देंगे। परन्तु ऐसा नहीं हुआ और सब हाथी जैसी मस्त चाल से आगे आगे चलते रहे।

सिंह साहब से मज़ाक करते हुए मैंने कहा, यह लोग इतने चौड़े हो कर चल रहे हैं, लगता है जैसे किसी बादशाह या नेता का काफ़िला जा रहा हो। कहीं यह आपकी सोसाइटी की मैनेजिंग कमैटी के लोग तो नहीं हैं? मेरी बात सुन सिंह साहब की हंसी छूट गई- 'आपने बिल्कुल ठीक पहचाना, सोसाइटी के राउंड पर निकले हैं, जब भी यह इकट्ठे निकलते हैं इसी तरह जुलूस की शक्ल में चलते हैं।'

कुछ सोचकर बोले- 'चलिए आपका एक टैस्ट लेता हूं। आपने इनकी चाल-ढाल से इतना तो परख ही लिया है कि यह हमारी मैंनेजिंग कमैटी है। आपको मान जाउंगा यदि आप इनकी हरकतों से यह और बता सकें कि इनमें से कौन सोसाइटी का प्रेज़ीडैन्ट और कौन सैक्रेटरी है। किसी अन्य के बारे में भी बता सकें तो और भी अच्छा। *गैस्ट पार्किंग* में पहुंचने तक आप इनके पीछे चलते रहिए। आपके टैस्ट का समय अब शुरु होता है।

उनकी चुनौती स्वीकार कर मैंने तुरन्त विश्लेषण आरम्भ किया। पाया कि एक साहब सुन्दर सा चमकीला कुर्ता पहने सबसे आगे, दोनों हाथ शरीर से डेढ़ फुट की दूरी तक फैलाए हुए चल रहे थे। कुर्ते के बटन खुले और गले में पाव भर की सोने की चेन लटक रही थी। वह चलते तो टोली चल पड़ती, रुकते तो रुक जाती। तभी एक फ़लैट से एक व्यक्ति ने आकर उनका हाथ जोड़ स्वागत किया, बाकी किसी की ओर देखा तक नहीं। उन साहब ने एक हाथ हिलाकर स्वागत स्वीकार किया। मैंने तुरन्त कहा- 'यह अवश्य ही एक व्यापारी हैं, आपकी सोसाइटी के प्रेज़ीडैन्ट लगते हैं।'

अन्दाज़ा बिल्कुल ठीक निकला। यह हमारी सोसाइटी के प्रेज़ीडैन्ट शर्मा जी हैं, यहां के बहुत बड़े प्रौपर्टी ब्रोकर हैं, सोसाइटी में जो भी फ़लैट ख़रीदा-बेचा जाता है उसमें यह अपनी टांग ज़रुर अड़ाते हैं। बड़े दिलेर आदमी हैं।' सिंह साहब ने पुष्टि की।

'और वह, जो टाइट जीन्स पहने प्रेज़ीडैन्ट से १ फुट पीछे, हाथ में कुछ काग़ज़ात लिए उनसे वार्तलाप करते चल रहे हैं, शायद वह आपके सैक्रेटरी हैं।'

यह निशाना भी ठीक बैठा।

मैं सबका व्यवहार बारीकी से देख रहा था। 'और वह जो हाथ में फ़ाइलें थामे सीधी सादी पैन्ट कमीज़ में सज्जन हैं, सबसे अदब से झुक कर बात कर रहे हैं, उनका व्यवहार सोसाइटी के मैनेजर जैसा लगता है।'

'वाह जी वाह, सही पहचाना आपने, वह हमारे मैनेजर वर्मा जी हैं।'

और वह, बालों को काला रंगे हुए, नौजवान के मेकअप में अधेड़ व्यक्ति, जिन्होंने ६ इंच की हाफ़ पैंट पहनी है वह शायद मैनेजिंग कमैटी के मैम्बर होंगे।'

'क्या बात है, वह हैं वाइज़ प्रेज़ीडैन्ट साहब, आप तो टैस्ट में पास हो गए जी, वह भी डिस्टिंक्शन मार्क्स के साथ!'

'और वह दो महिलाएं जो लगातार बातचीत में मशगूल हैं वह तो महिला कोटे से मैम्बर होंगी।'

'यहां आप ग़लत हो गए, एक प्रेज़ीडैन्ट की और दूसरी ट्रेज़रार की पत्नी हैं, सोसाइटी के हर काम में दख़लंदाज़ी करती हैं। अपने को प्रबंधक समिति से कम नहीं समझतीं।'

हम इस प्रकार पहेली बुझाने-सुलझाने का आनन्द ले रहे थे कि पार्क के पास एक चौड़ी सी जगह दिखी तो सिंह साहब के कहने पर हल्का सा हार्न बजा दिया। टोली के कुछ लोगों ने भृकुटी चढ़ा कर देखा, मानो पूछ रहे हों- 'हमारी सोसाइटी में यह हिमाकत किसने की। अंजान हैं, शायद जानते नहीं कि हम इस सोसाइटी के मालिक हैं? उन्होंने अपनी फैलावट को कम किया, एक ने एहसान करने की मुद्रा में हमें निकलने का संकेत दिया तो आहिस्ता से मैंने कार निकाल ली। जब तक हम उनके पास से निकले, सारी टोली हमें लगातार घूरती रही। शायद उनको बचपन में पढ़ाया गया सभ्यता का वह सबक कि 'किसी भी आगन्तुक को बेवजह घूरना व निरन्तर देखना शिष्टाचार के विरुद्ध होता है' भूल चुके थे। या फिर ऐसी शिक्षा उन्हें मिली ही नहीं हो। सिंह साहब ने प्रेज़ीडैन्ट साहब को नमस्कार किया तो उन्होंने जवाब तक नहीं दिया। शायद उनको ऐसी चलती फिरती नमस्ते पसंद नहीं थी।'

'मुझे एक बात समझ नहीं आई, आपकी सोसाइटी इतनी बड़ी है, आप बता रहे थे कि हर समय १४-१५ सिक्योरिटी गार्ड तैनात रहते हैं, इतने नज़र तो नहीं आते।'

'भाई साहब तीन चार तो हमेशा ही एम.सी. मैम्बर्स की सेवा में लगे रहते हैं न।'

'एम.सी. मैम्बरस की सेवा, क्या मतलब?' मैने कौतूहल-वश पूछा।

'कभी गार्डस् मैर्म्बस के बच्चे की साइकिल में फूंक भरवाने जाते हैं, कोई साइकिल चलाना सिखाते हैं, कोई घर का सामान लाता है। किसी की गाड़ी चमकाना, किसी की गाड़ी का टायर बदलना तो किसी के फूफा, जीजी जी का सामान लाना-लेजाना भी तो गार्डस को ही करना होता है। यहां तक कि एम.सी. मेम्बर्स जब शाम को डयूटी से घर आते हैं तो उनका ब्रीफ़ केस, लन्च बौक्स आदि भी तो गार्डस ही उनके फ़्लैट तक पहुंचाते हैं। कुछ से तो चपरासी का काम लिया जाता है। मुश्किल से ६-७ गार्ड्स ही वास्तव में सिक्युरिटी में तैनात रह पाते हैं। यह है हमारे सिक्युरिटी सिस्टम की सच्चाई।' शिकायत के लहज़े में बोले।

'यह क्या तमाशा है? यह तो प्रबन्धक समिति मैम्बर्स का निजि काम होता है, गार्डस को तो नहीं करना चाहिए। हमारी सोसाइटी में तो ऐसा कभी नहीं होता।'

'आपकी सोसाइटी में नहीं होता होगा, हमारे यहां तो धड़ल्ले से होता है। हमारे एम.सी. मैम्बर्स बड़े दमदार हैं, धनवान व्यापारी हैं, कानून नियम सब ताक पर रखते हैं। सोसाइटी में अपनी धाक जमा रखी है, कोई शरीफ़ आदमी इनसे उलझना नहीं चाहता।' उनका जवाब था।

सिंह साहब के घर बैठे हम बातचीत कर ही रहे थे कि अचानक अग्नि शमन की गाड़ी के सायरन की कान चीरती आवाज़ गूंज उठी। उत्सुकतावश हम तुरन्त बाहर

आए, क्या हो गया सोसाइटी में। पता चला कि लिफ़्ट् का दरवाज़ा न खुलने के कारण एक व्यक्ति अपने तीन वर्ष के बच्चे के साथ फंस गए। आपातकालीन अलार्म काम नहीं कर रहा था। बेचारे दरवाज़ा पीटते रहे, चीखते चिल्लाते रहे पर सुनने वाला कोई न था। मेन्टेनैन्स का सारा स्टाफ़ तो एम.सी. के आगे पीछे था, कुछ उनके चाय-नाश्ते की व्यवस्था में लगे थे तो भला लिफ़्ट् में फंसे लोगों की पुकार कौन सुनता।

संयोगवश ऐमेज़न के होम डिलीवरी कर्मचारी ने आवाज़ सुनकर सबको आगाह किया। मेन्टेनैन्स स्टाफ़ दरवाज़ा खोलने में असफ़ल रहा तो लिफ़्ट् की कम्पनी को फ़ोन किया, किसी ने फ़ायर ब्रिगेड को भी फ़ोन कर दिया। फ़ायर ब्रिगेड ने मशक्कत करके बाहर निकाला तो पिता को मरणासन्न अवस्था में अपने मूर्छित बच्चे को गोद में थामे हुए पाया। इतना हृदय विदारक दृश्य देख सबका कलेजा कांप उठा। पड़ौस के डॉक्टर ने प्राथमिक उपचार किया, हालत गम्भीर जानकर तुरन्त ऐम्बुलैन्स से अस्पताल पहुंचाया गया। कुछ लोग एम.सी. मैम्बरस, जिनकी मीटिंग चल रही थी, को बताने भागकर गए, पर कोई सुध लेने नहीं आया।। आनन फ़ानन में पुलीस भी आ पहुंची।

सबकी समझ में आ गया कि मामला एम.सी. के ग़ैरज़िम्मेदार रवैये की ही देन है। लोग खुलेआम बता रहे थे कि सभी लिफ़्ट् में आपातकालीन अलार्म लगे तो हैं पर कभी भी काम नहीं करते, बावजूद इसके कि निवासी शिकायत करते रहे हैं। जब भी एम.सी. की मीटिंग होती है सारा स्टाफ़, सिक्यूरिटी आदि उनकी चापलूसी में लग जाते हैं, मानो सोसाइटी के मेन्टेनैन्स काम की छुट्टी हो।

पुलिस जीप से एक इन्सपैक्टर साहब ने सारी जानकारी लेकर पूछा - आपकी सोसाइटी के प्रैज़ीडैन्ट, सैक्रेटरी वगैरा कौन हैं, कहां हैं, बुलाओ उन्हें?

किसी ने फुसफुसाया- 'हमारे प्रैज़ीडैन्ट साहब तो बहुत पहुंचे हुए हैं, पुलिस को तो मिनटों में सैट कर लेंगे।'

मैनेजर ने बताया कि सोसाइटी का राउंड लेने के बाद अब कम्युनिटी हॉल में मीटिंग चल रही है, उन्होंने मुझे पता लगाने भेजा है कि क्या हो गया। पुलिस इन्सपैक्टर भड़क कर बोले- 'इतना बड़ा कांड हो गया, एक घंटे से ज़्यादा हो चुका है, सबको तो पता चल गया लेकिन उन्हें कुछ पता ही नहीं, यह कैसे हो सकता है? मीटिंग कहां हो रही है, चलो वहीं चलते हैं।'

कम्युनिटी हॉल पहुंचे तो देखा सब कुर्सियां ख़ाली, सब लोग नदारद थे। परन्तु मेज़ पर प्लेटों में रखे आधे-खाए समौसे, गुलाबजामुन और चाय के अधभरे प्याले बयां कर रहे थे कि एम.सी. मैम्बर्स जल्दबाज़ी में मीटिंग छोड़कर भाग खड़े हुए थे। इन्सपैक्टर को उनकी चालाकी समझते देर न लगी। इतना बड़ा हादसा हो गया और सब भाग गए?

इन्सपैक्टर ने हिदायत दी- 'हवलदार हरीश यादव, मैनेजर को फ्रेम में लेकर इस टेबूल का पूरा वीडियो बना लो। बड़े चालाक बनते हैं, हादसा होते ही सारे मैम्बर्स सोसाइटी छोड़ कर भाग गए। देखता हूं भाग कर जाऐंगे कहां?'

'ओए मैनेजर साहब, अपने प्रैज़ीडैन्ट को फ़ोन लगा, फ़ोन को स्पीकर पर रखना। मैडम सरिता और हवलदार यादव, आप दोनों एम.सी के सारे मैम्बंस को घरों से निकाल के लाओ। किसी को मत छोड़ना।'

मैनेजर ने प्रैज़ीडैन्ट शर्मा को फ़ोन मिलाया तो आवाज़ आई- 'हां, वर्मा जी क्या प्रौबलम है।'

इन्सपैक्टर ने मैनेजर के हाथ से फ़ोन झपट लिया- 'मैं पुलिस इन्सपैक्टर दिनेश सिंह बोल रहा हूं, प्रौबलम तो तुमने खड़ी करी है। मीटिंग छोड़ कर अचानक क्यों भाग गए, अपना भला चाहते हो तो एकदम वापिस आ जाओ।'

'इन्सपैक्टर साहब मेरे यूरीनरी ट्रैक में प्रौबलम आ गई है, अस्पताल में दाख़िल हूं, चैकिंग चल रही है। एक दो दिन में आ जाउुंगा।'

इन्सपैक्टर साहब दाहाड़े- 'हमे बेवकूफ़ समझ रखा है, साले १५ मिनट पहले तो तू समौसे खा रहा था। पुलिस के सामने तो बड़े बड़ों की बन्द हो जाती है, आजा, तेरा यूरीनरी ट्रैक तो मैं ठीक करुंगा। शर्मा वार्निंग दे रहा हूं, एकदम वापिस आजा वरना अस्पताल से घसीटता हुआ लाउंगा।'

'जी मैं मैं अभी देखता हूं सर, कुछ करता हूं। सर जी माफ़ करना, आप जैसे कहेंगे कर लेंगे।' प्रैज़ीडैन्ट साहब मिमियाती आवाज़ में गिड़गिड़ाने लगे।

'कुछ न देख, बस आकर तफ़तीश में साथ दे। पुलिस से पंगा न लेना बता देरया हूं। अभी प्यार से समझा रहा हूं, एकदम आजा वरना तेरी प्रैज़ीडैन्सी निकाल के रख दूंगा।'

सब निवासी वार्तालाप सुन रहे थे, प्रैज़ीडैन्ट साहब की दिलेरी की पोल खुल गई थी। इन्सपैक्टर साहब ने सारे सी.सी.टीवी. कैमरों के फुटेज मंगवा लिए। दोनों हवलदार एम.सी. मैम्बंस को एक-एक करके पेश करते रहे और इन्सपैक्टर ने तहकीकात शुरु कर दी, सच्चाई जानने के लिए सबके बयान दर्ज करने लगे।

मैं हैरान था कि सोसाइटी के निवासी जिनको बहुत दिलेर और दमदार समझते थे, सब पकड़े जाने पर थर-थर कांपते दिखाई दे रहे थे। सोसाइटी में दादागीरी करके अपनी धाक जमाने वाले, कानून को ताक पर रखने वाले अब स्वयं ही उलटे लटके हुए थे। सच ही है, कानून को तोड़ने वाले देर-सवेर, एक न एक दिन तो कानून के शिकंजे में आते ही हैं। ठीक कहा गया है 'कानून को कमज़ोर समझने की ग़लती कभी नहीं करनी चाहिए, कानून का राज होना चाहिए, न कि कानून तोड़ने वालों का।'

समाप्त

१०० का नोट

- ८:५० मिनट -

मैं हूं १०० रुपइये का नोट, जानते हो मुझे? मैं बोलता तो नहीं हूं मगर सबकी बोलती बंद करने की ताकत रखता हूं। अरे मैं भी क्या मूर्खता का प्रश्न कर बैठा, मुझे कौन नहीं जानता। मैं इंसान के सभ्य कहे जाने वाले समाज का स्वामी हूं, सारी दुनिया मेरी गुलाम है। मेरे सामने इंसान की हैसियत ही क्या है?

यह कैसी विडम्बना है कि इंसान ही मुझे जन्म देता है और स्वयं ही मेरा गुलाम बन जाता है। क्या किस्मत है मेरी, मेरा जनक ही मेरा गुलाम है। क्या माता-पिता, भाई-बहन, क्या पति-पत्नी, क्या बेटा-बेटी और क्या दोस्त-पड़ौसी, सारे रिश्ते नाते मेरे सामने बहुत छोटे पड़ जाते हैं। सब नातों को नापने का मापदण्ड मैं ही तो हूं। मुझे पाने के लिए तो लोग कुछ भी कर गुज़रने के लिए तत्पर रहते हैं। कहते हैं कि पैसा इन्सान को बदल देता है, पैसा इन्सान को नहीं बदलता, वास्तव में पैसा इन्सान की नकाब उतार उसका असली चेहरा उजागर कर देता है।

मुझे पाने के लिए तुम कुछ भी करने को तैय्यार रहते हो, अपने उसूलों को ताक पर रख देने में ज़रा सा भी नहीं हिचकते। जो लोग सरकार में अहम पदों पर विराजते हैं, पब्लिक डीलिंग करते हैं, लाइसैन्स, ठेके, परमिशन, एप्रूवल आदि से डील करते हैं उनके तो हमेशा पौ-बारह रहते हैं। क्या नौकरशाह, नेता और अभिनेता और क्या उनके मातहत, सब के सब मुझे पाने की ख़ातिर कुछ भी कर गुज़रने को आतुर रहते हैं। भाड़ में जाए कानून, उसूल, भाड़ में जाए ईमानदारी और गंदे नाले में जाए देश-समाज के हित। जेब में माल है तो सारा जहान तुम्हारे कदमों में है, समाज में इ़ज़्ज़त है, प्रतिष्ठा है, नाम और ताकत है। समझे! यह है मेरा रुतबा।

यह तो बुद्धिजीवियों का भी कहना है - पैसा भगवान तो नहीं है, परन्तु भगवान से कम भी नहीं है। यह मशहूर कहावत मेरी अहमियत को ठीक तरह से बयान करती है।

क्या कहा? मेरा दिमाग़ ख़राब है, मुझे अपने पर बहुत गुरुर हो गया है? नहीं, मैं तो तुम्हारी असलियत बयान कर रहा हूं। तुममें सत्य सुनने का मादा है ही नहीं।

तुम अपने को सभ्य कहते हो? बिल्कुल झूठ, बड़ी-बड़ी आध्यात्म की बातें करते हो, लेकिन जब मैं सामने आता हूं तो अपने सारे सिद्धांत और आध्यात्म ताक पर रख मेरे पीछे भागने लगते हो। जानवर तक कभी अपने उसूल नहीं तोड़ता, परन्तु इन्सान तो मेरी ख़ातिर अपने उसूलो को बेचने के लिए सदैव तत्पर रहता है।

अपने मित्रगण, नाते-रिश्तेदारों में सिद्धांतवादी, नीतिवान इन्सान खोजिए तो सही, उनकी गिनती कीजिए तो सारे नीतिवान केवल दस अंगुलियों में ही सिमट कर रह जाएंगे, एक बार ज़रा गिन के तो देखो, खुद ही जान जाओगे। यह है तुम्हारे सभ्य, संस्कारी और उन्नत समाज का असली चेहरा?

एक दिन का वाक़्या सुनाउंगा तो दंग रह जाएंगे। एक नवयुवक अपने बूढ़े पिता को एक लम्बी सी गाड़ी में बिठा कर लाया, बहुत एहतियात से उन्हें गाड़ी से उतारा, पकड़ कर सहारा देते हुए सड़क पार करवाई। पिता जी बीमार थे, बहुत धीमे-धीमे चल रहे थे, इलाज के लिए उन्हें डॉक्टर के पास ले जाया जा रहा था। देखकर बहुत अच्छा लगा कि बेटा कितने आदर से बूढ़े पिता की देखभाल कर रहा है। अचानक सड़क किनारे एक १०० रुपए का नोट पड़ा देख दोनों ठिठक कर रुक गए। पिता जी अपनी बीमारी भूलकर एकदम नोट पर लपके तो संतुलन खो बैठे और सड़क पर ही लुढ़क गए। पिता को गिरते देख, बेटा भी चुस्ती-फुर्ती दिखाते हुए एकदम उस ओर घूम गया, ऐसा लगा कि पिता को उठाने बढ़ रहा था। पर यह क्या? बेटे ने एक झटके में पहले तो १०० रुपए का नोट उठाकर जेब के हवाले किया, उसके बाद ही सड़क पर लुढ़के पिता की बारी आई। बेटे ने उनको आदर से उठाकर संभाल लिया। शायद पुत्र की सोच यही रही होगी कि नोट तो हवा के एक झोंके से ही उसकी पहुंच से बाहर हो सकता था। इसलिए पहले नोट को कब्ज़ाना आवश्यक था। पिता जी तो पास में ही पड़े हैं, वह कहां जा सकते हैं? उनको उठाने में भले ही कुछ देरी की जा सकती थी, पर नोट को उठाने में नहीं। अपने आचरण से पुत्र ने अपनी प्राथमिकता दर्शा दी थी। देखनेवाले भरे बाज़ार में यह दृश्य देख मन्द-मन्द मुस्कुरा रहे थे।

हमारे आधुनिक व उन्नत समाज में पैसा ही पूजा जाता है। याद है सन १९५५ में बनी वह बलराज साहनी जी की मशहूर फ़िल्म जो पूरी की पूरी ही मेरे इर्दगिर्द घूमती नज़र आती है। फ़िल्म का नाम था "गरम कोट", कहानी आरम्भ होती है १००

रुपए के नोट के गुम हो जाने से और अन्त होता है नोट के मिलने पर। यह है मेरा अस्तित्व और मेरा महत्व। यह मैं नहीं कहता, आपका समाज ही कहता व मानता है।

और लो, १६६० में बनी फ़िल्म "काला बाज़ार" को ही देख लो और उसका वह मशहूर गाना "ये पैसा बोलता है" मेरा महत्व बयान करता है। गाने के माध्यम से मेरी महिमा का बखान करते हुए कलाकार पूछता है- 'पैसे पे अगर मैं मरता हूं बतलाओ बुरा क्या करता हूं? यह मैंने तो नहीं कहा, आप ही कहते हैं।'

अब ज़रा उस अस्पताल की ओर तो देखिए वहां क्या चल रहा है। अस्पताल का रुख़ करते हैं और देखते हैं नज़ारा, वहां क्या बखेड़ा चल रहा है? आजकल कौरोना महामारी के भयंकर दौर से सारा विश्व ग्रसित है। एक नवयुवक के माता व पिता, दोनों ही कौरोना की चपेट मे आ गए। बेचारे को जगह-जगह धक्के खाने के बाद ही बहुत कठिनाई से एक प्राईवेट अस्पताल में कौरोना मरीज़ों के लिए आरक्षित बैड मिल पाए। उपचार के बावजूद दोनों की हालत अत्यन्त गंभीर हो गई तो तुरन्त वैन्टीलेटर पर डालने की आवश्यकता आन पड़ी। परन्तु यहां एक विकट समस्या खड़ी हो गई। अस्पताल में केवल एक ही वैन्टीलेटर बैड उपलब्ध था जबकि माता-पिता दोनों की ही हालत बहुत नाज़ुक थी। दो वैंन्टिलेटर बैड की आवश्यकता थी, था केवल एक बैड, अब करें तो क्या करें।

एक अनार दो बीमार, दोनों में से किसको दिया जाए अनार। अस्पताल के कर्मचारी दुविधा में पड़ गए कि किसको वैन्टीलेटर बैड दें। वह यह भी जानते थे कि जिसको भी वैन्टीलेटर बैड नहीं मिलेगा उसका बचना बहुत कठिन होगा। डॉक्टरों ने आपस में विचार विमर्श कर के यही तय किया कि दोनों में से किसको वैन्टिलेटर बैड देना है इसका निर्णय उनके पुत्र पर ही छोड़ दिया जाए।

लिहाज़ा सीनियर नर्स ने उनके पुत्र व पुत्रवधु को बुला कर सारी स्थिति समझाते हुए संकोच से पूछा - हम बहुत दुविधा में हैं, आपके माता व पिता में से केवल एक को ही वैन्टीलेटर बैड मिल सकता है। हम मजबूर हैं, अब आप ही फ़ैसला कीजिए, बताइये वैन्टीलेटर बैड दोनों में से किसको दिया जाए? -

निःसंकोच हो कर बेटे ने कहा- 'इसमें दुविधा की क्या बात है? जैसे भी हो मेरे पिता जी को तो बचाना ही बचाना है, इनको कुछ नहीं होना चाहिए।'

बेचारा बेटा हाथ जोड़कर विनती करने लगा और ज़ोर देकर कहा- 'मेरे पिता जी को किसी भी कीमत पर बचाना है, प्लीज़ सिस्टर।'

पुत्रवधु भी पुत्र के सुर में सुर मिलाते हुए बोली- 'हां जी हां, पापा में तो हमारी जान बसती है, जितना मर्ज़ी ख़र्चा हो जाए उनको तो बचाना ही है।'

परन्तु दोनों में से किसी ने भी माता जी के इलाज के बारे में कुछ नहीं पूछा। माता के प्रति इतना रुखा व्यवहार देख नर्स को हैरानगी हुई। वह अपने को रोक न पाई तो उसने पुत्र से पूछ ही लिया- 'यह देखकर बहुत अच्छा लगा कि आप अपने पिता की इतनी चिन्ता करते हैं। लेकिन माता जी के बारे में आपका क्या कहना है?'

बेटे ने अकड़ते हुए समझाया- सिस्टर मेरे पिता जी केन्द्रीय सरकार में डायरैक्टर की पोस्ट से रिटायर हुए हैं। आपको पता भी है कि उनको कितनी पैन्शन मिलती है? जितनी आपकी तनख्वाह है न, उससे कहीं ज़्यादा तो उनकी पेन्शन आती है। *वी कान्ट एफ़ोर्ड टु लूज़ हिम ऐट ऐनी कौस्ट,* उनको तो हम किसी भी कीमत पर खोना नहीं चाहते, आप समझ रही हैं न?'

ठीक है, मैं बिल्कुल समझ गई। अब हमें यह भी बता दीजिए कि माता जी को कैसे ट्रीट करना है? उनकी हालत भी तो नाज़ुक है। मैं तो यही सलाह दूंगी कि आप किसी दूसरे अस्पताल में उनके लिए एक वैन्टीलेटर बैड का इंतज़ाम कर लीजिए।'

'आपको समझ क्यों नहीं आ रहा सिस्टर, कौरोना महामारी चरम पर है, आज कल के हालात में वैन्टीलेटर बैड मिलना असम्भव ही लग रहा है।'

'भाई साहब कोशिश तो कीजिए, उनको बचाना भी तो ज़रुरी है। ढूंढेंगे तो किसी न किसी अस्पताल में वैन्टीलेटर बैड मिल ही जाएगा। हम ऐम्बुलेन्स द्वारा उनको सुरक्षित तरीके से दूसरे अस्पताल में शिफ़्ट भी करवा देंगे।'

फिर धीमे से बोली- 'यदि आप किसी से न कहें तो एक बात कहूं? जो हालात हैं, उसमें वैन्टीलेटर बैड मिलना असम्भव है, लेकिन मैं कुछ लोगों को जानती हूं जो कुछ ले-दे कर काम करवा सकते हैं। उनका फ़ोन नम्बर आपको दे सकती हूं, आप चाहो तो उनसे डायरैक्ट बात कर लो, मेरा कोई इन्ट्रैस्ट नहीं है, मैं तो केवल आपकी मदद करना चाहती हूं।'

'करीब कितना पैसा लगेगा, कुछ अन्दाज़ा तो बताइऐ?'

'किसी से कहना मत, २० से २५ हज़ार प्रतिदिन का लगेगा, एडमिशन से पहले डेढ़ लाख एडवान्स देना होगा। मेरे थ्रू जाओगे तो कुछ कम करवा दूंगी। तैयार हो तो बोलो, बात करूं?'

'मैं चाहता तो हूं कि माता जी को भी वैन्टीलेटर बैड मिल जाए, दरअसल बात यह है कि आजकल हमारे पास पैसों की बहुत तंगी चल रही है।'

इस पर पुत्रवधु ने एक कोने में ले जाकर अपने पति के कान में कुछ फुसफुसाया, सलाह मशविरा कर के पुत्रवधू ने जवाब दिया- 'मेरी सासू माता की विल पावर बहुत स्ट्रौंग है, बड़ी से बड़ी बीमारी झेलने का दमख़म रखती हैं। बड़े जीवट की हैं हमारी माता जी, हमें पूरा भरोसा है कि वह सब झेल लेंगी।'

'लेकिन फिर भी हम अन्य अस्पताल में काशिश तो करेंगे ही। परन्तु यह वाला वैन्टीलेटर बैड तो पापा जी को ही देना है। माता जी के लिए कल बताएंगे। अब देरी न कीजिए, पिता जी को तुरन्त वैन्टीलेटर बैड पर शिफ़्ट् कीजिए।' पुत्र ने फिर ज़ोर दिया।

आख़िरकार पिता जी को वैन्टीलेटर बैड पर शिफ़्ट् करवाकर ही उन्होंने दम लिया।। पिता तो उनके लिए दुधारु गाय ही थे, प्रतिमाह जितना खर्चा उन पर होता था उनकी पेन्शन उनपर खर्चे से चार गुना से भी ज़्यादा थी। मोटी पेन्शन आती रहने के लिए पिता जी का जीवित रहना तो बहुत ज़रुरी था। अण्डे देने वाली मुर्गी को भला कौन खोना चाहेगा।

माता जी भी बच जाएं तो ठीक है नहीं तो जैसी भगवान की इच्छा। वैन्टीलेटर बैड का मोटा खर्चा माता जी पर करने का कोई औचित्य पुत्र व पुत्रवधु को नहीं दिखा। माता जी का इलाज उनको आर्थिक बोझ लग रहा था। चन्द रुपयों की ख़ातिर माता जी का इतना अनादर, इतनी उपेक्षा देखकर बहुत दुख हुआ।

पुत्र व पुत्रवधू का आचरण, उनका वार्तालाप सुन, यह नज़ारा देखकर मुझे बहुत पीड़ा हुई। इन्सान इतना स्वार्थी हो चुका है, क्या यही स्वार्थ की पराकाष्ठा है? हो सकता है कि आने वाली पीढ़ियों को इससे भी आगे बहुत कुछ बढ़कर देखने को मिलेगा। माता-पिता की जान बचाने में भी फ़ायदे नुक्सान का आंकलन किया जाता है। कर्तव्य पालन का निर्णय भी नफ़ा-नुक्सान के आधार पर किया जाता है। पुरानी कहावत *बाप बड़ा न भइया, सबसे बड़ा रुपइया* आँखों के सामने पूर्णतयः चरितार्थ होते दिखाई दे गई।

समाप्त

हर शाख पे उल्लू

- ६:४५ मिनट -

हमारे देश में सारा सरकारी तंत्र नौकरशाह ही चलाते हैं, या ठीक शब्दों में कहा जाए तो घसीटते हैं। यह शब्द अंग्रज़ी भाषा के शब्द ब्यूरोक्रैट का हिन्दी अनुवाद है, परन्तु यह अनुवाद सुहाता नहीं। अंग्रज़ी शब्द "ब्यूरो" फ्रैंच भाषा से लिया गया है जिसका अर्थ होता है 'टेब्ल मैनेजमैंट' अर्थात अपने कार्यालय में बैठे-बैठे ही अपने विभाग के काम का संचालन करना। कमाल का अनुवाद किया गया है, शब्द में ही विरोधाभास है। एक तरफ़ तो नौकर कहा और साथ ही साथ शाह भी जोड़ दिया। इसको यदि अफ़सरशाही कहा जाए तो बेहतर होगा।

कहते हैं कि मनमौजी राजा के सामने अपनी बात रखने के लिए उचित समय चुनना आवश्यक होता है और राजा की मनोदशा जानकर ही फ़रियाद करनी चाहिए। अर्थात जब राजा प्रसन्नचित्त हो तब ही अपनी फ़रियाद की जाए तो न्याय मिलने की संभावना बढ़ जाती है। परन्तु मैं यह बात अक्सर भूल जाता था कि हमारे देश के करीब-करीब सारे सरकारी कर्मचारी भी तो अपने को किसी राजा से कम नहीं समझते। यदि उनका मूड देखकर बात नहीं करोगे तो हो ली तुम्हारी समस्या की सुनवाई, सुलझाना तो बहुत दूर की बात है। जब भी सरकारी कर्मचारियों को जनता का सेवक समझने की ग़लती कर बैठता था तो भुगतना ही पड़ता था। बस ऐसे ही हकीकत से जुड़े कुछ रोचक किस्से साझा कर रहा हूं।

पहली शाख

यह बात तो सामान्यतः सब लोग जानते ही हैं कि यदि किसी को अपनी अचल सम्पत्ति बेचनी हो तो आयकर से एक सर्टिफ़िकेट लेना पड़ता था। आयकर अधिकारी को करदाता का रिकॉर्ड देखकर संतुष्टि करनी होता थी कि कहीं करदाता का कोई पिछला देयकर यानिकि डिमान्ड तो खड़ी नहीं है? यदि कुछ देयकर निकलता था तो करदाता डिमान्ड जमा करवा देता, यदि नहीं होती तो आयकर अधिकारी को तुरन्त सर्टिफ़िकेट जारी करना उसका कर्तव्य होता था। इसके बाद ही करदाता सेल डीड रजिस्टर करवा सकता था। इस सर्टिफ़िकेट को फ़ार्म ३४अ कहते थे और इसके बिना सम्पत्ति की ख़रीद-बेच हो ही नहीं सकती थी।

बस इस फ़ार्म ३४अ को आयकर विभाग ने दुधारु गाय बना रखा था। जिस-जिस भी अधिकारी के हाथ में फ़ाइल प्रौसैसिंग के लिए जाती थी, वह करदाता को दुहने की पूरी कोशिश करता था। अपने कर्तव्य के प्रति समर्पण तो इतना कि यदि करदाता इनकी मांगपूर्ति कर दे तो यह लोग आपस में सामंजस्य स्थापित करके, सिंगल विन्डो सिस्टम बनाकर, केवल दो ही दिनों में सर्टिफ़िकेट करदाता को थमा देते थे। और तो और, यदि जेब थोड़ी सी ज़्यादा ढीली करो तो सर्टिफ़िकेट आपके घर भी पहुंचा दिया जाता था। हमारी सरकारें जनता की सेवाओं के लिए सिंगल विन्डो सिस्टम बनाने के लिए कितनी प्लानिंग करती हैं। परन्तु आयकर विभाग में यदि करदाता चढ़ावा चढ़ा दे तो सिंगल विन्डो सिस्टम क्षणभर में एक्टिवेट हो जाता है। आयकर विभाग के कर्मचारियों की कार्यशैली से सरकार को सीख लेनी चाहिए।

आमतौर से फ़ार्म ३४अ के प्रार्थी से इस तरह वार्तालाप होता था। - आपको फ़ाइल के पीछे-पीछे नहीं भागना पड़ेगा, आप एप्लीकेशन मुझे दे दीजिए, मेरी सेवा ...रुपए होगी, ...रुपए अभी एडवांस में देनी होंगे, परसों आकर अपना ३४अ मेरे से ले जाना। रिकार्ड कीपर, बड़े बाबू, इन्सपैक्टर, साहब और बड़े साहब का स्टाफ़, सबसे मैं निबटूंगा, सबका हिस्सा इसी में है। बस इस बेचारे चपरासी को ज़रा खुश कर देना।

'कौन कहता है कि सरकारी कर्मचारी ऐफ़िशैन्सी से काम नहीं करते।'

अपने एक मुवक्किल के लिए सर्टिफ़िकेट '३४अ' इशू करवाने के लिए एक महिला आयकर अधिकारी के पास पहुंचा। सारे काग़ज़ात, एप्लीकेशन आदि देखने के बाद वह बोलीं, यदि अपनी सम्पत्ति बेचने के बाद आपका करदाता भाग जाए य फिर टैक्स न दे तो हमारा डिपार्टमेंट क्या करेगा, मैं तो करदाता को सर्टिफ़िकेट इशू नहीं करुंगी।

मैंने तर्क दिया- 'आयकर की धाराओं व नियम के अनुसार आपको तो केवल यह देखना है कि करदाता की वर्तमान में कोई देनदारी तो नहीं है, भविष्य की देनदारी से आपका कोई सारोकार नहीं होना चाहिए। कानून के अनुसार आप करदाता का ३४अ सर्टिफ़िकेट रोक नहीं सकतीं।'

उनका जवाब भी लाजवाब था- 'मेरे को पता है कि मैं यह सर्टिफ़िकेट रोक नहीं सकती, फिर भी मैं यह सर्टिफ़िकेट इशू नहीं करुंगी।' बड़ी दादागीरी के अंदाज़ से कहा।

सर्टिफ़िकेट न मिलने से मेरे मुवक्किल की सम्पत्ति की डील हो ही नहीं सकती थी और उसकी बहुत हानि हो जाती, दूसरी ओर आयकर अधिकारी खुल्लेआम नियम का अनुपालन न करने पर अड़ गई। परेशान हो सोचने लगा इस कूढ़मगज़ से माथापच्ची से कुछ हासिल नहीं होने वाला है। अधिकारी का इतना बेवकूफ़ाना तर्क सुनकर मैंने उनके बॉस, ऐसिस्टेंट कमिश्नर साहब के कमरे का रुख़ किया।

उनका कमरा बराबर में ही पाया तो सोचा चलो इनको तो आयकर कानून व नियमों की जानकारी तो होगी ही, इनसे फ़रियाद करता हूं, यहां न्याय मिल ही जाएगा। समय दोपहर के करीब ढाई बजे का था, दरवाज़े पर साफ़-साफ़ शब्दों में लिखा था "बिना पूर्व एपॉइन्टमैन्ट के मिलने का समय- 'दोपहर २ से ३ बजे प्रतिदिन।'

मैं ख़ुश हो गया, वाह क्या ठीक समय पर पहुंचा हूं। कुछ क्षण देखा उनका कोई चपरासी हो तो उससे कहकर जाउं, कोई न दिखा तो दरवाज़ा खोलकर अन्दर दाख़िल हो गया।

देखा तो पाया कि ऐसिस्टेंट कमिश्नर साहब अपनी कुर्सी पर करीब-करीब लेटे से थे, मेज़ पर पैर फैला रखे थे, पिछवाड़ा कुर्सी और मेज़ के बीच झूल सा रहा था। साहब के जूते का तलवा आने वाले के स्वागत के लिए दरवाज़े की ओर व नोक छत की ओर इशारा कर रही थी। समझ गया कि साहब भोजन ऊपरान्त नींद की झपकी का आनन्द ले रहे हैं। मेरी आहट पाकर उनकी आंखें खुल गईं। मुझे देखकर एकदम बौखला कर उठ बैठे, गुस्से से बोले- 'हां जी आप कौन, कैसे आए?'

उनके व्यवहार से इतना तो मैं समझ गया कि अब तो गई भैंस पानी में। ऐसिस्टेंट कमिश्नर साहब को इस बेढंगी और बेहूदी मुद्रा में, वह भी आफ़िस में अपनी कुर्सी पर देखने की हिम्मत करदाता य उसका वकील कैसे कर सकता है? मैंने तो ऐसिस्टेंट कमिश्नर साहब की चोरी उजागर कर दी थी, भले ही अनजाने में की हो, अब तो हो ली मेरी सुनवाई।

मैंने नम्रता से कहा- 'सर आपकी फ़लां-फ़लां वार्ड की आयकर अधिकारी साहिबा हमारा फ़ार्म ३४अ बेवजह रोक रही हैं।'

मेरी बात को अनसुना करते गुर्राऐ- 'पहले यह बताइए कि आप बिना एपॉइन्टमैन्ट के अन्दर आए कैसे?'

ग़लती खुद की, बद्तमीज़ी खुद की पकड़ी गई तो ज़ाहिर था कि अपनी खीज मुझ पर उतारने लगे, मुझे यह कतई बर्दाश्त न हो सका सो तपाक से कहा - आपके कमरे के दरवाज़े पर लिखा है, 'बिना पूर्व एपॉइन्टमैन्ट के मिलने का समय-दोपहर २ से ३ बजे प्रतिदिन', मैं तो बिल्कुल सही समय पर आया हूं।

'वह तो बहुत पुराना लिखा गया था, मेरे यहां ट्रांसफ़र होने से भी बहुत पहले का लिखा हुआ है। यह मेरे से मिलने का समय नहीं है।'

'करदाता को क्या पता कि यह पुराना हो चुका है। यदि मिलने का समय ठीक से दर्शाया होता तो मैं नहीं आता। यह ज़िम्मेदारी तो आपकी बनती है।'

जान चुका था कि मेरा काम तो किसी कीमत पर नहीं होगा, ऊपर से मुझसे बद्तमीज़ी कर रहा है, तो मैं भला क्यों इसको बख़्शूं? मैंने पूरी दृढ़ता से पूछा- 'आप मुझे किस बात की गरमी दिखा रहे हैं। मैंने एक पब्लिक ऑफ़िस में प्रवेष किया है, वह भी आफ़िस टाइम में, आपके बैडरुम में नहीं घुस आया हूं।'

उन्हें कुछ नहीं सूझ रहा था, कुछ सोचकर नरमी से बोले- 'देखिए मैं ३४अ के मामलों में कोई दख़ल नहीं देता, मेरे लिए तो जो आयकर अधिकारी निर्णय लेता है वही फ़ाइनल है। आप आयकर अधिकारी से ही बात कीजिए।'

बेचारे चैन की नींद से सोते हुए ऐसिस्टैन्ट कमिशनर साहब की निद्रा भंग करने का ख़मियाज़ा तो आयकर दाता और उसके सी.ए. को भुगतना ही होता है। आयकर अधिकारी एक तो कानून से अनभिज्ञ, ऊपर से अक्खड़। उनका बॉस उनसे भी दो अंगुल ऊपर, अब क्या करुं, कमिशनर साहब के पास जाउं क्या।

यहां कुछ नहीं होने वाला। अब तो कुछ और ही रास्ता निकालना होगा। किसी ने ठीक ही कहा है- *हर शाख पे उल्लू का* ... बैठा है। नहीं नहीं, सौरी जनबा, कहावत तो ऐसे है।

'हर शाख पे उल्लू बैठा है, अंजामे गुलिस्तां क्या होगा?'

समाप्त

दूसरी शाख

- ३:५० मिनट -

अब आपकी मुलाकात एक कमिश्नर साहिबा से भी करवा देता हूं। एक *क्लाइन्ट* की आयकर की अपील की सुनवाई के लिए एक कमिशनर *अपील्स* के आफ़िस पहुंचा, जो कि महिला थीं। करीब साढ़े बारह बजे थे। आमतौर पर सुनवाई का तरीका यही होता है कि वकील य सी.ए. बाहर बैठे चपरासी को एक पर्ची पर केस का नाम व वर्ष लिखकर दे देते हैं, फिर उनको सुनवाई के लिए बारी-बारी से अन्दर बुलवा लिया जाता है।

कुछ देर इंतज़ार करने पर भी कोई न दिखा तो मैं उनके कमरे में दाख़िल हो गया। दरवाज़े के सामने परदे के लिए एक लकड़ी का नक्काशीदार पैनल लगा था। ज़रा सा आगे बढ़कर देखा तो कमिश्नर साहिबा की बड़ी सी मेज़ पर पूरा दस्तरख़ान सजा था और वह बहुत प्रेम से अपने भोजन को निहार रहीं थीं। सरकारी साहब लोगों का लन्च भी ठाट-बाट से होता है। मेरी आहट पा कर सिर उठाया, एकदम रौद्ररुप धारण कर चिल्लाईं - *हाउ डेयर यू ऐन्टर माई रुम विदाउट परमिशन।*

इस अचानक हमले से कुछ क्षण तो मैं हक्का-बक्का रह गया, ऐसा कौन सा गुनाह मैंने कर दिया कि मैडम मेरे ऊपर दहाड़ कर पड़ रही हैं। फिर भी अपने को संयमित रखते हुए मैंने नम्रता से कहा- 'मैं तो एक अपील की हीयरिंग के लिए ही आया हूं।'

'पहले चपरासी के हाथ एक स्लिप भेजनी चाहिए थी, फिर अन्दर आते। आपको बाहर इंतज़ार करना चाहिए था।'

मैं समझ गया कि कमिश्नर साहिबा क्यों इतना विफर रही हैं, खुद ग़लत काम करते पकड़ी गईं तो मेरे ऊपर भड़क रही हैं। 'मैंने इंतज़ार किया था, बाहर कोई भी चपरासी नहीं था, सो मैं अन्दर आ गया।'

'तो आपको चपरासी का इंतज़ार करना चाहिए था, सीधे अन्दर कैसे आ गए?'

लीजिए, और देखिए इनकी बाद्‌दिमाग़ी, कमिश्नर से मिलने से पहले उनके चपरासी का भी इंतज़ार करो, इतने अहंकारी और अक्कखड़ होते हैं हमारे सरकारी ऑफ़िसर।

अभी हमारी बातचीत चल ही रही थी कि उनका चपरासी एक ट्रे में चाय की केतली और कप लिए अन्दर आया। शायद कमिश्नर साहिबा खाने के बाद चाय नोश फ़रमाती होंगी। इनका कुतर्क तो देखिए, उनका चपरासी ड्यूटी पर नहीं था तो क्या इसमें भी करदाता का कुसूर है। करदाताओं को तो यह अपने बाप का नौकर समझती हैं। इस बात की ज़रा सी भी शर्म नहीं कि समय से एक घंटा पहले ही कमिश्नर साहिबा लन्च मनाने बैठ गईं। ज़ाहिर था कि मैंने उनकी अनुचित हरकत देख ली थी, इसलिए वह मेरे से बुरी तरह चिढ़ गईं थीं। उनका लन्च १-३० पर आरम्भ होना चाहिए, जबकि वह काम छोड़कर करीब १ घन्टा पहले ही जीमने बैठ गईं थीं।

कुछ सोचकर बोलीं- 'अच्छा यह तो बताइए कि आपका कौनसा केस है?'

मैं तो पहले से ही चौकन्ना था, मन ही मन निर्णय कर लिया था कि यदि इनको केस का नाम बता दिया तो हमारी अपील एकदम खारिज कर दी जाएगी। अधिकारी ज़रा सा भी नाराज़ हो जाए तो करदाता का बुरा से बुरा करने में कभी नहीं चूकते। ऐसी मार मैं पहले भी कई बार झेल चुका था, सो मैंने बात को एक नया मोड़ दे दिया।

'नहीं जी मेरी अपील आज नहीं, परसों के लिए फ़िक्स्ड है, मुझे कल देहली से बाहर जाना था, इसलिए केस की *एडजर्नमेंट* लेने आया था। कोई बात नहीं, आप इत्मीनान से खाना खाइऐ मैं थोड़ी देर में आ जाउंगा।' कहकर मैं बाहर जाने लगा।

ज़ोर देते हुए बोलीं- 'अरे रुकिए तो, कौनसी अपील है, नाम तो बताइए?'

'आप पहले आराम से खाना तो खाइए, वापिस आकर सब बताता हूं।' कहकर मैं बाहर निकल गया।

न तो मैंने अपील-केस का नाम बताया और न ही तारीख़ बताई क्योंकि बताना आत्मघाती होता। अब वह पूरा ज़ोर लगा कर भी अपीलकर्ता का नाम नहीं जान सकेंगी। आख़िर क्लाइन्ट के हितों की रक्षा करना भी तो मेरा कर्तव्य था, उस ग़ुस्सैल कमिश्नर से अपने क्लाइन्ट को बचाना ही था। पद के नशे में डूबी ऐसी पगलैट कमिशनर साहिबा बदले की भावना में न जाने क्या कर डालतीं, कहा नहीं जा सकता।

अपील की सुनवाई का काम तो केवल निष्पक्ष व मानसिक रुप से संतुलित अधिकारियों को ही सौंपना चाहिए। ऐसी बावरी को कैसे कमिशनर अपील्स की कुर्सी पर बैठा दिया गया। मगर जनाब यह सरकारी आयकर विभाग है, यहां गधे घोड़े सब

बराबर होते हैं। यह भी सत्य है कि यहां पर कुछ कर्मठ व इमानदार ऑफ़िसर भी हैं जिनको गिनने के लिए हाथ की दस उंगलियां ही काफ़ी हैं। इस विभाग में कुछ कमिश्नर तो इतने कर्मठ और इन्टैलिजैन्ट हैं कि सुनवाई से पहले फ़ाइल की स्टडी कर के तैयूयार रहते हैं, कानून का पूरा ज्ञान रखते हैं।

शायद चपरासी ने भी हमारी बहसबाज़ी सुन ली थी। मेरे पीछे-पीछे वह भी बाहर आकर बोला- 'साहब जी क्या बात हो गई?'

मैंने कुछ जवाब नहीं दिया तो फिर बोला- 'आपके फ़ायदे की एक बात बताउं?'

एकदम मुड़कर कहा- 'हां-हां बताओ।'

'मैडम तो बस दो महीने में रिटायर होने जा रही हैं, आजकल इनका पारा हमेशा चढ़ा हुआ रहता है, सबसे खूब झगड़ती हैं। इनके जाने के बाद अपील फ़िक्स करवा लेना, जो भी इनकी जगह आएगा इनसे तो अच्छा ही होगा।'

मैंने उसकी पीठ ठोककर धन्यवाद किया। चपरासी ने ठीक ही कहा था, नए कमिश्नर अपील्स आए और सही तरीके से सुनवाई करके हमारी अपील का न्यायोचित फ़ैसला कर दिया गया।

समाप्त

तीसरी शाख

- ४:४५ मिनट -

लीजिए एक और शाख पर बैठे एक साहब- 'दिल्ली नगर निगम के सम्पत्ति कर विभाग के सीनियर अधिकारी।'

सम्पत्ति कर विभाग का यह दस्तूर है कि वह अपने रिकार्ड को न तो कभी देखते हैं और न ही अपडेट करते हैं। करदाताओं के खातों में हाउस टैक्स जमा करवाने की एन्ट्री सालों-साल तक नहीं की जाती, लिहाज़ा उनके खातों में बोगस देनदारी दर्ज रहती है। ऊपर से अपना रिकार्ड चैक किए बग़ैर ही सम्पत्ति कर के बिल बढ़ा-चढ़ा कर भेज दिए जाते हैं। नतीजतन बेचारा करदाता हाउस टैक्स के इन्सपैक्टर व अन्य कर्मचारियों के इर्दगिर्द टापता रहता है। हाउस टैक्स इन्सपैक्टर का मिलना इतना कठिन जैसे कि बिल्ली को काबू करना, और यदि मिल भी जाएगा तो वह आपकी फ़ाइल ढूंढकर तथ्यों पर आधारित रिपोर्ट नहीं बनाएगा। लौजिक बहुत सीधा है, करदाता परेशान होगा तो अपने आप ही रिश्वत की पेशकश करेगा।

इसी प्रकार मेरे फ़लैट्र का बेसिरपैर का अत्यधिक रेटेब्ल वैल्यू पर आधारित बिल भेजा तो मैं तुरन्त ठीक करवाने एम.सी.डी. के सम्पत्ति कर विभाग पहुंचा। कड़ाके की सर्दी का मौसम था, मैं सुबह १० बजे आफ़िस पहुंचा तो वहां कोई स्टाफ़ नहीं पाया, बस दो सफ़ाई कर्मचारी झाडू लगाते दिखे। सामने खुले मैदान में एक सूट-टाई वाले साहब धूप में टहल रहे थे। उनकी बादशाही चाल-ढाल कह रही थी कि वह ही इस दफ़तर के सर्वोच्च आफ़िसर हैं। मैंने वहां के सर्वोच्च अधिकारी, ऐसिस्टैन्ट एसैसर एण्ड कलैक्टर साहब के कमरे में देखा, कोई नहीं था। तुरन्त समझ में आ गया कि धूप में टहलने वाले वह सज्जन ही ऐसिस्टैन्ट एसैसर एण्ड कलैक्टर साहब हैं।

मुझे अपने कमरे में झांकते देख तुरन्त मेरे पास आकर बोले- 'हां जी किससे मिलना है, क्या काम है?'

‘मेरा हाउस टैक्स का बिल एकदम ग़लत भेजा है, अत्यधिक *रेटेब्ल वैल्यू* पर आधारित होने की वजह से ५३,००० रु का बिल बना है, जबकि करीब १,५०० का होना चाहिए।’

अपने हाथ में बिल थामकर सरसरी नज़र से देखा- ‘कोई बात नहीं, आप इस बिल के अनुसार पैसा जमा करवा दीजिए।’

‘हमारा मकान *सैल्फ़ औकुपाइड* है, प्रत्येक वर्ष १,४८७ रुपए का बिल आता है, इसमें पुराना बकाया भी दिखाया गया है, वह भी ग़लत है।’

‘तो क्या हो गया, आप यह बिल तो जमा करवाइए, बाद में इन्सपैक्टर से ठीक करवा देंगे, जो भी कम-ज़्यादा होगा अगले साल ऐडजस्ट कर देंगे।’

‘आप कमाल कर रहे हैं, बिल इतना ज़्यादा ग़लत है और आप जमा करवाने को कह रहे हैं। पहले बिल को ठीक करवाइए, फिर जो टैक्स बनेगा मैं जमा करवा देता हूं।’

‘बिल को ठीक तो केवल मेरा इन्सपैक्टर ही कर सकता है, उससे ही करवाइए।’

‘कौनसे इन्सपैक्टर साहब हैं, कहां मिलेंगे?’

‘राजेन्दर जी हैं, अभी तो *फ़ील्ड* में गए हुए हैं, थोड़ी देर में यहीं आ जाएंगे।’

मैं इन्सपैक्टर को पहचानता भी था, बस इंतज़ार करने लगा। करीब एक घन्टे बाद राजेन्दर जी को स्कूटर से आते देखा। वह सीधा *ऐसिस्टैन्ट एसैसर एण्ड कलैक्टर* साहब के कमरे में पहुंचे। मैं भी उनके पीछे चल पड़ा और कमरे के दरवाज़े पर इंतज़ार करने लगा कि साहब से फ़ारिग हों तो मैं अपनी बात करुं। हैरानगी से दोनों का वार्तालाप सुना जो कि इस प्रकार था।

इन्सपैक्टर राजेन्दर ने एक बिजली का बिल *ऐसिस्टैन्ट एसैसर एण्ड कलैक्टर* साहब के हाथ में सौंपते हुए कहा- ‘सर जी मैंने रीडिंग ठीक करवा के बिल भी ठीक करवा दिया है। लेकिन सालों ने बड़ा परेशान किया जी’

‘क्यों परेशान किया? तूने मेरा नाम नहीं लिया क्या? बताया नहीं कि हम सरकार का हाउस टैक्स विभा ग चलाते हैं, हमें कैसे परेशान कर सकते हैं?’

‘सर जी आपका ही नाम लिया था, बता दिया था कि *ऐसिस्टैन्ट एसैसर एण्ड कलैक्टर* साहब के घर का बिल है। यह बताने पर ही तो सबसे पहले मेरा काम किया, वरना वहां तो बिल ठीक करवाने वालों की भीड़ लगी थी।’

अचानक साहब डांट कर बोले- ‘ओए यह क्या है, यह १४ रुपए ६० पैसे किस बात के जोड़ रखे है?’

‘यह तो सरचार्ज है सर।’

'जब कोई पिछला बकाया है ही नहीं तो सरचार्ज कैसे लगा दिया। यह बात तू भी तो जानता है न, फिर तूने कैसे अनदेखा कर दिया?'

'सर जी इतनी बारीकी से तो नहीं देखा मैंने।'

जवाब से नाराज़ हो साहब जी ने लताड़ा- 'अबे तू इन्सपैक्टर है य घसियारा, मैं फ़ालतू में पैसे क्यों दूं? पैसे पेड़ पर लगते हैं क्या।'

कुछ देर रुक कर फिर हिदायत दी- 'कल सुबह घर से सीधा बिजली दफ़तर जाकर पहले सरचार्ज कटवा के नया बिल बनवा, और साथ ही बिल भी जमा करवा दियो। कल बिल जमा करवाने की आख़िरी तारीख़ है, समझ गया न।'

'यस सर, कल सुबह यह काम करवा कर ही आफ़िस आउंगा, आप बिल्कुल निश्चिंत रहें सर जी।' हाथ में साहब का बिल थामे बाहर निकल गया।

कमरे से बाहर आते बड़बड़ा रहा था- 'सारे स्टाफ़ को अपने बाप का नौकर समझता है। एक तो पर्सनल काम करवाता है भूतनी का, ऊपर से चौड़ा होता है। १४ रुपए ६० पैसे में जान अटकी हुई है। किसी ने सच ही कहा है 'जिसकी जितनी मोटी कमाई वह उतना बड़ा कमीना।'

दोनों का वार्तालाप सुनकर मैं दंग रह गया। *ऐसिस्टैन्ट एसैसर एण्ड कलैक्टर* साहब के आचरण का विश्लेषण करने लगा। यह लोग करदाता के प्रति इतने असंवेदनशील और रुखे कैसे हो सकते हैं। आख़िर यह लोग ऑफ़िस में करने क्या आते हैं? मेरे सम्पत्ति कर के इतने नाजायज़ बिल, जो कि ५३००० रुपए का था, इतनी सरलता से जमा करवाने को कह दिया जैसे कुछ बात ही न हो। जबकि दूसरी ओर उनके व्यक्तिगत बिजली के बिल में १४ रुपए ६० पैसे फ़ालतू लग गए तो कितना उबल रहे हैं। क्षण भर में रंग बदल लेते हैं। अपना पैस तो पैसा है, करदाता का पैस पानी!

एक ओर तो सम्पत्ति कर विभाग के इन्स्पैक्टर की सेवाओं का दुरुपयोग कितनी निर्लज्जता से अपने निजी कार्य के लिए कर रहे हैं, वहीं दूसरी ओर बेचारे करदाता को इन्स्पैक्टर के इंतज़ार में समय बर्बाद करना पड़ रहा है। ऐसी अनोखी नस्ल के ऑफ़िसर तो केवल भारत सरकार में ही देखने को मिलते हैं।

बर्बाद गुलिस्तां करने को, बस एक ही उल्लू काफ़ी था।

हर शाख पे उल्लू बैठा है, अंजामे गुलिस्तां क्या होगा।

समाप्त

मेरा काटा

- ११:३० मिनट -

एक सरकारी बैंक के चीफ़ मैनेजर साहब से उनके कर्मचारी की शिकायत करने गया तो काफ़ी बहस व सबूत दिखाने के बाद ही उनको यकीन दिलाने में कामयाब हो सका कि उनके कर्मचारी की ही ग़लती थी। सरकारी बैंकों की रवायत के अनुसार ग़लती-साबित होने पर मैनेजर अपना घिसा-पिटा जवाब देते हैं- 'हम कर ही क्या सकते हैं जी, कर्मचारियों की यूनियन इतनी ताकतवर है कि मैनेजमैंट लाचार है। एक्शन लिया नहीं कि बवाल शुरु हो जाता है। हमें अपना बैंक भी तो चलाना होता है।'

फिर मेरी शिकायत की गम्भीरता और मेरी मुद्रा देखकर लगे मुझे रिझाने।- छोड़िए जी, यह सब बातें तो चलती ही रहती हैं, आइऐ हमारे साथ एक कप चाय हो जाए- 'मुस्कुराते हुए गार्ड को बुलाकर चाय का आर्डर दे दिया।'

बातचीत जारी रखते हुए बोले- 'चलिए माना कि आपकी शिकायत तो सच है, परन्तु बैंक के आफ़िसरों के ख़िलाफ़ बहुत सी झूठी शिकायतें भी दर्ज करवाई जाती हैं। ग्राहकों की बात न मानो तो बेबुनियाद, झूठी शिकायत कर देते हैं, उस पर बैंक का मैनेजमैन्ट एक्शन ले लेता है और बेचारे ईमानदार कर्मचारी को भुगतना पड़ता है।'

'परन्तु बैंक द्वारा पूरी जांच के बाद ही तो दोषी कर्मचारी पर एक्शन लिया जाता है। ऐसा कुछ आपके साथ भी हुआ है क्या?' मैंने जिज्ञासावश पूछ डाला।

'नहीं मेरे साथ तो नहीं हुआ परन्तु हमारे एक सहकर्मी चीफ़ मैनेजर के साथ बहुत बुरा हुआ। हमारी रिंग रोड ब्रांच के चीफ़ मैनेजर श्री सुनेचा जी के खिलाफ़ किसी शैतान आदमी ने झूठी शिकायत कर दी, बेचारा फ़ालतू में मारा गया।'

ब्रांच का नाम व चीफ़ मैनेजर का नाम सुनकर मैं ऐकदम चौंक गया। यह तो शायद मेरे द्वारा की गई शिकायत के बारे में ही कह रहे हैं।

मैनेजर साहब बोलते रहे- 'उस आदमी की हिम्मत तो देखो, बैंक के टॉप मैनेजमैंट तक हर जगह उसकी बार-बार शिकायत की, हाथ धोकर उनके पीछे पड़ गया। इन्क्वाइरी हुई, आख़िरकार सुनेचा जी पर एक्शन हो गया। बेचारे रिटायर होने

ही वाले थे कि उनकी पैन्शन, प्रौविडेन्ट फन्ड और ग्रेच्युटी आदि सब पर रोक लग गई। सालों साल तक कोर्ट में केस चला, रिटायर होने के बाद भी बेचारे लम्बे समय तक बहुत कष्ट में रहे।'

'अब मैं आपको यह भी बता दूं कि वह शैतान आदमी मैं ही हूं, मेरी ही इतनी हिम्मत थी कि मैं हाथ धोकर उनके पीछे पड़ा।' मुस्कुराते हुए मैंने कहा।

कुछ पल के लिए तो वह स्तब्ध से रह गए, फिर कुछ संभलते हुए बोले- 'जी मेरा कहने का मतलब था कि कोई बहुत ही सीरियस बात हुई होगी जो आप इतना आगे तक गए। ज़रा बताइऐ तो क्या मामला था।'

अगर जानना ही चाहते हैं तो सुनिए- '३१ दिसम्बर, १६६० का दिन और इन्कम टैक्स *वौलेन्टरी डिसक्लोज़र स्कीम* का आख़िरी दिन था, यानिकि काले धन को डिक्लेयर करके, टैक्स देकर सफ़ेद करने का एक मौका। सरकारी स्कीम के तहत मैं अपने एक *क्लाइन्ट* के टैक्स का पैसा जमा करवाने आपके बैंक की रिंग रोड शाखा पर पहुंचा।'

सारा किस्सा बयान किया कि सरकारी निर्देशों के विपरीत, किस तरह बैंक ने रकम जमा करने से मना किया। अन्त में सुनेचा साहब से बहस और उनके द्वारा कहे गए, वह नारी-जाति को अपमानित करने वाले अत्यन्त अश्लील शब्द भी बताए। उसके ऊपरान्त हमारी घोर बहस, वाक्‌युद्ध और हाथापाई की नौबत का वर्णन करते हुए, तबियत से सुनेचा साहब की निम्नस्तरीय सोच की भर्त्सना करी। तफ़सील से सुनेचा जी के घोर दुर्व्यवहार व बद्‌तमीज़ी का वर्णन किया।

'यदि उन्होंने ऐसा किया तो बहुत बुरा सुलूक किया आपके साथ, ऐसे तो उन्हें नहीं बोलना चाहिए था। चलिए जी अब तो वह नहीं रहे, शायद बाद में उन्हें अपने किए पर पछतावा भी हुआ होगा। लगता है कि अपनी ग़लती की सज़ा भुगत गए।-

'क्या कहा, उनकी मृत्यु हो गई? कब हुई? यह तो बहुत दुखद है।' मैं चौंक कर बोला।

कुछ अन्य विषयों पर बातचीत के बाद मैं वापिस चला आया। मन में बार-बार यही विचार आ रहा था कि क्या मैं ही उनकी मृत्यु का दोषी हूं? उनकी कामचोरी, व अश्लील आचरण की शिकायत करना और उनको सज़ा दिलवाना अत्यन्त आवश्यक तो था, परन्तु उनकी मृत्यु के बारे में जानकर मुझे अफ़सोस हुआ। शायद वह अपने निंदनीय आचरण से स्वयं ही आत्मग्लानि से ग्रसित हुए होंगे।

२.

न जाने क्यों मेरे मन में एक तीव्र उत्सुक्ता जाग्रत हो गई कि मैं उस स्थान पर जाउं जहां हमारा वाक्‌युद्ध हुआ था और जहां हम एक दूसरे को मारने पर आमादा हो

गए थे। मैंने ठान लिया कि कल मैं वहां ज़ुरुर जाउंगा। गहरी सोच में डूबा, सुनेचा की मौत का कुछ हद तक अपने को ज़िम्मेदार समझते हुए मैं घर वापिस आया। दिल पर गहरा बोझ सा लग रहा था और इन विचारों में खोया मैं सो गया।

मैं अपने को रोक न पाया, अगले दिन तुरन्त उठ कर अपने ऑफ़िस न जाकर सीधा रिंग रोड ब्रांच पर जा पहुंचा। पूरे ३१ वर्ष बाद मैं उस ही घटनास्थल पर था, ब्रांच का स्लाइडिंग शटर वैसे का वैसा ही था। वही बड़ा सा ताला शटर पर वैल्ड कर के लगाया हुआ था। सरकारी बैंकों में ऐसे ही किया जाता है जिससे कि गार्ड को ताला संभालने की ज़हमत न उठानी पड़े। परन्तु यह क्या, चाबी तो ताले में ही लगी हुई है, शायद गार्ड चाबी निकालना भूल गया होगा।

मैं शटर सरका कर अन्दर प्रवेश कर ही रहा था तो देखा मेरे पीछे मेरे पुराने असिटैन्ट राकेश कुमार, मेरे वही *क्लाइन्ट*, भसीन साहब व उनका सहायक पीछे खड़े मन्द-मन्द मुस्कुरा रहे थे।

मैं हैरान हो कर बोला- 'अरे आप लोग, आप यहां क्या कर रहे हैं?'

'हम भी आपकी तरह यही देखने आए हैं कि ३१ वर्षों बाद इस ब्रांच में क्या हो रहा है।' कहकर वह तीनों मेरे पीछे-पीछे बैंक में दाख़िल हो गए। शटर के पीछे कुर्सी पर बैठा गार्ड सो रहा था। उसको जगाए बगैर हम चारों अन्दर हॉल में चले गए। सब काउन्टरों पर कर्मचारी बैठे थे परन्तु वह सब पीठ कर के बैठे थे, किसी का भी चेहरा दिखाई नहीं दे रहा था। हॉल में बहुत कम रौशनी थी, सब कुछ धुंधला-धुंधला सा था, बस भूतिया सा माहौल लग रहा था। जिस चीफ़ कैशियर ने हमसे दुर्व्यवहार किया था वह भी अपनी कुर्सी पर पीठ करके बैठा था। हम हैरान थे कि किसी ने भी हमारे आने का संज्ञान क्यों नहीं लिया, सब बिना हिले डुले मूर्तियों की तरह बैठे रहे।

हैरानगी तो हुई, लेकिन मैं तो सुनेचा साहब की ख़बर लेने आया था, सो हम लपककर लकड़ी के ज़ीने से पहली मंज़िल पर उनके केबिन में पहुंच गए। सुनेचा साहब को अपनी रिवौल्विंग चेयर पर दांए-बांए झूलते देख मैं आश्चर्य चकित रह गया। अरे यह क्या हो रहा है, मुझे तो बताया गया था कि उनकी मृत्यु हो चुकी थी, परन्तु यह तो अपने पुराने अंदाज़ में मस्त बैठे हैं। लेकिन यह भी पीठ कर के बैठे हैं, क्यों? उन्हें ज़िन्दा देखकर बहुत राहत मिली, वरना मैं तो अपने को उनकी मौत का गुनाहगार समझ रहा था।

हमारी आहट पाते ही सुनेचा जी कुर्सी घुमाकर हमसे मुख़ातिब होकर बोले- 'आइये सी.ए.साहब, आपका ही का इंतज़ार था।'

मैं हैरान, वही चेहरा, वही सलेटी सूट और नीली टाई। इन ३१ सालों में कुछ भी नहीं बदला था। घबराकर बोला- 'आपको कैसे पता कि मैं आपके पास आने वाला हूं? और आपके सामने बैठा यह कौन है।'

'पहचानो इसे, यह वही आदमी है जो उस समय भी मेरे सामने बैठा था। आप मेरे ख़िलाफ़ गवाही के लिए इसी को ढूंढ रहे थे न, इसका नाम सुरेश चड्ढा है। आप तो इसको ढूंढ नहीं पाए, लेकिन यह तो हमेशा से मेरे साथ ही था। मैं बैंक का चीफ़ मैनेजर हूं, कोई कच्ची गोली नहीं खेलता, समझ गए न?'

मैंने चड्ढा को झकाझोर कर कहा- यह सुनेचा कैसे हो सकता है, मुझे तो बताया गया था कि उसकी मृत्यु हो चुकी है, यह तो उसके भूत जैसा लगता है।'

चड्ढा ने जवाब दिया- नहीं यह तो असली सुनेचा ही है, आप कैसे कहते हो कि यह उनका भूत है?'

मैंने सुनेचा को ध्यान से देख कर कहा- इस हरामज़ादे के हाथ के नाखून तो देखो, कितने काले और लम्बे हैं, आँखें लाल और लम्बे बाल, यह मर चुका है।' मैंने ज़ोर देकर कहा।

ओए जिससे तू पूछ रहा है न, वह भी मर चुका है, यह तो चड्ढा का भूत है।' सुनेचा ने ठहाका लगाते हुए कहा।

फिर खड़े होकर फ़िल्मी स्टाइल में वह बोला- 'मेरी तमन्ना फ़िल्म प्रोड्यूसर बनने की थी। जीते जी तो मैं पूरी कर नहीं सक। लेकिन जब मैंने तेरी कहानी पढ़ी तो ठान लिया कि मैं तेरी कहानी के ऊपर ही फ़िल्म बनाउँगा। तूने मेरी कम्पलेन्ट करी, मेरे सारे रिटायरमैंट बैनिफ़िट्स रुकवा दिए, मुझे पैसों के लिए मोहताज कर दिया, मैं तेरी कहानी के ऊपर ही एक फ़िल्म बना कर तेरा झूठी शिकायत का पर्दाफ़ाश करूंगा।'

'अब मेरी बात ध्यान से सुन। तुम्हारे साथ जो तुम्हारे तीन आदमी आए हैं न, उन्हें भी मैंने ही बुलाया है। बैंक के सारे स्टाफ़ को, गार्ड को, सभी को बुलाने, यहां आने का इंतज़ाम मैंने ही किया है।'

'तो फ़िल्म की शूटिंग करते क्यों नहीं? मैंने पूछा।

'शूटिंग चालू हो चुकी है, कैमरा रोल कर रहा है। जब से तुमने बैंक में एन्ट्री करी तब से शूटिंग चल रही है। चलो जी सब अपने-अपने डायलॉग बोलना शुरु करो। और याद रहे, सारे डायलॉग बिल्कुल वैसे ही होने चाहिए जैसे कि वास्तव में उस दिन कहा गया था।' कहते हुए सुनेचा जी ने मेरी किताब खोलकर कहानी 'काला करो सफ़ेद' पढ़ते हुए सबको निर्देश देना शुरु कर दिया।

मैंने अपने सहायक राकेश कुमार और भसीन साहब से पूछा- 'क्या आपको अपने-अपने डायलॉग याद हैं?'

'सर, झगड़ा तो आपका और सुनेचा जी के बीच हुआ था, आप दोनों के ही डायलॉग हैं, हमारा रोल तो चुपचाप खड़े रहकर केवल सुनने मात्र का ही तो है।' राकेश ने उत्तर दिया।

कहानी के डायलॉग आरम्भ हुए तो सुनेचा जी बार-बार ग़लती कर रहे थे, न तो ढंग से वाक्य पढ़ रहे थे और न ही ठीक-ठीक उच्चारण कर रहे थे।

उकताकर मैंने कहा- 'तुम सरकारी लोग कोई भी काम ठीक से नहीं कर सकते। किताब से पढ़ कर भी डायलॉग ग़लत बोल रहे हो। सुनेचा साले तू हिन्दी के शब्द तो ठीक से बोल नहीं सकता, आ गया फ़िल्म डायरेक्ट करने।'

ओए चुपकर, सब बिल्कुल ठीक चल रहा है। तेरे को क्या पता, बम्बइया फ़िल्में ऐसे ही बनाई जाती हैं।'

कहानी के आधार पर जैसे-तैसे शूटिंग चलती रही, कुछ-कुछ देर बाद हमारी बहस-बाज़ी, झगड़ा-टंटा चलता रहा।

अब बारी आई उस डायलॉग की जिसमें सुनेचा ने नारी जाति को अपमानित करने वाली अश्लील व घृणित कहावत कही था। बड़ी चालाकी से सुनेचा ने अपने कहे अपशब्दों को बदल डाला तो मैंने आवेश में आकर एकदम हस्तक्षेप किया- 'ओए रुक जा, एकदम रुक। तूने जो गंदी कहावत कही थी वही बोल न, डायलॉग कैसे बदल रहा है? मैं तुझे झूठी फ़िल्म नहीं बनााने दूंगा।'

सुनेचा गुस्से में खड़ा होकर मेरी ओर लपका- 'मैं देखता हूं कैसे नहीं फ़िल्माने देगा?' मैं भी अपना आपा खो बैठा। हम दोनों एक दूसरे पर झपटे और गुत्थम-गुत्था हो गए।

भसीन साहब चिल्लाए- 'ओए यह तो कहानी में नहीं है। पहले शूटिंग तो पूरी कर लो, झगड़ा बाद में कर लेना।'

सुनेचा अपने लम्बे नाखून मेरे कोट की बाजू में गाढ़ने लगा- 'साले मेरा नया कोट फट जाएगा। हटा अपने गंदे नाखून।'

कहकर मैंने पूरी ताकत से एक तमाचा उसको दे मारा तो वह लड़खड़ा गया ओर चिल्लाया- 'ओए तूने चपेड़ क्यों मारी, यह तो कहानी में है ही नहीं।'

'तू अपने नाख़ून मेरे कोट की बाजू में क्यों गढ़ा रहा था। कोट फट जाता तो? और चपेड़ का क्या है, ले यह चपेड़ भी मैं कहानी में जोड़ देता हूं।'

'ओए ऐसे कैसे जोड़ सकता है?'

'कहानी मेरी है, मैंने लिखी है, तेरे बाप की नहीं है, मैं तो जोड़ूंगा, मेरी मर्ज़ी।'

मेरे सहायक राकेश ने तुरन्त मेरे करीब आकर आग्रहपूर्वक कहा- 'सर ध्यान से देखिए, यह दोनों के दोनों भूत हैं, इस समय यही ठीक होगा कि हम यहां से एकदम भाग जाएं।'

उस ही क्षण चड्ढा ने, जो कि अब तक चुपचाप सिर झुकाए बैठा था, अपना सिर उठाकर हमारी ओर देखा तो उसका चेहरा भी भूतिया था। मेरी बांह खींचते हुए राकेश चिल्लाया- 'सर जी भागिए।'

'भागो, नीचे चलो, नीचे चलो।' चिल्लाते हम चारों ज़ीने से उतरकर हॉल में पहुंचे तो पाया कि बैंक के सारे कर्मचारी जो कि पहले तो पीठ कर के बैठे थे, सब के सब काउन्टर पर सीधे बैठे थे। लेकिन यह क्या? सब के चेहरे इन्सान के न होकर कुत्तों के थे, आँखें लाल, और हमें देख सब ज़ोरों से भौंकते हुए हमारी ओर लपककर बढ़ने लगे।

हम सब एकदम दरवाज़े की ओर भागे, सोते हुए सिक्योरिटी गार्ड के बराबर से होकर गेट पर लगे शटर से बाहर हो गए। ध्यान आया, शटर तो खुला है, फिर पलटकर शटर खींचकर बन्द किया। ताला पिरोकर चाबी घुमाई और अपनी जेब के हवाले कर दी। चैन की सांस ली, अब यह भूत हमारे पीछे नहीं आ पाऐंगे।

हमने पीछे मुड़कर देखा तो जालीदार शटर के पीछे खड़ा बैंक का सारा स्टाफ़ बेतहाशा भौंक रहा था, सुनेचा गुस्से से दांत पीस रहा था- 'भूतनी के तूने मेरी शिकायत करी थी न, तुझे देख लूंगा, मैं छोड़ूंगा नहीं।'

हाथ हिलाकर दिखाते हुए कहा- :चाबी तो मेरे पास है, बेटा बाहर तो आ के दिखा।'

मैंने विजेता की सी मुद्रा में सबको निर्देश दिया- 'चलो, तुरन्त रिज़र्व बैंक, पार्लियामैंट स्ट्रीट चलो, अपने-अपने बैग में रखा कैश संभाल के रखना।'

भसीन साहब हंसते हुए बोले- 'हम तो ख़ाली बैग ही लाए हैं। मेरे पास कैश कहां से आएगा? कैश तो हमने ३१ साल पहले ही रिज़र्व बैंक में जमा करवा दिया था। फ़िल्म की शूटिंग के लिए हम ख़ाली बैग ही लेकर आए हैं।'

राकेश ने भी *कनफ़र्म* किया- 'सर यह तो पुराने सीन '*रिक्रीएट*' हो रहे थे। आप भूल गए क्या, सुनेचा जी आपकी लिखी कहानी 'काला करो सफ़ेद' पर फ़िल्म बना रहे हैं।'

'मुझे किसी ने बताया क्यों नहीं, मैं समझ रहा था कि *वौलन्टरी डिसक्लोज़र स्कीम* में केस फ़ाइल करके मोटी फ़ीस लूंगा। अरे यह सब क्या नकली है? और यह पैसों का बैग भी ख़ाली लाए हो।' कहकर मैंने गुस्से में ख़ाली बैग पर ज़ोर से ठोकर मारी तो मेरी नींद टूट गई। साथ ही टूटा मेरा भ्रम कि मेरी कहानी पर सुनेचा फ़िल्म बना रहा था। यह कमबख़्त सुनेचा तो स्वप्न में भी धोखा दे गया।

समाप्त

दुअन्नी

- ५:०० मिनट -

बाबला घर में सबसे छोटा था, तीन बड़ी बहनों का अकेला भाई। आमतौर से माना जाता है कि ऐसे बेटे मां-बाप व सारे परिवार के लाड़ले हो जाते हैं। उनको ज़ुरुरत से ज़्यादा महत्व मिलने से वह बिगड़ैल व बद्‌तमीज़ भी हो सकते हैं। परन्तु ऐसा हमेशा होता नहीं है, इसका उल्ट भी बहुत परिवारों में देखने को मिलता है। बेचारे बाबला की तीनों बहनें भी अपने घर-परिवार पर बहुत हावी रहती थीं, सो उसको बचपन से ही उनकी ज़्यादतियां सहने की आदत पड़ चुकी थी।

बच्चों को यदि अपने घर में भी कोई वस्तु मिल जाए जो उन्होंने कभी न देखी हो तो उसे वह अपनी खोज समझकर अपनी पाई वस्तु ही कहते हैं। यदि घर से बाहर सड़क, गली य पार्क में मिल जाए तो उस पर वह अपना पूरा-पूरा कानूनी हक मानते हैं, अबोध बच्चों की प्रकृति ही कुछ ऐसी होती है।

गर्मियों में सूरज देर से डूबता है, तो बच्चों का खेल भी देर तक, अंधेरा होने तक चलता रहता था। तब तक खेलते रहते हैं जब तक उनके घरों से माता-पिता या बड़े भाई बहन आवाज़ दे-देकर बुला ना लें। एक दिन इसी प्रकार खेल समाप्त कर

जब बाबला अपने घर को लौट रहा था तो बिजली के खम्बे की रौशनी में सड़क किनारे पड़ी कुछ चमकती सी चीज़ दिखाई दी। उत्सुक्तावश लपक कर उठाया तो एक दुअन्नी का सिक्का पाया। निकल की बनी, चांदी की तरह चमचमाती चौकोर दुअन्नी थी। वाह मज़ा आ गया, बाबला की ख़ुशी का ठिकाना न रहा। दुअन्नी हाथ में थामे

सरपट घर की ओर भाग चला।

आंगन में पहुंचकर उछलता-कूदता चिल्लाने लगा- 'मुझे दुअन्नी पाई, मुझे दुअन्नी पाई।'

सुनकर तीनों बड़ी बहनों भागती आईं, सबसे बड़ी ने दुअन्नी झपटकर अपने हाथ में लेकर निहारा, फिर टेढ़ी नज़र करके सवाल दागा- 'तुझे कहां मिली?'

'सड़क किनारे, खम्बे के पास पड़ी दिखी, तो मैंने झट से उठा ली।'

फिर उन्होंने बाबला पर एक के बाद एक सवालों की झड़ी लगा दी।

'ऐसे कैसे मिल गई? तुझे ही क्यों मिली? किसी और को क्यों नहीं मिली?'

'अगर सड़क पर पड़ी थी तो किसी और को क्यो नहीं दिखाई दी? तुझे ही क्यों दिखाई दी?'

'दुअन्नियां क्या सड़क पर पड़ी रहती हैं?'

'हमें तो आज तक कभी पाई नहीं, तुझे कैसे पा गई?' आदि आदि

बाबला घर में सबसे छोटा ७-८ वर्ष का बालक था, स्वाभाविक है कि अपनी बड़ी बहनों जैसा वाक्पटु नहीं था। न तो उसमें बहस करने की हिम्मत थी और न ही क्षमता। वह जवाब देता रहा, एक को जवाब देता तो दूसरी सवाल दाग देती। एक ओर तो बाबला जवाब देते देते बेहद परेशान हो गया दूसरी ओर तीनों उसको दुखी होता देख आनन्दित हो रहीं थीं। वह हताश, रुंआसा होकर बोला - 'मेरी बात का विश्वास ही नहीं कर रहीं, क्यों इतनी बुरी तरह मेरे पीछे पड़ी हो?'

एक ने कहा- 'सच बता, यह दुअन्नी तूने चुराई है न?'

'नहीं मैंने दुअन्नी नहीं चुराई, मुझे सड़क पर पड़ी मिली थी।' चोरी के इल्ज़ाम से आहत हो वह विरोध में चिल्लाया- 'मैंने चोरी नहीं की, मुझे दुअन्नी पाई है।'

झूठे इल्ज़ाम से दिल पर इतनी चोट लगी कि आंसुओं की धारा बह निकली। बाबला रोते-रोते बार-बार कह रहा था- 'मैं चोर नहीं हूं, सच कह रहा हूं।'

परन्तु बहनें की तिकड़ी तो पूर्वाग्रह से इतनी ग्रसित थी कि बाबला की एक न सुनी। उल्टे उसकी पीड़ा देख तालियां पीट कर हंस रहीं थीं। - देख तो सही कितना चालाक बन रहा है? हमें बेवकूफ़ समझता है।

इतनी देर में उनकी अम्मां जी भी आ गईं, तीनों ने एक स्वर में कहा कि बाबला झूठ बोल रहा है। - अम्मां जी यह झूठ बोल रहा है, इसने ज़रुर चोरी की है।

अम्मां ने कहा भी कि हो सकता है कि यह सच कह रहा हो और रोते बिलखते बेटे से आत्मीयता से बात करने लगीं जो बहनों को ग़वारा न था। बाबला ने शिकायत की - अम्मां जी मुझे समझ नही आता कि हमेशा यह तीनों भूतनियों की तरह मेरे पीछे क्यों पड़ी रहती हैं?-

तीनों ने थानेदार की तरह अम्मां को बोलने ही नहीं दिया और एलान कर दिया 'अम्मा जी इसने चोरी की है, झूठ बोलता है यह।'

बेचारा बाबला आँसुओं से सराबोर, फ़रियाद करता रह गया, गला फाड़-फाड़ कर चिल्लाता रहा कि मैंने चोरी नही करी, परन्त उसकी सुनने वाला कोई नहीं था। पूर्णतयः असहाय व हताश होकर उसने अत्यन्त क्रोधित हो, रोते हुए वह दुअन्नी उठाई और पूरी ताकत लगाकर आसमान में फेंक दी- 'यह लो, नहीं चाहिए मुझे यह दुअन्नी। ले लो, खा लो तुम ही।' दुअन्नी घर के आंगन से गोली की तरह आसमान में उड़ चली।

कुछ क्षण बाद एक ज़ोरदार टन्न्न्न्न की गूंजती आवाज़ कानों मे आई। फिर एक चिल्लाने की आवाज़- 'अरे कुक्कू देख तो, भैयूया जल्दी आओ, देखो हांडी में दुअन्नी आई है। आओ जल्दी आओ रे।'

सबको यह समझते देर न लगी कि वह आवाज़ दो घर छोड़कर श्रीमति निगम जी के घर से आ रही थी जिनके आंगन में रखी एक पीतल की हांडी से वह दुअन्नी ज़ोर से जा टकराई थी।

कुछ देर के लिए स्तब्ध होकर बड़ी जीजी गुस्से से बोलीं- 'क्यों रे? तूने दुअन्नी क्यों फेंक दी, क्या ज़ुरुरत थी फेंकने की, तू पागल है क्या?'

'मैं क्या करता, तुममें से कोई भी मेरी बात का यकीन नहीं कर रहा है।'

'तो क्या हुआ? फेंकने का क्या मतलब था?'

अब उनके सुर बदल चुके थे- 'पता है दुअन्नी में कितने गोलगप्पे आ सकते हैं। एक पैसे के चार के हिसाब से ३२ गोलगप्पे आ जाते।'

दूसरी बोली- 'कई दिनों तक जी भर के गोलगप्पे खा सकते थे, और इस बेवकूफ़ ने दुअन्नी फेंक दी, एक नम्बर का बद्तमीज़ है।'

तीसरी- 'इतने में तो दो दर्जन केले आ सकते थे, आया बड़ा लाटसाहब, अच्छी ख़ासी हाथ में आई लक्ष्मी फेंक दी।'

बड़ी जीजी- 'जी करता है खींच के एक चांटा मार के तेरा गाल सुजा दूं।'

अम्मां ने कहा भी कि 'तुम लोगों ने ही तो इसकी बात नहीं मानी और न ही भरोसा किया, अब क्यों उसे डांट रही हो? अब तो दुअन्नी गई हाथ से।'

पर पढ़ी-लिखी बेटियां भला गृहणी-मां की कहां चलने देतीं? सारा दोष छोटे से बाबला ही के सर मंढ़ दिया। बड़ी बहनों को दुअन्नी हाथ से जाने का अफ़सोस तो हुआ परन्तु अपने छोटे भाई का अविश्वास कर उसको कितना कष्ट दिया, इसका रत्ती भर भी अहसास उन्हें न था।

बराबर के मकान की बालकनी में खड़ी परिवार की घनिष्ट सहेली, शशि की माता जी, जो कि बहुत दिलचस्पी से सारा वाक़्या देख रहीं थीं, मुस्कुराकर बोलीं- आज तो छोटे भइय्या की दुअन्नी पर बहनों की नज़र है। कल किस-किस चीज़ पर नज़र होगी, किस-किस चीज़ में हिस्सा मांगेंगी, यह तो समय ही बताएगा। बाबला बेटा अभी से होशियार हो जा।'

फिर एक चेताने के स्वर में बोलीं- 'बाबले की अम्मा, तुम्हारी लौंडिएं हैं तो बहुत चालाक। छोटे भाई पर भरोसा न कर इतना ज़लील करना भला ठीक होता है क्या? बहन जी मुझे तो आने वाले समय में अच्छे आसार नहीं दिखाई देते।'

बाबला बेचारा, एक अबोध बालक भला इन गूढ़ बातों को क्या समझ सकता था। वह नादान तो बस यही समझने की कोशिश कर रहा था कि आख़िर उसने ग़लती करी तो कहां करी? सड़क पर पड़ी दुअन्नी उठा लेने में, या फिर उसको आसमान में उछाल कर त्याग देने में।

बाबला को इंतज़ार रहेगा पाठकगण के जवाब का, इस विश्वास के साथ कि पाठकों में से कोई न कोई तो अवश्य ही उसकी पीड़ा समझकर उसके प्रश्न का उत्तर दे उसकी जिज्ञासा को शांत करेगा।

समाप्त

तू मां शाह मैं तां शाह

- १४:०० मिनट -

दो हट्टे-कट्टे मित्र, दोनों नाकारे, कामचोर और मुफ़्तख़ोरे, पाकिस्तान के बन्नूवाल क्षेत्र के निवासी थे। 'नल्ले भ्रा' के नाम से आसपास के गांवों में मशहूर थे। लेकिन थे बड़े शातिर, लोगों को बेवकूफ़ बनाकर पैसे उगाहना, दूसरों की जेब का माल अपनी जेब में डालने में निपुण, यूं कहो कि ठग विद्या में प्रवीण थे। फ्रन्टियर के इलाके में विवाह योग्य कन्याओं की हमेशा से ही कमी रही है। धनाड्य व कामकाजी नवयुवकों को तो वधू मिल जाती हैं परन्तु ऐसे नल्लों को भला कौन अपनी लड़की देता। लिहाज़ा दोनों बेचारे कुंवारे ही रह गए।

एक का नाम था दीन दयाल, पिता गधा-गाड़ी चला कर परिवार का पालन करते थे। दीन दयाल बचपन से ही आलसी व आरामतलब था। जवानी में भी न सुधरा तो परेशान हो कर घर से निकाल दिया। मां ने बेटे की पैरोकारी करी तो पिता ने फ़ैसला सुना दिया।- 'रोज़ सवेरे रोटी देसां, वत दफ़ा हो जावीं। रात को सोवन वास्ते आवीं। बस तेरे नाल एही मेरा रिश्ता।' अर्थात रोज़ सवेरे रोटी दूंगा, फिर घर से चले जाया कर, रात को सोने आ जाना, बस यही मेरा तेरा रिश्ता होगा।

और दूसरा था भगवंत लाल जिसके पिती खजूर के पेड़ पर चढ़ने में माहिर थे, खजूर तोड़ने की मज़दूरी करते थे। एक हादसे में घायल होने से अपाहिज हो गए थे। भगवंता असहाय पिता को छोटे भाई के सहारे छोड़ घर से भाग खड़ा हुआ। अपनी विधवा चाची के घर में रहता और रोटी के एवज़ में उसकी भेड़ें चराता था। अक्सर मौका देखकर एक आध भेड़ बेच खाता। चाची बेचारी सब कुछ जानते हुए भी मजबूरी में उसकी चोरियों को चुपचाप बर्दाश्त करती थी।

अचानक देश का विभाजन हुआ तो जान बचाने के लिए रातों रात घर छोड़कर हिन्दुस्तान भागना पड़ा। दोनों दोस्त अपने परिवारों को बेसहारा छोड़ साथ-साथ निकल लिए। बड़ी मुश्किल से धींगा मुश्ती करके एक मिलिट्री के ट्रक में सवार होकर वाघा

बॉर्डर पहुंचे जहां रिफ़्यूजी कैम्प में शरण मिली। रिफ़्यूजी कैम्प में रहना व खाना-पीना तो मुफ़्त में ही मिल जाता था, परन्तु जल्दी ही कैम्प ख़ाली करने का समय नज़दीक आने लगा तो चिंता में पड़ गए। गुज़ारा करने के लिए कुछ जुगाड़ तो करना ही होगा जिससे ज़िन्दगी आराम से कट जाए। ४५-४६ की उम्र पार कर चुके थे। अब आगे कहां का रुख़ करें, न कोई जान न पहचान, दोनों फक्कड़, अब जाएं तो जाएं कहां।

सोचा शहरों के लोग तो पढ़े लिखे होशियार होते हैं, वहां लोगों को बेवकूफ़ बनाना मुश्किल होगा। क्यों न किसी छोटे से गांव-कस्बे में भोलेभाले लोगों के बीच बस जाएं तो हमारी दाल गल जाएगी। कैम्प से निकल के दिल्ली की ओर जाती एक रेलगाड़ी में चढ़ गए। विभाजन से पीड़ित विस्थापितों से रेल खचाखच भरी थी। सताए हुए, भूखे-प्यासे रिफ़्यूजी हिन्दुस्तान में ज़िन्दगी की नई शुरुआत के सपने संजोए दिल्ली की ओर चल रहे थे। सबके सामने बस एक ही प्रश्न था, कहां ठिकाना बनाया जाए। इसी विषय पर चर्चा के दौरान पता चला कि दिल्ली से बस १५-१६ मील पहले फ़रीदाबाद नाम का एक कस्बा है। दिल्ली से बहुत सस्ता और दिल्ली के बिल्कुल पास है। विचार कर के यहीं डेरा डालने का फ़ैसला लिया और फ़रीदाबाद स्टेशन पर उतर गए।

कस्बे में वह अजनबी थे, उनके पास न तो पैसा न कोई हुनर। कैसे रहेंगे, कैसे बसेंगे, क्या खाएंगे? कोई मदद भी करेगा तो कितने दिनों तक करेगा। वह तो हराम की खाना चाहते थे, मेहनत से रोटी कमाना तो उन्होंने सीखा ही नहीं था। सोचने लगे कि ऐसा क्या करें जो बग़ैर मेहनत किए अपनी चौधराहट कायम हो जाए। थे तो शातिर, हेराफरी व ठगी में उनका दिमाख़ खूब चलता था। दोनों में दीन दयाल ज़्यादा शातिर और समझदार था, उम्र में भगवंते से बड़ा होने के साथ साथ पांचवीं कक्षा तक पढ़ा भी था। गहरा चिन्तन-मनन करके आख़िरकार एक कारगर योजना बना ही डाली। दयाल बड़ी गम्भीरता से बोला - ओए भगवंते अपने फ़्रन्टियर की मशहूर कहावत भूल गया क्या?-

'कौनसी कहावत? बता तो सही।'

'तू मां शाह, मैं तां शाह, सारा पिण्ड लुट्ट घतेसूं ' मतलब यह कि तू मुझे शाह कह, मेरी तारीफ़ में कसीदे पढ़, मैं तुझे शाह कहूंगा, तेरी बेइंतहा बढ़ाई करुंगा। ऐसा करके हम सारे के सारे गांव पर राज करेंगे। बस समझ ले कि कहावत को अमली जामा पहनाने का समय आ गया है।

'बल्ले ओय बल्ले मेरे यार। तफ़सील से बता तो सही यह करना कैसे होगा?'

बारीकी से सोच-समझ कर तफ़सील से योजना बनाई गई, अपने अपने रोल का

पूर्वाभ्यास भी कर लिया। कबाड़ी से एक लोहे का बक्सा, एक झाड़ू और एक पुराना सरौता खरीद लिया और चल पड़े कस्बे की ओर। दोपहर का समय था, एक गुंजान से रास्ते पर लोगों का आना-जाना देख बस उस ही ओर चलने लगे। भगवंता आगे आगे रास्ते पर झाड़ू लगाता चलता और पीछे दीन दयाल, एक हाथ में बक्सा और दूसरे में सरौता लिए रौब से चलने लगा। कस्बे वालों ने इस अनोखे अंदाज़ में दो अजनबियों को आते देखा तो हैरान हो गए। दोनों मित्रों ने कस्बे के बाहर एक पेड़ के नीचे डेरा डाल दिया, भगवंता दयाला के पैर दबाता कभी कपड़े से पंखा झलता और हाथ जोड़े खड़ा रहता। गांव वालों ने अजनबियों को देखा तो कौतूहलवश मिलने आने लगे। 'आप कौन लोग हैं, कहां से आए हैं और कहां जा रहे हैं।'

मैं बन्नूवाल से हूं और यह मेरे मित्र दीन दयाल जी जलालाबाद के बहुत बड़े ज़मींदार हैं। दुनिया का भ्रमण करने के इरादा लिए पद यात्रा पर निकले थे। रास्ते में बन्नूवाल से गुज़रते हुए मैं भी इनके साथ हो लिया। दीन दयाल जी बहुत दानी व परोपकारी प्रवृति के हैं, किसी ग़रीब असहाय का दुख इनसे देखा नहीं जाता। हर दुखियारे की तुरन्त मदद करते हैं। जब घर से निकले थे तो बक्से में ढाई सेर सोने की गिन्नियां ले कर चले थे।

'क्या कहा! ढाई सेर सोना! इसकी कीमत तो करोड़ो में होगी। इतने बड़े धनाढ्य व्यक्ति और इतने सादे लिबास में? विश्वास नहीं होता।

'किसी को भी नहीं होता, पहले तो मुझे भी नहीं हुआ था। लेकिन आँखों देखे पर तो विश्वास करना ही पड़ता है। दीन दयाल जी तो और भी ज़्यादा गिन्नियां ले चलने को कह रहे थे, इनके पिता जी ने रोक दिया। आख़िर कितना बोझा उठा सकते थे? अपने सामान का वज़न पहले से ही बहुत ज़्यादा हो चुका था।'

असाधारण अजनबियों के आने की ख़बर एकदम फैल गई, धीरे-धीरे लोग इकट्ठा होने लगे, यहां तक कि गांव के मुखिया जी भी आ पहुंचे। भला सरपंच जी पीछे कैसे रहते, जैसे ही मुखिया जी के पहुंचने का पता चला, सरपट मौके पर दौड़े आए।

कोई पूछ बैठा- 'दीनदयाल जी ने दूसरे हाथ में यह सरौता क्यों पकड़ा हुआ है?'

यही इनकी दानवीरता का प्रतीक है। रास्ते में जो भी ग़रीब, भिखारी या दुखियारा देखते, कोई भी मदद मांगता तो दीन दयाला जी का हृदय द्रवित हो जाता। इनका दिल तो दया और प्रेम का सागर है। अपने को रोक नहीं पाते थे, तुरन्त सन्दूक में से एक गिन्नी निकालकर, सरौते से एक टुकड़ा काट कर याचक को दान कर देते। मैं रोकता भी था तो मेरी नहीं सुनते थे।'

'जै हो, जै हो ऐसे दानवीर की, इतने दयालु महात्मा तो खोजने से भी नहीं मिलते।' सुनने वाले लोग कह उठे।

'अब हाल यह हो गया है कि गिन्नी का सन्दूक ख़ाली है, बस उंगली में यह सोने का छल्ला ही बचा है। ऐसे परम दानवीर हैं मेरे दीन दयाल भाई। मैं तो इनका सेवादार बन गया हूं। सारी ज़िन्दगी मखमल पर चलने वाले को कंकड़-पत्थर से भरे रास्तों पर चलना पड़ रहा है, इसलिए मैं इनके आगे झाडू लगाता चलता हूं। आजकल बस एक ही रट लगा रखी है, कहते हैं कि विभाजन की मारा-मारी ख़त्म हो ले तो वापिस जलालाबाद जाकर दो-ढाई सेर गिन्नियां और ले आएंगे।'

मुखिया जी भावुक होकर बोले- 'यह तो साक्षात हरीशचन्द्र का रुप हैं, हम कृतार्थ हुए इनको अपने बीच पा कर।'

'लेकिन आप का नाम क्या है, अपना परिचय तो दीजिए।' सरपंच जी ने भगवंत से पूछा।

'अजी मैं तो नाचीज़ बहुत छोटा सा व्यक्ति हूं, दयाल जी का सेवक हूं।' भगवंते ने हाथ जोड़ विनम्रता से कहा।

दीन दयाल जो अभी तक चुप बैठा था बोल पड़ा- 'यह तो नहीं बताएंगे, मैं तो इनका हाल जानता हूं, इसलिए मुझे ही बताना पड़ रहा है।'

कान लगाए सारी भीड़ एकटक दयाल जी की बातें विस्मय से सुनने लगी। दयाल ने भगवंत की वीरता की कहानी इस प्रकार गढ़ कर सुनाई।

'यह भगवंत जी बन्नूवाल के घोड़ों के व्यापारी हैं, ढाई सौ एकड़ ज़मीन में इनके स्टड फ़ार्म चलते हैं। इनकी फ़ार्म के ऊँची नस्ल के घोड़े इंगलैण्ड अमरीका तक को निर्यात किए जाते हैं। बन्नूवाल में सबसे बड़ा महल-चौबारा इनका ही है। वहां का बच्चा बच्चा इनके ख़ानदान को जानता है। अंग्रेज़ वाइसरॉय जब भी फ्रन्टियर आते थे तो इनकी हवेली में ही ठहरते थे।

मैं पदयात्रा करते बन्नूवाल पहुंचा ही था कि देश का विभाजन हो गया। भगवंत जी को रातों रात सब कुछ छोड़ कर भागना पड़ा। घोड़े, अस्तबल और महल-चौबारे, सब वहीं के वहीं रह गये, सबसे पहले तो अपनी जान बचानी थी। इनकी दिलेरी की बदौलत ही मैं सही सलामत गिन्नियों के बक्से समेत हिन्दुस्तान आने में कामयाब हो सका।

इनकी बहादुरी के कारनामे बताऊं तो दंग रह जाओगे। ख़तरा भांपते ही भगवंत जी ने घोड़े पर मुझे अपने पीछे बिठाया और हिन्दुस्तान की लम्बी यात्रा पर निकल पड़े। एक हाथ में लगाम और दूसरे में नंगी तलवार थामे लुटेरों से जूझते बढ़ते चले।

न जाने कितने पहाड़, जंगल, नदी नाले पार करते आख़िरकार हिन्दुस्तान की सीमा के पास पहुंचने में कामयाब हो गए। लेकिन घोड़े पर इतना ज़ोर पड़ा कि सीमा पर ही उसने दम तोड़ दिया। वहां से हमारी पैदल यात्रा आरम्भ हुई। सीमा पर विस्थापितों की दुर्दशा देख रुह कांप गई। दाने दाने को तरसते, भूखों मरते हज़ारों लोग, बीमार महिलाऐं, बुज़ुर्ग, बिलखते बच्चे देख मेरा कलेजा फटा जाता था। दयाभाव से वशीभूत, स्वतः ही मेरे हाथ बक्से की ओर बढ़ते, गिन्नियों के टुकड़े लोगों में बांट देता। लेकिन बेचारा भगवंत तो अपनी अपार सम्पत्ति में से कुछ भी नहीं ला सका- 'कहकर भगवंत की वीर-गाथा का समापन किया।'

'बहुत बुरा हुआ भगवंत जी के साथ। समय की मार तो देखो! इतना धनवान, दिलेर व्यक्ति आज कितना लाचार हो गया है। बेचारे अब क्या करेंगे?' सरपंच जी ने हमदर्दी जताई।

'कोई चिन्ता करने की बात नहीं है। इनका सरकारी क्लेम देखो तो पता चलेगा कि पाकिस्तान में कितनी जायदाद है। जानते हो साढ़े तीन करोड़ रुपए का क्लेम भरा है। मैंने ही इनका क्लेम फ़ार्म भरा था और सरकारी अफ़सर ने तस्दीक भी कर दी है। सरकार ने भरोसा दिया है कि ज़्यादा से ज़्यादा ६-७ महीनों में क्लेम पास हो जाएगा और भगवंत जी को पैसे मिल जाएंगे।' दयाल ने समझाया। 'हमारी तकलीफ़ बस कुछ ही महीनों की है। अब हमें फ़ैसला यह करना है कि कहां बसें, किस गांव में अपना आशियाना बनाएं, पैसा कहां-कहां लगाएं?'

किसी ने सुझाया- 'दीन दयाल जी दिल्ली में तो विस्थापितों को बहुत सस्ते में प्लौट व फ़्लैट दिए जा रहे हैं और वह भी आसान किश्तों पर।'

मुखिया जी- 'मूर्खता की बातें मत करो, इनके स्तर के अनुसार ही बात करो।'

मुखिया जी ने मन बना लिया था कि इतने बड़े साहूकारों से हर कीमत पर दोस्ती करुंगा तो अपने भी वारे न्यारे हो जाएंगे। अमीरों से दोस्ती का मेवा तो मिलता ही है। बोले- 'मेरी मानें तो आप हमारे गांव में ही बस जाइए, आप जैसे महापुरुष हमारे गांव में बसेंगे तो हमारे गांव का भी नाम होगा। निश्चिंत रहें आपकी सुख-सुविधा का पूरा इंतज़ाम कर दिया जाएगा।'

सारे गांववाले उनसे खूब प्रभावित हो गए थे। अजनबियों ने पूरी तरह से गांव वालों पर यहां तक कि सरपंच और मुखिया पर भी अपनी रईसी का सिक्का जमा दिया था। कोई पानी-शरबत, कोई लस्सी और कोई फल आदि लाने लगा। मुखिया जी उनसे गांव के अन्दर चौपाल पर पधारने का आग्रह करने लगे।

सरपंच भडाना जी ने भी उनकी ओर दोस्ती का हाथ बढ़ाया- 'भगवंत जी इस गांव को तो अपना गांव ही समझिए। मैं धर्मशाला साफ़ करवा के आपके ठहरने का इंतज़ाम करवा देता हूं। एक नौकर और एक रसोइया भी आपकी सेवा में लगा देता हूं। जब तक आपको क्लेम के पैसे नहीं मिलते आप हमारे मेहमान रहेंगे।'

मुखिया जी असमंजस में पड़ गए, यार यह तो मेरे से बाज़ी मार गया, यह मैं नहीं होने दूंगा। 'सरपंच जी इतने बड़े रईसों को धर्मशाला में ठहराऐंगे क्या? यह नहीं हो सकता। ऐसा कीजिए आप मेरे मेहमान, मेरे घर में रहिए, आपका स्वागत है।'

सरपंच यह मौका अपने हाथ से जाने नहीं देना चाहता था, तुरन्त हस्तक्षेप किया- 'मुखिया जी बात तो आपकी ठीक है परन्तु आपका कुन्बा तो बहुत बड़ा है, एडजस्ट करना कठिन होगा। मेरा घर तो बहुत बड़ा है, अलग से एक मेहमान-घर भी है। चलिए आप मेरे घर पर, वहां आप आराम से रहेंगे।'

दोनों का आपस में टकराव होता दिख रहा था। दयाल और भगवंत मन ही मन फूले नहीं समा रहे थे, आख़िर उनकी चाल कामयाब हो गई। जब गांव के सरपंच और मुखिया दोनों ही को उन्होंने काबू कर लिया तो आगे की राह तो आसान हो जाएगी। भगवंत ने नम्रता से कहा- 'हमारे प्रति आपका प्रेम देखकर हम कृतार्थ हो गए हैं। मानव-प्रेम से बड़ा कोई धर्म नहीं होता। पैसा तो आना-जाना होता है। हमारा मन तो दौलत, पैसे-जायदाद से भर चुका है। धन-दौलत की लालसा तो बची ही नहीं है। हृदय में केवल परोपकार और मानवता से प्रेम की प्यास ही बची है।'

भगवंत ने निवेदन किया- 'कृपयाः हमारे लिए ५०-६० एकड़ का अच्छा सा ज़मीन का टुकड़ा ढूंढ के रखिए, क्लेम के पैसे आते ही खरीद लूंगा, बन्नूवाल की हवेली से भी ज़्यादा आलीशान बंगला बनाउंगा। मेरी इच्छा है कि एक स्कूल और बड़ा सा मन्दिर भी हमारे गांव में होना चाहिए, यह तो मैं ज़रुर बनवाउंगा, मेरा वादा रहा।'

'आपका परिवार आदि कहां हैं, पत्नी बच्चे आदि?' किसी ने प्रश्न किया।

'हम ख़ानदानी व्यापारी तो हैं, परन्तु अपने गांव के लोगों के कल्याण में ही लगे रहते थे। माता-पिता की आज्ञा के अनुसार सारा जीवन लोकसेवा में ही लगाने का प्रण ले चुके हैं। समाज सेवा में इतने व्यस्त रहते थे कि कभी विवाह के बारे में सोचा ही नहीं।'

क्या सरपंच, क्या मुखिया जी और क्या गांववाले, सब उन पर मोहित हो गए, सब के सब उनके मित्र-सहयोगी बन कुछ फ़ायदा उठाने के स्वप्न देखने लगे। दोनों को ससम्मान चौपाल पर लाया गया, सब उनकी आवभगत में लग गए, सादर जलपान

कराया गया, भांति-भांति के पकवान पेश किए गए। कोई रात के भोजन को नौतने लगा तो कोई प्रातः भोज के लिए। इतने न्यौते कि बेचारे मेहमान दुविधा में पड़ गए।

उधर मुखिया जी और सरपंच जी में रस्साकशी चल रही थी, दोनों उनको अपने घर में ठहरा कर उनको आतिथ्य रस में डुबोकर उनसे मित्रता गांठना चाहते थे।

भगवंत और दीन दयाल भी आपस में सलाह करने लगे कि उन्हें इस स्थिति में किसका आतिथ्य स्वीकार करना चाहिए। जानते थे कि उनको धनाढ्य समझकर सब उनसे मित्रता गांठना चाह रहे थे। सोचने लगे कि यदि इनके घर में रहेंगे तो पोल खुलने का डर तो बना ही रहेगा, दूसरे आपस में खुलकर बात भी नहीं कर सकेंगे।

दयाल जी आँखें मूंद संत जैसी मुद्रा में बोले- 'मेरे विचार से सच्चे मन से की गई मानव सेवा ही परमात्मा की सेवा है। भाइयों जब मन में देश-सेवा समाज-सेवा करने की ठान ही ली है तो कहां रह रहे हैं, क्या खा-पी रहे हैं, इसका कोई महत्व नहीं रह जाता। हम तो सत्तू खाकर पानी पी लें तो भी सन्तुष्ट हो जाते हैं। ख़ानदानी भोग-विलास की आदतें तो कब से त्याग चुके हैं।'

दयाल जी ने अपने विचार रखे- 'हम तो बड़े से बड़े सांसारिक सुखों को भोग चुके हैं, कोई इच्छा बची नहीं है। दीन दुखियों की पीड़ा देख हृदय इतना द्रवित है कि मानव सेवा के अतिरिक्त कुछ नहीं सूझता। आप हमारे लिए ज़्यादा परेशान न हों, अब तो सादा जीवन जीने की आदत पड़ गई है। आप हमारे ठहरने का प्रबन्ध धर्मशाला में ही कर दीजिए, हम वहीं ख़ुशी-ख़ुशी समय काट लेंगे।'

उनका निवेदन स्वीकार करके तुरन्त धर्मशाला के दो कमरे साफ़ करके चमका दिए गए। गद्दे मसनद आदि बिछाकर उनके रहने का अच्छा सा प्रबन्ध किया गया और एक सेवक भी उनके लिए तैनात कर दिया। दोनों मित्र अपनी सफ़लता पर फूले नहीं समा रहे थे। एक ओर तो कमाल की योजना बनाई और उससे भी कहीं बढ़िया उसका अमल में लाना अर्थात *इमप्लीमैन्टेषन*। विस्थापित कैंम्पों में ज़मीन पर सोते-सोते, सरकारी भोजन खाते-खाते परेशान हो चुके थे। एक लम्बे अर्से के बाद आज दोनों मलंगों को स्वादिष्ट भोजन और आराम नसीब हुआ था।

करवट बदलते हुए भगवंत बोला- 'यार कितने दिन ऐसे चल सकेगा? ३-४, ज़्यादा से ज़्यादा ५ महीने यहां कट जाएंगे, उसके बाद क्या करेंगे। लगता है यह लोग जल्दी ही हमसे उकता जाएंगे।'

'यारा ५ महीने तो बहुत होते हैं, इतने में तो क्या से क्या हो सकता है। इतने टाइम में तो हम बहुत कुछ कर गुज़रेंगे। फ़िक्र तो बस एक बात की कर कि कहीं

हमारी पोल न खुल जाए। साले तू बहुत बड़बोला है, मुंह से एक-एक शब्द बहुत सोच समझ कर निकाला कर।' दयाल ने समझाया। 'और सुन, एक ख़तरा और भी है, इस कस्बे में कहीं हमारी जान पहचान का कोई टकर न जाए। मैंने तो दाढ़ी बढ़ा ली है, ऐहतियातन तू भी अपना हुलिया ज़रा बदल डाल, आगे आने वाली हर मुश्किल के लिए हमें पहले से ही तैय्यार रहना होगा।'

मैं तैय्यार हूं, चिन्ता न कर यार, अब आराम से सो जा। मुझे तो इंतज़ार है कल सुबह के लज़्ज़तदार नाश्ते का। सारी उम्र धक्के खाए, गुरबत झेली, खाने के लाले पड़े रहते थे। और देख आज हम ख़ानदानी रईस बन गए हैं। यह सब तेरे दिमाग़ का कमाल है। वाह रे हमारी किस्मत, कभी सोचा ही नहीं था कि देश के विभाजन में ही हमार कल्याण लिखा था।'

भगवंत प्रसन्न मुद्रा में बोलता रहा- 'यार दयाले तूने तो सचमुच साबित कर दिया, 'तू मां शाह मैं तां शाह, सारा पिण्ड लुट्ट घतेसूं।' यह प्राचीन सूत्र तो हमारे लिए वरदान साबित हो गया, अबे तू तो खर्राटे मारने लगा। लगता है साला सो गया, मैं भी सो जाता हूं।'

समाप्त

शोकि ओए

- ७:०० मिनट -

नवयुवक अशोक गुलाठी पेन्ट व हार्डवेयर की एक दुकान के मालिक थे। अभी दुकान का शटर खोलकर साफ़-सफ़ाई कर सामान सजा ही रहे थे कि उनका एक मित्र, प्रकाश चन्दर दुकान में दाख़िल हुआ। अशोक की पीठ पर एक ज़ोर का धौल जमा कर शिकायत के लहज़े में बोला- 'ओए शोकि यार तू कल हमारे भंडारे में क्यों नहीं आया? सारे ग्रुप ने तेरा बड़ा इंतज़ार कीता पर तू आया क्यों नहीं। यार इतना मज़ा आया कि मैं तैनू बता नहीं सकदा।'

'मैं जगराते में आया तो था, रात को साढ़े बारह बजे तक मैं रुका भी था। बड़ा हंगामा मचा रखा था, तुम्हारे लाउडस्पीकर की आवाज़ तो गुरुद्वारा रोड तक आ रही थी। परन्तु आज सुबह के भण्डारे में नहीं आ सका। सुबह दुकान तो टाइम से खोलनी होती है न, धन्धे की अनदेखी तो कर नहीं सकता। -

'क्या फ़र्क पड़ता, एक दिन दुकान नहीं खोलता तो मर नहीं जाता। सच बताउं तो भंडारे में न आकर तूने *लाइमलाइट* में आने का एक सुनहरा मौका खो दिया -

'कैसी *लाइमलाइट* ओए, तू कौनसा हीरो बन गया जगराता करवा के? चल तू तो खुश है, तूने तो मौका नहीं खोया न -

'तैनू पता वी है उत्थे दा नज़ारा किवें सी? ओए सोनी-सोनी कुड़ियां, जीन्स पा के आईयां सन। अप-टू-डेट जनानियां साडा भंडारा लैन आइयां सन। कई कुड़ियां तां मरुती विच बै के आइयां, मेरे हत्थों भंडारा लै के खादा, फिर मरुती विच बै के चली गइयां। पुछ न यार बड़ा मज़ा आया। लम्बी-लम्बी लाइनां लगियां सन, पर कुड़ियां नू तां अपने ख़ास बन्देयां नू तां बग़ैर लाइन दे लग्गे ही भंडारा दे दित्ता। लोकि साडे भंडारे दी बड़ी तरीफ़ कर रहे सी।-

पाठकों के लिए इसका हिन्दी रुपान्तरण इस प्रकार है।

'तुझे पता भी है कि वहां का नज़ारा कैसा था? अबे सुन्दर-सुन्दर लड़कियां, जीन्स पहनकर आईं थीं। अप-टू-डेट महिलाएं हमारा भंडारा लेने आईं थीं। कई लड़कियां तो

मारुति में बैठ कर आईं, मेरे हाथों से भंडारा ले कर खाया, फिर मारुति में बैठ कर चली गईं। पूछ मत यार बड़ा मज़ा आया। लम्बी-लम्बी लाइनें लगी थीं, पर लड़कियों को और अपने ख़ास लोगों को तो बग़ैर लाइन में लगे ही भंडारा दिया। लोग हमारे भंडारे की बहुत तारीफ़ कर रहे थे।-

प्रकाश बिना रुके बोले जा रहा था- सच्च यार क्या मस्त माहौल था, हम सिर पर लाल चुन्नी बांध के स्टेज पर खड़े थे, सारी जनता हमें ही देख रही थी, यह होता है *लाइमलाइट* में आना, समझ गया? -

-देख यार तुझे तो पता ही है, सबसे पहले तो धंधे को ही संभालना होता है। सौरी मैं भंडारे में आ नहीं सका-

'भंडारे की रौनक तो देखने वाली थी, हमने तो करीब-करीब सारी मेन सड़क ही जाम कर दी थी, बस एक एक करके ही गाड़ियों को जाने दे रहे थे, किसी को भी परशाद लिए बगैर जाने ही नहीं दिया। -

'भंडारा तो अपनी जगह पर ठीक है, लेकिन ट्रैफ़िक रोकने से जनता को कितनी परेशानी उठानी पड़ी होगी, इसका कोई ख्याल नहीं रखा? -

'वड़ गई जनता की परेशानी, हमारा इकत्तीसवां विशाल भगवती जागरण था, कोई छोटी-मोटी बात नहीं है। माता का आशीर्वाद चाहिए तो जनता को इतनी तकलीफ़ तो उठानी ही पड़ेगी। -

'आशीर्वाद तुमने कमाया, मज़े तुमने लूटे, हीरो तुम बने, आम जनता को क्या मिला, कद्दू। तुम्हारे सड़क घेरने से स्कूल के बच्चों की बसें फंस गईं, ऑफ़िस जाने वाले, काम धंधे वाले सब परेशान हुए, भाड़ में जाए ऐसा भंडारा।-

- यार तू नास्तिक है क्या? सनातनी हो के भी ऐसे बोलता है। ओए लल्लू माता का आशीर्वाद लेना हो, पब्लिक सेवा करनी हो, तो थोड़ी बहुत ज़बरदस्ती तो करनी ही पड़ती है। कुछ समझाकर यार, इतनी सारी जनता को सेवाभाव से माता का भंडारा खिलाना कोई छोटी बात नहीं होती। -

प्रकाश अपनी ही धुन में था - हमारे व्यापारी मंडल के सारे बड़े-बड़े दुकानदार, पैसेवाले, व्यापारी सब आए थे। पूरे मेक-अप के साथ *हाई-क्लास लेडीज़*, जवान कुड़ियां, बच्चे, बड़ी-बड़ी गाड़ियों में आए। बड़ा टॉप क्लास जगराता था।

और सुन, जब दान देने वालों के नाम *एनाउन्स* करने की बारी आयी तो होड़ सी लग गई। सबने एक से बढ़ कर एक दान की बोली लगाई। हमारा प्रेज़ीडैन्ट तो बड़ा दिलेर निकला, ११,००० रुपए देने की घोषणा करवा दी। हमारे मद्दी भ्राजी,

जिन्होंने पार्क की ज़मीन पर मॉल बनाया है, केवल पांच मिनट के लिए आए, माथा टेका, और २१,००० रुपए की भेंट दे गए। उनका तो कमाल का भक्ति भाव है। और वह कंजूस मनोहर लाल जिस पर दो बार सेल-टैक्स का छापा भी पड़ चुका है, वह कमीना भी ५,००१ रुपए दे गया। पता भी है ज़रा सी देर में ही डेढ़ लाख रुपए से ज़्यादा इकट्ठे हो गए थे।-

'पहले तो हम पार्क में जगराता करवाते थे, वहां न तो कोई हमें नोटिस करता था, न ही हम *लाइमलाइट* में आते थे। जगराते में तो बहुत कम लोग आते थे, बस भंडारे के समय ही भीड़ लगती थी। अब समझ आया कि किसी मेन रोड य बड़े नुक्कड़ पर आयोजन करो, रास्ता रोको तो कितनी शोहरत मिलती है।'

अशोक खीजते हुए बोला- 'ठीक है, ठीक है, बस हो गया तेरा भंडारा पुराण, बन गया हीरो? अब बता चाय य कोल्ड ड्रिंक वगैरा कुछ लेगा क्या।'

प्रकाश अनसुनी कर के और भी जोश में आकर बोला- 'पिछली निर्जला एकादशी को भी हमने इसी जगह पर केवड़े वाली ठंडी लस्सी बांटी थी। बर्फ़ की १३ सिल्लियां, ५० किलो दूध, २ बोरी चीनी और ४५ स्क्वैश की बोतलें लगी थीं। तू तो आया नहीं, लेकिन क्या रौनक थी, क्या नज़ारा था।'

छाती ठोक कर विजेता की तरह बोला- जानता है? किसी को भी बग़ैर लस्सी पिए जाने ही नहीं दिया। क्या बसें, स्कूटर, कार, थ्री व्हीलर, और क्या साइकिल सवार या पैदल, सबको रोक-रोक कर, हाथ जोड़कर लस्सी पिलाई, मज़ाल है कोई बग़ैर पिए चला जाए। इसको कहते हैं सेवा भाव। -

अशोक को मित्र की बातों पर ग़ुस्सा आ रहा था।- देख यार तू बुरा माने या भला, मैं तो तेरी बात से सहमत नहीं हूं। सारी रात गुल गपाड़ा मचाते हो, आस पड़ौस में किसी को सोने नहीं देते। सोचते भी नहीं कि कोई बीमार होगा, कोई विद्यार्थी परीक्षा की तैयूयारी कर रहा होगा, कोई चिन्तन मनन व पूजा कर रहा होगा। तुम्हारे जगराते ने न जाने कितने लोगों का जीना मुहाल किया होगा? इस पहलू पर भी तुमने कभी सोचा है। कितना ध्वनि प्रदूषण होता है? कभी विचार किया है?

'ओए तेरे में भक्तिभाव तो है ही नहीं, साले तू तो वास्तव मे नास्तिक है नास्तिक, नरक में जाएगा।-

'नरक जाउं य स्वर्ग, इसकी चिन्ता तू न कर। तेरे से ज़्यादा जानता हूं भक्तिभाव के बारे में। भगवान ने कहा है कि अपना कर्तव्य पूरा करना ही सच्ची भक्ति होती है। भक्ति पूजा आदि सिर्फ़ शांत वातावरण में, एकान्त में, और एकाग्रता से ही हो सकती

है। लाउडस्पीकर लगाकर ऊपर से *स्पीकर्स* को उच्चतम स्तर पर रखकर कान फोड़ने वाली दहाड़ लगाना क्या भक्ति कहलाता है?'

'भक्ति करने का अपना अपना तरीका होता है, हमारा तो यही है और जनता हमारे साथ होती है।'- ढीठता से हंसते हुए जवाब दिया।

'चुपकर, तेरी बहुत बकवास सुन ली मैंने, अब मेरी बात ध्यान से सुन। तुम लोग जगराता-चौकी आदि का आयोजन भक्ति भाव से प्रेरित हो कर नहीं परन्तु समाज में अपनी दौलत व रुतबे के प्रदर्शन हेतु ही करते हो। फ़िल्मी नगमों की धुनों पर आधारित अश्लील गीतों को माता के भजन में बदलकर गाना-बजाना कितना भद्दा लगता है?

ऐसा नहीं है कि पहले दिल्ली में जगराते नहीं होते थे। होते थे, मन्दिरों-धर्मशालाओं में, घरों में भी होते थे लेकिन इतना गुल-गपाड़ा नही किया जाता था। ५-६ गायकों की टोलियां क्रमावर्तन से आती थीं और शान्ति से, भक्ति भाव से माता जी के सुन्दर भजन गाती थीं। लाउड स्पीकर का इस्तेमाल कभी नहीं किया जाता था। माता की भक्ति में शोर मचाने का क्या औचित्य होता है? इसके अतिरिक्त ऐसे कार्यक्रम ध्वनि प्रदूषण से वातावरण को प्रदूषित करने के दोषी भी होते हैं।

मैं दावे से कह सकता हूं कि इस तरीके के जगराते आडम्बर के सिवा और कुछ भी नहीं होते, यह बात आज का जाग्रत समाज जानता है। जहां तक बात है मेरी आस्था की, तो सनातनी विचारधार में मेरी पूरी आस्था है। समाज में इस प्रकार की ढकोसलेबाज़ी सनातन भावनाओ को गहरा आघात पहुंचाती है। यही कारण है कि हिन्दू नवयुवकों की सनातन धर्म में आस्था धीरे धीरे कम होती जा रही है। इसके ज़िम्मेदार तुम्हारे जैसे नकली सनातनी ही हैं।-

अशोक की तर्कसंगत बहस का जवाब न दे पाने से प्रकाश खीज गया - देख यार हर किसी को एक प्लेटफ़ार्म की खोज होती है जहां से वह चौधराहट कर सके और मनोरंजन भी हो जाए। आख़िर हमारे जैसे नवयुवक अपनी उर्जा कहां लगाएं? बस यही हमें सबसे आकर्षक विकल्प लगता है, सो इस में शामिल हो जाते हैं। सच्चाई तो यह भी है कि गुल गपाड़ा करने हंगामा करने में तो हमें बहुत मज़ा आता है। जहां तक सनातनी विचारधारा का प्रश्न है, इसको पढ़ने समझने का समय अभी मेरे पास नहीं है, रिटायर होने के बाद सोचूंगा।

समाप्त

गुल्ली फ्हा जी

- ५:४० मिनट -

हमारे कॉलेज की हिन्दी साहित्य सभा बहुत सक्रिय रहती थी। समय-समय पर कार्यक्रम तो होते ही रहते थे जिसमें हिन्दी साहित्य में रुचि रखने वाले विद्यार्थी बढ़-चढ़ कर हिस्सा लेते थे। साथ ही समय-समय पर साहित्यिक प्रतियोगिताओं का आयोजन भी किया जाता था। कार्यक्रम की रुपरेखा व नियम निर्धारित कर प्रतियोगिता करवाई जाती थी और विजेताओं को पुरुस्कृत किया जाता था।

इसी प्रकार एक प्रतियोगिता के आयोजन का अत्यन्त मज़ेदार किस्सा साझा कर रहा हूं। ऐसी प्रतियोगिताओं में सारे कार्यक्रम का आयोजन और मंच संचालन केवल हिन्दी साहित्य सभा के सदस्य, जो कि कॉलेज के विद्यार्थी होते थे, ही किया करते थे। आमतौर पर मुख्य अतिथि कॉलेज के हैड ऑफ़ हिन्दी डिपार्टमेंट हुआ करते थे और वही *ऐवार्ड कमैटी* के हैड होने के नाते प्रतियोगिता के *जज* भी होते थे।

सभागार में केवल दो ही माइक थे, एक पोडियम के ऊपर और दूसरा मंच-संचालक के सामने रखा जाता था। परन्तु साउन्ड सिस्टम में केवल एक ही माइक का पोर्ट था, अतः एक समय पर केवल एक ही माइक काम कर सकता था। इसलिए मंच संचालक कार्यक्रम के दौरान चेंज ओवर स्विच से आवश्यकता अनुसार जिस माइक को ऐक्टिवेट करना होता था, उसे ही चेंज ओवर स्विच से अदल-बदल कर ऐक्टिवेट करते रहते थे।

उस दिन प्रतियोगिता तीन चरणों में बंटी थी और प्रत्येक प्रतियोगी को तीन आइटम प्रस्तुत करने थे। पहले एक कविता, दूसरा एक लघु कथा और अन्तिम चरण में एक लतीफ़ा यानिकि चुटकुला। नियमानुसार प्रत्येक चरण के ५ अंक होते थे, चरण की समाप्ति पर हर प्रतियोगी को अंक दिए जाते थे और तीनों चरणों के अंकों को जोड़ कर ही विजेता का चयन होना था। दूसरे चरण के बाद अंक तालिका में सबसे ऊपर के तीन प्रतियोगी ही अन्तिम चरण में प्रवेश पाते थे और उनमें से विजेता का चयन सबसे मनोरंजक चुटकुले के आधार पर किया जाना था। यही चरण था ग्रैंड फ़ाइनले

व प्रतियोगिता का *क्लाइमैक्स* अर्थात चरमोत्कर्ष। प्रतियोगिता के इस अन्तिम चरण की शुरुआत से पहले तीनों शीर्ष प्रतियोगियों का पूर्ण परिचय दिया जाना था।

हमारा सहपाठी व मित्र जिसका नाम गुलविन्दर सिंह उर्फ़ गुल्ली था, वह भी प्रतियोगिता में शामिल था। बहुत ख़ुशमिजाज़ व हरफ़नमौला गुल्ली कक्ष का हीरो था। अपनी कुशलता से शीर्ष तीन विजेताओं में चुना जा चुका था और उसके अन्तिम चरण का चटकुला सुनने को श्रोतागण आतुर थे।

अन्तिम चरण आरम्भ हुआ।

मंच संचालक ने पहले प्रतियोगी का पूरा परिचय दिया, प्रतियोगी पोडियम पर आए तो संचालक ने *चेन्ज ओवर स्विच* से पोडियम का माइक ऐक्टिवेट कर दिया। चुटकुला सुनाया गया, अच्छा था, खूब तालियां बजीं।

संचालक ने फिर से *चेन्ज ओवर स्विच* द्वारा अपना माइक ऐक्टवेट करके दूसरे प्रतियोगी का परिचय दिया। प्रतियोगी के पोडियम पर पहुंचते ही फिर से चेन्ज ओवर स्विच से पोडियम का माइक ऐक्टिवेट कर दिया। दूसरे प्रतियोगी ने भी एक लतीफ़े की प्रस्तुती दी और तालियां बटोरीं।

अब बारी आई सबके चहीते, हमारे हीरो गुल्ली प्हा जी की। मंच संचालक ने नाम पुकारा तो हंसते कूदते गुल्ली ने मंच पर एन्ट्री करी। न जाने कैसे मंच संचालक गुल्ली का परिचय देना चूक गए और न ही *चेन्ज ओवर स्विच* से पोडियम का माइक ऐक्टिवेट किया।

पोडियम पर खड़ा गुल्ली परेशान, इंतज़ार कर रहा था कि उसका परिचय दिया जाए तो वह अपना चुटकुला सुनाए। वहां श्रोता बेसब्र हो रहे थे कि गुल्ली बोल क्यों नहीं रहा। गुल्ली इस बात से पूर्णतयः अनभिज्ञ था कि संचालक का माइक चालू था, जल्दी से मंच के दूसरे छोर पर बैठे संचालक के पास लपक कर गया और धीमे से बोला- 'ओए याद है कि नहीं, यह मेरा लास्ट आइटम है।'

'मुझे पता है, तू पोडियम पर जा कर शुरु तो कर।'

'पोडियम पर जाकर क्या अपनी ऐसी-तैसी करवाउंगा, भूतनी के आइटम से पहले मेरा परिचय तो दे, मेरी तारीफ़ भी तो करनी है, भूल गया क्या?'

पोडियम पर जाकर माइक पर टैप किया तो पता चला कि माइक ऐक्टिवेट नहीं किया था। भागकर फिर मंच संचालक के पास आया- 'जल्दी कर साले मेरी इज़्ज़त का सवाल है, ओए मुझे मरवाएगा क्या?'

संचालक का माइक ऑन होने की वजह से सारा का सारा वार्तालाप सबने साफ़-साफ़ सुन लिया।

हॉल में गुल्ली की शिकायत भरी आवाज़ और संचालक से गाली गलौज गूंज उठा। गुल्ली ने अपनी आवाज़ सुनी तो सकते में आ गया, कुछ देर तो भौंचक्का सा इध ार-उधर देखा। फिर हड़बड़ाहट में उसके मुंह से निकल गया- 'ओ तेरे की, यह कैसे हो गया?'

सब हैरान, गुलविंदर संचालक को क्या-क्या कह बैठा। श्रोताओं की हंसी के गुब्बारे फूट गए, गुलविंदर का चेहरा एकदम लाल, बुरी तरह घबरा गया। फिर किसी तरह अपने आप को संभाला और हिम्मत बटोरकर अपनी ग़लती सुधारने के उद्धेश्य से सरपट वापिस पोडियम पर आ पहुंचा। उधर संचालक को भी अपनी चूक का पता चल गया था, उसने तुरन्त *चेन्ज ओवर स्विच* से पोडियम का माइक ऑन कर दिया और गुल्ली लड़खड़ाते हुए बोला 'जी जी मैं तो संचालक महोदय से बस यह ही तो कह रहा था, न जी न मेरा मतलब है कि मैं तो बस रिक्वैस्ट ही कर रहा था कि भाई साहब मेरा परिचय भी दे दो।'

गुलविंदर की सफ़ाई सुनकर तो श्रोतागण हंसी से लोटपोट हो गए, सभागार में हंगामा बरपा हो गया। यह देखकर गुल्ली और भी घबरा गया और दोबारा स्पष्टीकरण देने के इरादे से बोल पड़ा- 'संचालक महोदय मिश्रा जी से मेरी पुरानी यारी दोस्ती है, मेरे लंगोटिया यार हैं जी, इसलिए कभी कभी मज़ाक कर लेता हूं। सच्ची बात तो यह है कि मैं इनकी दिल से बड़ी इज़्ज़त करता हूं जी, मिश्रा जी को पता है।'

गुल्ली का रिएक्शन, स्पष्टीकरण और ऊपर से दूसरा स्पष्टीकरण सुनकर तो हंगामा बेकाबू हो गया। ठहाके, तालियाँ, सीटियां से हॉल गूंज गया। मंच पर उपस्थित अतिथिगण ने भी सबसे शांति बनाए रखने का निवेदन किया लेकिन श्रोतागण बेकाबू हो गए थे। हालात को संभालना नामुमकिन हो चुका था।

क्या मंच संचालक, अध्यक्ष और क्या मुख्य अतिथि, सबने बार बार शांत होने की अपील करी पर श्रोतागण तो किसी की सुनने को तैयार ही नहीं थे। 'गुल्ली-गुल्ली, गुल्ली विजेता है' के नारे लगाने लगे।

मुख्य अतिथि ने भी निवेदन किया कि कम से कम गुलविंदर का तीसरा आइटम तो सुन लिया जाए जिसके बाद विजेता का निर्णय लिया जा सके।

विद्यार्थियों का कहना था 'गुल्ली का आइटम तो हो गया, इससे बढ़िया आइटम तो हो ही नहीं सकता।'

यह तो साफ़ हो गया था कि आज का हीरो गुल्ली ही चुना जाना चाहिए। साहित्य सभा के अध्यक्ष ने विचार-विमर्ष कर निर्णय सुनाया।

'गुलविंदर अपना तीसरी आइटम पेश कर चुका है। गुलविंदर ने जो रिएक्शन दिया वह किसी चुटकले से कम नहीं है, इससे बढ़िया और प्रैक्टिकल चुटकुला और क्या हो सकता था। गुलविन्दर ने चुटकुला सुनाया नहीं है, उसने तो चुटकुले का सृजन किया और वास्तविक रुप में जी कर दिखाया है। साहित्य सभा सर्व सम्मति से गुलविंदर सिंह उर्फ़ गुल्ली को आज का विजेता घोषित करती है।'

इस तरह इस प्रतियोगिता की समाप्ति एक अविस्मरणीय अन्दाज़ में हुई।

समाप्त

किट्टी पार्टी

- १६:१५ मिनट -

१.

प्रेमा जी ने चेहरे पर अभी फ़ाउन्डेशन कोट लगाया ही था कि मोबाइल की घंटी बज उठी- 'इस समय यह किसका आ गया, चैन से मेकअप भी नहीं करने देते।' जल्दी से हाथ धोकर फ़ोन उठाया। 'हां प्रियंका बेटा बोलो।'

'मम्मा आज मैं लेट हो जाउंगी, कॉलेज से आशिमा के घर जाना है, घर आते आते रात हो सकती है।'

'पर आशिमा के घर क्यों जाना है?'

'मैंने क्यों बताने के लिए फ़ोन नहीं किया। लेट हो जाउंगी बस इतना बताना ही काफ़ी है।' कहकर काट दिया।

'यह आजकल की लड़कियां भी बेटियां कहां रहीं, हमारी भी मां बन बैठी हैं। चलो जी एक तरह से अच्छा ही हुआ, मेरी टैन्शन भी ख़त्म हो गई। अब तो मुझे भी किट्टी पार्टी से वापिस आने की कोई जल्दी नहीं। आराम से ही लौटूंगी।'

घड़ी देखी तो पौने दस बज रहे थे- 'किटटी का टाइम तो १२-३० का है, लेकिन मुझे तो १२-०० बजे से पहले ही पहुंचना होगा। दो घंटे में मेकअप पूरा करना है, फिर अपनी गुप्ती को भी तो घर से *पिक-अप* करना है। यदि जल्दी-जल्दी हाथ चलाउंगी तो हो ही जाएगा।' सोचकर फिर मेकअप की प्रक्रिया में लग गईं। साथ ही मन ही मन में दोहराती रहीं कि आज उन्हें मीटिंग में क्या बोलना है, किस मैम्बर की टांग खींचनी है किससे ख़बरें लेनी-देनी हैं, सब प्लैनिंग मन ही मन बनाती रहीं।

मोबाइल की घंटी फिर बज उठी- 'अब यह कौन है।'

आवाज़ आई- 'प्रेमो रानी कहां है, कितने बजे मुझे पिक-अप करने आएगी।'

'ओह दामिनी गुप्ता? यार अभी तो सैलून में ही हूं, टाइम से तेरे घर पहुंच जाउंगी, चिन्ता न कर।'

'सैलून में? साली झूठी कहीं की! घर पर खुद ही मेकअप करती है, सबको बताती है 'मैं तो सलमा हुसैन के सैलून से होकर आ रही हूं।'

'चुपकर, तेरे को पता है तो मुझे ब्लैकमेल करेगी क्या?'

'नही यार, यह तो हमारी आपस की बात है। बुरा मत मान, इतना मज़ाक तो तेरा मेरा बनता ही है न।'

'अच्छा ठीक है, एक बात और सुन, मेरे नाम के आगे-पीछे यह रानी-वानी मत लगाया कर, मुझे बिल्कुल पसन्द नहीं है। वो लगाया कर, वही जो होता है न।'

कुछ सोचकर- 'अरे वही जो पुराने अंग्रेज़ी नॉवलों में औरतों के नाम के आगे लगाया जाता है, वही अंग्रेज़ी स्टाइल वाला शब्द-

'क्या कुछ बोल तो सही।'

'अरे हां याद आया, वो कहते हैं न *हेयर कम्स लेडी* फ़लां-फ़लां, समझी न। बस वैसे ही मुझे 'लेडी प्रेमा' के नाम से ही बुलाया करो। अब यह ज़िम्मेदारी तेरी है कि हमारी किटटी में मुझे सब इसी नाम से जानें, सब मुझे ऐसे ही बुलाएं।'

'मेरा वादा रहा, अब मैं तुझे 'लेडी प्रेमा' के नाम से मशहूर कर दूंगी।'

'ठीक है ठीक है, चल अब फ़ोन रख मुझे तैयूयार होने दे, बॉय।'

'अरे रुक तो, एक बात और, देख अपने उस खडूस वाले ड्राईवर को मत लाना, दूसरा वाला जो है न, वही ग़बरु, जो बड़े स्टाईल से मुझे 'गुड मौर्निंग मैडम' बोलता है, उसको ले के आना।'

'समझ गई, लगता है तेरा दिल आ गया है उस पर। वह है तो साहब जी का ड्राईवर और साहब तो दो दिनों के लिए बाहर हैं। चल तेरी बात मानी, आज तेरे पसंद वाले को ही लेकर आउंगी।'

प्रेमा जी और दामिनि में घनिष्ठ मित्रता थी। प्रेमा डौमिनेटिंग स्वभाव की थीं, ज़रुरत पड़ने पर गाली-गलौच करने में भी नही झिझकती थीं। पति ट्रांस्पोर्ट कम्पनी के मालिक थे, मोटी कमाई थी। प्रेमा जी यारी दोस्ती में खुले हाथ से खर्चा कर दामिनी को खुश रखती थीं और दामिनी को मुफ़त का माल डकारने में मज़ा आता था, इसलिए दोनों की खूब पटती थी। प्रेमा जी को तीन साल से किटटी की प्रैज़ीडैंट बने रहने में दामिनी का पूरा सहयोग था। दामिनी के सैक्रेटरी होने से सारा कन्ट्रोल इन दोनों के ही हाथ में रहता था। मैम्बर्स को खुश रखने के लिए प्रेमा जी हर दीवाली पर अपनी ओर से सबको अच्छा सा तोहफ़ा अवश्य देती थीं।

प्रेमा जी दामिनी गुप्ता को ले समय से आधा घंटा पहले ही रेस्टोरैन्ट पहुंच गईं। हमेशा से रेस्टोरैन्ट के एक अलग कोने में उनके लिए इंतज़ाम किया जाता है। मैनेजर

को बुलवाकर सारे इंतज़ामात का जायज़ा लिया और पार्टी का *मैन्यू* चैक किया। अन्त में हमेशा की तरह हिदायत देना नहीं भूलीं कि खाने के कौन-कौन से *आइटम्स* अलग से शाम को उनके घर भेजने हैं। कुछ और निर्देश देने के बाद दोनों ने वॉशरुम जाकर फ़ाइनली मेक-अप ठीक किया और प्रेमा जी प्रैज़ीडैन्ट की कुर्सी पर अकड़ कर बैठ गईं। 'कैसी लग रही हूं? याद है न आज का सारा प्रोग्राम, कहां कहां मुझे सपोर्ट करना है। हमारा पूरा *डौमिनेषन* कायम रहना चाहिए।'

'ओय मेरी लेडी प्रेमा चिन्ता न कर तेरे कसीदे पढ़ने में कभी कोई कोर कसर छोड़ी है जो आज छोड़ूंगी?'

'और वो जो अपने को मिस कहने वाली मिसेज चड्ढा हैं न, वह अगर ख़र्चे के बारे में सवाल-जवाब करें तो उसको अच्छी तरह से तुम्हें ही निबटाना है। उसका ऐसा बैंड बजाना कि दुबारा कुछ पूछने की हिम्मत भी न करे। मिसेज अरोड़ा को भी मैंने आगाह कर दिया है, ज़रुरत पड़ने पर वह भी तेरा पूरा साथ देंगी।'

२.

उधर मैनेजर वर्मा जी ने वेटर व सर्विंग स्टाफ़ को इकट्ठा कर सब हिदायतें देकर समझा दिया कि यह महिलाएं हमारी रैगुलर और ख़ास कस्टमर हैं, इनसे बहुत अदब से बात करनी है। तभी स्टूआर्ड मनोज बोला- 'सर आपको तो याद ही होगा पिछले महीने की किट्टी में मैडम यादव ने कैसे प्लेट फेंककर मोहन नागर को मारी थी। मेहरबानी करके मोहन की ड्यूटी इनके साथ न लगाएं।'

'देखो हमारे पास स्टाफ़ तो सीमित ही होता है। २८ से ३० महिलाओं की बुकिंग है, कम से कम ४ वेटर्स और एक क्लीनर को तो लगाना ही पड़ेगा। मोहन की ड्यूटी न लगाएं तो बिष्ट को लगाना पड़ेगा। बिष्ट को भी तो प्रेमा मैडम ने एकबार जमकर गालियां दीं थीं। इस तरह हम किस-किस को ड्यूटी से हटाते रहेंगे। देखो ऐसी छोटी-मोटी प्रौबलम्स तो चलती ही रहती हैं, यह सब तो हमार लिए नौर्मल होता है।'

फिर समझाते हुए कहा- 'देखो भाई, हम लोग *हॉस्पिटैलिटि प्रौफ़ैषन* में हैं, यह सब तो हमें चुपचाप झेलना ही होता है। गैस्ट ग़लत कहे, गाली दे य बद्तमीज़ी करे, तुम्हें कोई प्रतिक्रिया नहीं देनी है। तुम्हें तो बस महात्मा की तरह शान्त स्वरुप में ही रहना है। गैस्ट कुछ भी कहे हमें अपना संतुलन कभी नहीं खोना है और न ही स्वभाव में कटुता लानी है। याद रहे हमें कभी भी अपना आपा नहीं खोना है। यही हमारी सफ़लता का मूल मंत्र है। हां यदि बात हद से आगे बढ़ जाए तो हम हैं न, संभाल लेंगे।'

निर्देश देकर मैनेजर तो चले गए, वेटर आपस में वार्तालाप करने लगे। राहुल जो निडरता से विचार रखता था बोला- 'यार यह मैडम्स कितना हल्ला मचाती हैं, कितना चिल्लाती हैं, मेरा तो दिमाग़ ख़राब हो जाता है।'

दूसरा बोला- 'भाई समझ नहीं आता इसका नाम किट्टी पार्टी कैसे रखा है? पार्टी का मतलब तो पता है, लेकिन यह किट्टी का क्या मतलब होता है।'

मनोज ने कहा- 'क्टिटी का अर्थ होता है 'सामूहिक कोश', मतलब यह कि बहुत से लोग थोड़ा-थोड़ा पैसा इकट्ठा करके एक कोश बना लेते हैं और उसमें से सामूहिक ख़र्चा करते हैं, खाना-पीना व पार्टी आदि करते हैं।'

मोहन- 'समझ नहीं आता हमारे साहब ने इनको इतनी ढील क्यों दे रखी है। हम इनकी बद्‌तमीज़ियां बर्दाश्त करते हैं, गालियां खाएं सो अलग।'

मनोज ने समझाया- 'दोस्तों *हॉस्पिटेलिटी इन्डस्ट्री* का मूल ही मेहमान-नवाज़ी होता है। इसलिए यह सब तो सहना ही पड़ता है, वर्मा जी ने अभी तो समझाया है। नौकरी करनी है तो यह सब सहना ही होगा। यह समझो कि हम सब एक फ़िल्म का सीन शूट कर रहे हैं, केवल एक्टिंग कर रहे हैं। बड़े-बड़े एक्टरों को भी तो फ़िल्मों के सीन में बेइज़्ज़ती बर्दाश्त करनी पड़ती है, गालियां खानी पड़ती हैं, समझ लो वैसे ही हम भी खाते हैं, बस।'

दयाल- 'गालियां तो वह आपस में भी देती हैं, समझती हैं हमें पता नहीं चलता। गाली छोड़ो वह तो हमसे भी ज़्यादा उल्टी-सीधी बातें करती हैं।'

मनोज- 'हमारे एक-एक प्लेट, चम्मच, गिलासों को घुमा-धुमा कर चैक करती हैं, ज़रा सा भी निशान दिख जाए तो हंगामा कर देती हैं।'

सबीर ख़ान- 'सर जी एक बार किटटी का खाना मैडम के घर पहुंचाने मुझे भेजा था, जैसा कि हर पार्टी के बाद होता है। उनके घर के लोग खाने की मेज़ पर बैठे मेरी ही राह देख रहे थे। मैंने उनकी डाइनिंग टेबूल के गिलास क्रौकरी देखी थी, कुछ भी ठीक से साफ़ नहीं था, टेबूल टॉप गन्दा, सब कुछ बेतरतीब था। यहां आकर तो ऐसे बर्ताव करती हैं जैसे कहीं की महारानी हों।'

राहुल-' बेटा इतना पैसा जो देती हैं, साल भर में १३-१४ पार्टियां तो हो ही जाती हैं।, अपनी खाली पड़ी गैलरी में पार्टीशन की ओट देकर एक बड़ा सा बोर्ड लगा देते हैं 'प्राइवेट हॉल'। बस वह खुश हो जाती हैं और हम उनसे प्राइवेट हॉल का चार्ज लेते हैं। पता भी है कितना मोटा बिल बनता है इनका?'

राहुल ने फिर तर्क दिया- 'यार इसकी एक *ब्राइट साइड* भी तो देखो, हमें मुफ़्त में ही अच्छी-खासी फ़ैशन परेड देखने को मिल जाती है। लेटैस्ट फ़ैशन क्या चल रहा है सब पता चल जाता है।'

'देखो जी सबकी सब आन्टियां हैं, कोई भी ४०-४५ साल से कम की नहीं हैं, लेकिन अपना प्रदर्शन खुलेआम करने में जवान लडकियों से पीछे नहीं हैं। हर बार नए से नए ड्रैस, ज़बरदस्त मेक-अप, समझ नहीं आता यार इतने पैसे कहां से लाती हैं?'

दयाल- 'ओए तुम्हें पता भी है, इनमें से कई तो दारु भी पीती हैं। पर्स में एक पउआ डाल के लाती हैं और चुपके से मेज़ के नीचे कर के सौफ्ट ड्रिंक में मिला लेती हैं, हां सच! मैंने खुद अपनी ऑखों से देखा है।'

राहुल- 'यह तो सबको पता है, सब देखते हैं, लेकिन कुछ एक, जो थोड़ा शरम करती हैं वो तो घर से ही टिका कर आती हैं।'

मोहन- 'लेकिन वह जो दो मैडम हैं न, मिसेज सुन्दरम और मिसेज वाघले, सारे ग्रुप में बस वही सीधी-सादी हैं। न चिल्लाती हैं, न गाली-गलौच न ही झगड़ती हैं। अरे हां, वह मिसेज भटनागर भी तो बहुत शरीफ़ हैं।'

गपशप लम्बी होते देख मनोज ने डांटकर कहा- 'अब फ़ालतू की बातें बन्द करो बे। किटटी का टाइम हो रहा है। सब अपनी अपनी ड्यूटी संभाल लो, चलो-चलो। सब डिसपर्स हो जाओ।'

३.

प्रेमा और दामिनी सदस्यों के आने का इंतज़ार कर रही थीं कि प्रेमा जी के मोबाइल की घंटी फिर बजी- 'लो जी आभा खन्ना का है। हां जी कहां हो, जल्दी पहुंचो न।'

'बस पहुंचने ही वाली हूं, मेरी एक बात ध्यान से सुन, जो मैंने तेरे को रीतू चावला की बड़ी बेटी का काण्ड बताया था न, वो किसी को बता य न बता तेरी मर्ज़ी, लेकिन मेरा नाम नहीं आना चाहिए।'

'यार उसकी कहानी तो सारे ब्लौक को पता है, तू सबको बताती भी है साथ में कन्डीशन भी लगा देती है कि किसी को न बताना। चल देख लेंगे अब आ तो सही।'

साढ़े बारह बजते ही सदस्याएं आनी शुरु हो गईं और पौने एक बजे तक हाउस फुल हो गया। मीटिंग आरम्भ हुई, तो मैडम दामिनी ने सब का स्वागत कर, रवायत के अनुसार सबसे पहले मिसेज रीता नारंग और गीता भल्ला जी के ना आने की सूचना दी और कारण बताया।

मैडम यादव ने हंसते हुए मिसेज गुप्ता के कान में फुसफुसाया- 'आज तो इन दोनों की पूरी जन्मपत्री खोली जाएगी, बड़ा मज़ा आने वाला है।'

'इस महीने में १२ सितम्बर को मिसेज मोहिनी का, १७ सितम्बर को रीता नारंग का जन्मदिवस पड़ता है। दोनों को हमारी ओर से एडवान्स में *हैप्पी बर्थडे*। अब मैं

रिक्वैस्ट करती हूं हमारी प्रैज़ीडैन्ट साहब, लेडी प्रेमा जी से कि वह अपने विचार रखें।'

प्रेमा जी को 'लेडी प्रेमा' कह कर संबोधन करने से सदस्यों ने आश्चर्य ज़ाहिर किया, एक दूसरे का मुंह देखने लगीं, फिर आपस में इशारों से ऑखों ही ऑखों में सब कुछ समझ लिया।

'माई डीयर लेडीज़, हमारी किट्टी की गिनती टॉप की किट्टियों में आती है और इसका पूरा-पूरा श्रेय हमारे सारे मैम्बर्स को जाता है। हमेशा की तरह फ़ौर्मल मीटिंग आधे घंटे में ख़त्म करके हमारा ऐन्जॉयमैन्ट टाइम होगा। मिसेज वालिया के सहयोग से तम्बोला खेला जाएगा। ढाई बजे लन्च और फिर हमारा पसंदीदा कार्यक्रम, यानिकि फ़्री फ़ौर औल, क्या नाम है उसका भला बताओ तो?' सब हाथ उठा कर चिल्लाईं 'खुल्ला खेल फ़रुख़ाबादी।'

'लेकिन इसके रुल्स याद हैं न? नए मैम्बर्स को बता दूं, बोलो जो मर्ज़ी, खुल्ली छूट है, मगर ज़ुबान संभाल के। फिर भी अगर ज़ुबान फिसल जाए तो तुरन्त माफ़ी मांग लो। अन्त में एक रिक्वैस्ट है कि जिन सदस्यों के पैसे बकाया हैं, वह मेहरबानी कर के तुरन्त दामिनी जी के पास जमा करवा दें। धन्यवाद।'

'मिसेज वालिया, आपका स्वागत है अब मंच आपका है, शुरु करिए तम्बोला। वालिया जी को हैल्प करने के लिए कोई भी दो सदस्य वौलन्टियर करें, हां ठीक है, सोनिया जी और मिसेज अरोरा आइए और खेल को आगे बढ़ाइए।'

तम्बोला में काफ़ी हंसी मज़ाक व शोर शराबा हुआ। लन्च बड़े इत्मीनान से साढ़े तीन बजे तक चला। फिर समय आया *फ़्री-फ़ौर-औल डिस्कशन* यानिकि 'खुल्ला खेल फ़रुख़ाबादी' का। किसी ने पॉलिटिक्स पर तो किसी ने लेटेस्ट हिन्दी फ़िल्म पर अपने विचार रखे। एक दूसरे के सैन्डल्स, कपड़े, गहने, फ़ैशन, कोठी, गाड़ी, मेक-अप पर भी खूब वार्तालाप हुआ। बीच-बीच में मैम्बर्स की आपसी नोंक-झोंक, चुगली, चुहलबाज़ी भी चलती रही।

महिला शक्ति की पैरोकारी करते हुए मिसेज वलेचा ने ज़ोरदार तरीके से महिलाओं के लिए उत्तम स्वास्थ्य सेवाएं, सुरक्षा, नौकरी में आरक्षण आदि मुददों पर बल देते हुए माहौल को पॉलिटिकल बना दिया। यहां तक कि दहेज प्रताड़ित महिलाओं का भी ज़िक्र किया।

मैडम यादव जो महिला सशक्तीकरण की झंडाबरदारी करती हैं, भला पीछे कैसे रहतीं, प्रवचन दे डाला।- 'हमारे देश की महिलाओं को इस पुरुष-प्रधान समाज को बदल कर स्त्री-प्रधान समाज बनाना चाहिए। मैं पूछती हूं कि ख़ानदानी सम्पत्ति को पैत्रिक सम्पत्ति क्यों कहा जाता है? यह ग़लत है, इसे मात्रिक सम्पत्ति कहना चाहिए।

मैं सरकार को सुझाव देना चाहती हूं कि कानून की सब किताबों में जहां-जहां भी पैत्रिक सम्पत्ति लिखा है, उसे मिटाकर उसकी जगह मात्रिक सम्पत्ति लिख देना चाहिए। मेरे घर में कई वकील हैं, मैं भी कानून जानती हूं।' सब मैम्बर्स ने बिना सोचे-समझे खूब तालियां पीटीं।

किसी ने बच्चों की तो किसी ने अपने पति की कामयाबी की कहानी सुनाई, सबका तालियां बजाकर अभिनन्दन किया गया। भला लेडी प्रेमा पीछे क्यों रहतीं। अपनी तकरीर आरम्भ करी- 'हमारी कम्पनी में एक्सपैन्शन चल रहा है। हम पांच नए ट्रक ले रहे हैं, अब हमारा ३१ ट्रकों का फ्लीट हो जाएगा। वाधवा साहब इस डील के लिए ही चेन्नई गए हैं। धीरे-धीरे हमारा नाम भी हिन्दुस्तान की टॉप की ट्रांस्पोर्ट कम्पनियों में शुमार हो जाएगा।' सब ने शुभकामनाएं दीं व तालियों से स्वागत किया।

'यह सब आपकी दुआओं का फल है। इस खुशी में मैं सब मैम्बर्स को एक छोटी सी भेंट सप्रेम दे रही हूं। हमारी कम्पनी के *लोगो* वाली, ट्रक के आकार की १० जी. बी. की एक पैन ड्राइव है, कृप्या स्वीकार करें।' कहकर मनोज को इशारा किया तो उसने उपहार की डिब्बियां लाकर मेज़ पर रख दीं। लेडी प्रेमा ने सबको एक-एक डिब्बी उपहार स्वरुप भेंट कर दी।

चार बजते ही चाय-कॉफ़ी का दौर शुरु हो गया। बातचीत में अब रंग रंगीली और तीखी बातों का दौर चल पड़ा। कुछ मैम्बर की आपस में खूब बहस हुई। कुछ महिलाएं दो-तीन छोटे-छोटे ग्रुप बना कर अलग-अलग हो कर बैठ गईं। इससे पहले कि आपसी तकरार झगड़े का स्वरुप लेती, प्रेमा जी, मिसेज अरोड़ा और दामिनी जी ने मध्यस्थता कर फ़ैसला करवाया। दोनों गुटों ने तुरन्त 'आइ ऐम सौरी' 'सौरी जी' कहकर आपस में गले मिल कर मतभेद भुला दिए। यह तो रवायत थी कि किट्टी का समय समाप्त होने तक सारी नाटकबाज़ी पर परदा डाल दिया जाता था। ज़ोरों से ठहाके लगने लगे, आपस के सारे गिले शिकवे भुला दिए गए। छः बज चुके थे, लिहाज़ा सब एक दूसरे से विदा ले अपने-अपने घर रवाना होने के लिए पार्किंग की ओर बढ़ गईं।

लेकिन यहां किटटी पार्टी का अन्त नहीं होता। सबसे मनोरंजक होता है आख़िरी आइटम यानिकि पोल-खोल सैशन जो कि पार्किंग ऐरिया में छोटे-छोटे ग्रुप्स में होता है। किसकी कहानी किसको सुनानी है, किसको नहीं, इस आधार पर अपनी सुविधानुसार ग्रुप बन जाते हैं। किसी कार के पास जमघट लगाकर या फिर सामने वाले पार्क में कहानी-किस्सों को शेयर किया जाता है।

इस आख़िरी सैशन में देर रात घर लौटने वाली लड़कियों-लड़कों के चटपटे किस्से, कौन किसको लिफ़्ट देता है, किसकी शादी टूटने वाली है, किसका किस से इश्क चल

रहा है, कौनसी लड़की किसके साथ भागी, क्यों भागी आदि -आदि। कामवाली बाईयों के किस्से व सारे लेटैस्ट समाचार विस्तार से आदान प्रदान किए जाते हैं। साथ में चुगली-समाचार देने वाली महिला *कन्डीषन्स ऐपलाई* का थम्ब रुल का वास्ता देना कभी नहीं भूलतीं। अर्थात यह सूचना कॉन्फ़िडैन्शल है, कोई मैम्बर इस समाचार को आगे बढ़ाए तो बताने वाली का नाम नहीं आना चाहिए। इस सैशन में एक घंटे य कभी कभी दो घंटे तक लग जाते हैं। मर्ज़ी है, जब तक मज़ा आता रहे या जब तक समय हो बातचीत का दौर चलता है। इसके बाद सब कार में बैठ घर की ओर चल पड़ती हैं, आख़िर घर की ज़िम्मेदारी भी तो निभानी है।

४.

पार्टी बर्ख़ास्त होते ही स्टाफ़ ने तेज़ी से साफ़ सफ़ाई शुरु कर दी क्योंकि इसी स्थान पर अब एक बर्थडे पार्टी का आयोजन करना था। नया वेटर किशन रावत जो कि दिल्ली में कुछ समय पहले ही आया था और उम्र में सबसे छोटा था, उसने पहली बार किसी किटटी पार्टी में सर्व किया था। महिलाओं का व्यवहार, बातचीत व आचरण देख कर बहुत हैरान हो रहा था, उत्सुक्तावश स्टूऑर्ड मनोज से पूछ बैठा- 'सर जी यह औरतें किस किस्म की होती हैं, इनका घर-बार, बाल-बच्चे नहीं होते क्या?'

मनोज की हंसी छूट गई, बोला- 'बेटा किशन इस किस्म की औरतें केवल शहरों में ही होती हैं, तेरे गढ़वाल में नहीं पाई जातीं। इन सबका परिवार तो होता है, पैसा भी खूब होता है, परन्तु इनके परिवार में सब सदस्य अपने-आप में ही मस्त रहते हैं, सब अपना स्वतंत्र जीवन जीते हैं।'

'यह महिलाएं करती क्या हैं? इनका घरबार कैसे चलता है?'

'यह ख़ास कुछ नहीं करतीं, सजती संवरती हैं, मौज-मस्ती करती हैं, शौपिंग करना इनका शौक होता है, आख़िर अपने पतियों की कमाई को भी तो ठिकाने लगाना होता है न। यह अपने को आधुनिक महिला समझती हैं।'

'इनके पास इतना पैसा कहाँ से आता है, मैंने देखा था जब तम्बोला खेल रहीं थीं तो पर्स में से नोटों की गड्डियां दिखा-दिखा कर निकाल रही थीं।'

'बेटा किशन तू अभी दिल्ली में नया-नया आया है। धीरे-धीरे देखेगा तो सब कुछ समझ जाएगा। हर बात का जवाब तू खुद ही ढूंढ लेगा।'

मैनेजर वर्मा जी भी आ पहुंचे थे और पीछे से उनकी बातें सुन रहे थे, सबको सम्बोधित करते हुए बोले- 'आप सब ने महिलाओं के बारे में बहुत कुछ नकारात्मक बातें तो कह डालीं परन्तु इसके दूसरे पहलू पर भी आपको ध्यान देना चाहिए। आमतौर

पर इनके पति लोग अपने काम-धन्धे में व्यस्त रहते हैं। अपने आप तो मौका निकाल कर दारु-शारु, मौज मस्ती सब कुछ कर लेते हैं, परन्तु बेचारी महिलाओं को समय नहीं दे पाते। इनके बच्चे इनकी सुनते नहीं, माताएं बेचारी अकेली पड़ जाती हैं। आख़िर उनको भी तो अच्छा समय बिताने के लिए कुछ क्रियाकलाप य गतिविधि चाहिए। उनको भी तो ख़ुशी के कुछ लम्हों की तलाश होती है, बस किट्टी पार्टी उनके लिए एक अच्छा विकल्प बन जाती है।

जहां तक सवाल है इनके व्यवहार, हल्ले-गुल्ले आदि का, हर किटटी पार्टी में अक्सर ऐसे नाटक तो होते ही हैं। यहां इनको भी कुछ अपने मन की करने का मौका मिल जाता है, इसमें बुरा क्या है।। यही तो इसका चार्म होता है, वरना यह पार्टियां नीरस हो जाएंगी और हमारे रैस्टोरेन्ट ख़ाली पड़े रहेंगे। हमें तो किट्टी पार्टी करने वाली महिलाओं का दिल से कृतज्ञ होना चाहिए।'

ज़रा एक बात और ग़ौर करिए, क्या मर्द लोग अपनी मीटिंग-पार्टीयों आदि में नाटकबाज़ी नहीं करते? वह तो इनसे भी कहीं ज़्यादा गुल गपाड़ा करते हैं, और यदि दारु पी रहे हों तो गाली गलौज करना तो इनका अधिकार बन जाता है। ख़ैर छोड़िए, मैं आपसे यह सब इसलिए कह रहा हूं क्योंकि मुझे लग रहा है कि आप लोगों के मन में शहरी महिलाओं के प्रति कुछ भ्रांन्तियां और पूर्वाग्रह घर कर चुकी हैं जिसका स्पष्टीकरण करना आवश्यक था। इनकी किट्टी का आयोजन करने और सर्व करने के दौरान यदि हमें उनके व्यक्तित्व या आचरण के विषय में कुछ पता चलता है तो इसको अपने तक ही सीमित रखना चाहिए।

अब तुरन्त बर्थडे पार्टी की तैयूयारी पूरी करो, *क्विक, एवरीबौडी मूव मूव।* और मोहन नागर सुनो, आज तुम्हारी ड्यूटी है कि किचन से सामान पैक करवा के तुरन्त प्रेमा जी के घर पहुंचा कर आओ।'

किशन बहुत हैरान था कि आज उसने महिलाओं का क्या नया रुप देखा। ऐसी औरतें तो केवल टी.वी. सीरियल में या फिर फ़िल्मों में ही दिखाई देती हैं। गांव में मेरे दोस्तों ने ठीक ही कहा था कि दिल्ली में नौकरी करने का मज़ा ही निराला है। लगता है मेरा यहां आने का फ़ैसला बहुत अच्छा रहा, पैसा भी और मौज-मस्ती भी। दयाल भी तो कह रहा था कि- 'यह तो शुरुआत है, मेरे साथ रहेगा तो दिल्ली शहर के सब राग-रंग दिखा दूंगा।'

समाप्त

एन.एच. ८

- ३५:३० मिनट -

१.

आज भी याद है मुझे अपनी नौकरी का वह पहला दिन, सच कहूं तो वह मेरे जीवन की नई शुरुआत थी। बहुत खुश थी कि मैं वास्तव में अपने पैरों पर खड़ी होने जा रही थी। मेरी उत्तेजना चरम पर थी। इसी उंची उड़ान में मुझे पता ही नहीं चला कि कैसे मैं गाड़ी की स्पीड बढ़ाती ही चली गई। दिल्ली-गुड़गांव के हाइवे एन.एच.८ पर इतनी रफ़्तार से गाड़ी चलाना ख़तरनाक हो सकता था, यह मैं भली भांति जानती थी। देखा तो स्पीड १०० पार कर चुकी थी, लिहाज़ा तुरन्त अपनी उत्तेजना पर लगाम लगाकर गाड़ी की रफ़्तार नियंत्रण में कर ली।

बी.सी.ए. की डिग्री हासिल करते ही मुझे गुड़गांव के एक बहुत बड़े कॉलोनाइज़र के ऑफ़िस में अच्छी नौकरी मिली, वह भी मेरे अपने बूते व काबिलियत से, तो मेरी खुशी का ठिकाना न रहा। मैं नौकरी जौइन करने जा रही थी। पापा ने अपने वायदे के अनुसार अपनी टोयोटा मेरे हवाले करते हुए कहा था- 'आज से यह कार तुम्हारी हुई। लेकिन ध्यान रहे, इसकी सारी मेन्टेनैन्स, देखभाल जैसे कि पैट्रोल, पौल्यूशन चैक, सर्विसिंग, इन्शोरेन्स आदि सब कुछ तुम्हें ही करनी होगी।'

तभी मेरी नज़र सामने साइनेज पर पड़ी, मानेसर का टोल टैक्स आने वाला था। परन्तु मैंने तो सोचा ही नहीं, टोल पर *फ़ास्ट-टैग* तो बहुत समय से अनिवार्य हो चुका था। मेरे पास तो फ़ास्ट-टैग है ही नहीं, यह तो मुझे चलने से पहले ही सोचना चाहिए था। यह हुई मेरी पहली चूक, पर सड़क पर कोई चूक माफ़ नहीं हो सकती। अब क्या करूं, कार की रफ़्तार बहुत धीमी करके बाईं ओर पटरी से सटा कर लगाने

लगी। तभी मेरी नज़र सामने से भाग कर मेरी ही ओर आते हुए एक गंवार से लड़के पर पड़ी तो मैं घबरा गई। यह मेरे पास क्यों आ रहा है। एक हाथ हिला कर ट्रैफ़िक पुलिस वाले की तरह वह मुझे साइड पर गाड़ी लगाने का इशारा कर रहा था। इससे पहले कि मैं कुछ समझ पाती वह पास आकर कुछ कहने लगा। उसे ऊपर से नीचे तक देखा, सांवला चेहरा, गंदी सी जीन्स, पीली कमीज़, सिर के बाल फुटबॉलर की तरह, नीले जूते और लाल टोपी, हुलिया बिल्कुल जोकर जैसा था।

मैंने शीशा थोड़ा सा नीचे किया तो बोला- 'मैडम सर जी आपका फ़ास्ट-टैग नहीं है, मैं करवा देता हूं, पहले २०० रुपए में फ़ास्ट-प्लस में आपका एकाउन्ट खुलेगा, सुपर टैग मिलेगा और साथ में ९९ रुपए का फ़्री रिचार्ज भी मिलेगा।'

'तुम कैसे करवा सकते हो, तुम्हारे पास क्या इंतज़ाम है?'

'जी मैं अपने मोबाइल से करवा दूंगा, मैडम यह तो हमारा रोज़ का काम है।'

'मुझे पेमैन्ट कैसे करनी है?'

'आप मुझे कैश दे दो या पेटीएम कर दो। पेमेन्ट का स्क्रीनशौट मैं आपको व्हाट्स ऐप से शेयर कर दूंगा।'

मुझे सोच में पड़ते देख फिर बोला- 'सारा काम यहीं आपके सामने ही होगा, आपके रिचार्ज एकाउन्ट में पैसे आने के बाद ही आप मुझे कैश देना। करवाउं रिचार्ज?'

'अगर मैं फ़ास्ट-टैग न लूं तो मुझे क्या नुक्सान होगा।'

'टोल से आने और जाने का डबल चार्ज लगेगा।'

'मुझे तो रोज़ ही आना है, आज के बाद कैसे रिचार्ज होगा?'

'अपने मोबाइल से या लैपटॉप से अपने आप ही रिचार्ज कर सकती हैं। बताइए करुं रिर्चाज? पूरी तसल्ल करने के बाद ही आप मुझे पैसे देना।'

'देखो टोल सामने ५० मीटर दूर है, मैं रिचार्ज करवा के टोल पर जाउं और तुम्हारे दिये फ़ास्ट-टैग ने काम न किया तो मैं क्या करुंगी, *टोल बैरियर* पहुंचने के बाद तो वापिस आ नहीं सकती। तुम मुझे टोल पार करवा दो तभी मैं तुम्हें पैसे दूंगी।'

'हम सुबह से शाम तक यही काम करते हैं, आज तक कभी भी ऐसा नहीं हुआ। मैडम जी इमानदारी से काम करता हूं, क्या चोर दिखता हूं मैं आपको, इतना भरोसा तो कीजिए मेरे ऊपर।' नम्रता से कहा।

फिर कुछ सोचकर बोला- 'ठीक है मैडम सर जी, आपकी तसल्ली के लिए यह भी कर देता हूं। आपके साथ चलता हूं, *टोल-बैरियर* पार करवा दूं तभी आप मुझे पैसे देना।'

उसने अपने मोबाइल से मेरी गाड़ी का फ़ास्ट-टैग ऐक्टिवेट करवा कर २०० रुपए से रिचार्ज करवा दिया। मैसेज देख कर मैंने तसल्ली करी, फिर अपने एकाउन्ट का बैलेन्स भी चैक कर लिया। लगा कि सब ठीक ठाक ही है। उसकी मदद से मैंन १०० रुपए का एक और रिचार्ज किया, वास्तव में मुझे उससे रिचार्ज करने का तरीका सीखना था।

गाड़ी स्टार्ट कर मैंने कहा- 'ठीक है, अब तुम *टोल-बैरियर* पर पहुंचो, पार करने के बाद मैं तुम्हें पैसे देती हूं।-

मेरे साथा चलने के लिए वह पीछे का दरवाज़ा खोलने लगा तो मैंने उसे रोकते हुए कहा- 'नहीं नहीं, तुम वहां *बैरियर* के पार ही मुझे मिलो -

वह ठिठक कर रुका, कुछ क्षण मायूसी से मेरी ओर देखा। वह समझ गया था कि मैं उसे अपने साथ कार में बिठाना नहीं चाहती थी। फिर बोला- 'ठीक है, आप चलिए मैं भी वहां पहुंचता हूं।' कहकर उसने *टोल-बैरियर* की ओर भागना शुरु कर दिया।

फ़ास्ट-टैग से मैंने टोल पार किया और साइड पर लगा कर उसका इंतज़ार करने लगी। *रीयर-व्यू-मिरर* से देखा तो वह तेज़ी से भागता हुआ आ रहा था। चिलचिलाती धूप में भागने से वह पसीना-पसीना हो गया था। हांफ़ता हुआ बोला- 'मैडम अब आपको तसल्ली हो गई, मैं ग़लत काम तो नहीं करता न।' फिर भावुक से अन्दाज़ में बोला- 'मैडम सर जी, हम ग़रीब ज़रुर हैं, लेकिन बेइमान नहीं हैं। बड़े लोगों को यह बात आसानी से समझ में नहीं आती।'

उसके कहने के अन्दाज़ में शिकायत थी, दर्द था, लेकिन बात सच थी। जवाब सुन और उसकी हालत देख मुझे लगा शायद मैंने उससे ज़्यादती कर दी थी। इतनी भीषण गर्मी में उसको इतना भगाया।- 'देखो भइया मैं आपको जानती तो नहीं, आज के ज़माने में किस का विश्वास करें किसका न करें कुछ पता नहीं चलता। सौरी, माफ़ करना तुमको इतनी तकलीफ़ दी, और फ़ास्ट टैग करवाने के लिए थैन्क यू।'

वह एकदम मुस्कुराते हुए बोला- 'कोई बात नहीं मैडम सर जी, आपने तो सौरी भी कह दिया, थैन्क यू भी कर दिया, लेकिन ज़्यादातर लोग तो हमारे काम की कद्र नहीं करते, थैन्क यू कहना तो दूर की बात है।'

मैंने उसे पैसे दिए और वह 'थैंक यू' कहकर सरपट अपनी जगह की ओर दौड़ चला।

उत्सुक्ता से मैंने *रीयर-व्यू-मिरर* से उसे जाते हुए देखा, मुझे महसूस हो रहा था कि मैंने उसके साथ ठीक बर्ताव नहीं किया, मुझे उससे हमदर्दी सी होने लगी थी।

देखने में तो वह अनपढ़ गंवार जैसा लगता था लेकिन बातचीत में और अपने काम में परफ़ैक्ट था।

२.

ऑफ़िस का पहला दिन बहुत दिलचस्प रहा। मेरे साथ ही आज के दिन ७ नए लोगों ने ज्वाइन किया था। पहले दिन सर्वप्रथम हमें कम्पनी के बारे में व कम्पनी की कार्यशैली के बारे में बताया गया, कम्पनी के प्रौजैक्ट्स के बारे में एक शौर्ट फ़िल्म दिखाई और कुछ ट्रेनिंग भी दी गई।

शाम को करीब सवा पांच बजे जब मैं वापिस आ रही थी तो सुबह का वाक़्या याद आ गया। दूर से ही वह फ़ास्ट-टैग वाला लड़का टोल पर इधर उधर भागता दिख गया। रोज़ाना इसी रास्ते से आती-जाती थी तो करीब करीब रोज़ ही उसको एक नज़र देख मन ही मन में सौरी कह देती थी। मैंने उसके मोबाइल नम्बर को *'बांगड़ू'* के नाम से *सेव* कर लिया था। हम अपने दोस्तों के दायरे में अनपढ़-गंवार को *'बांगड़ू'* कहते थे, उसके लिए यह नाम मुझे उपयुक्त लगा।

दो दिन बाद बैलैन्स ख़त्म हो गया, मन तो मेरा कर रहा था कि इसी बहाने उसके पास जाकर रिचार्ज करवा लूं, परन्तु मैंने खुद ही रिचार्ज कर लिया। अक्सर ऑफ़िस जाते-आते समय *टोल बैरियर* पर उसे गाड़ियों के आगे-पीछे भागते देखती थी। एक बार उसे देख मैंने दूर से ही हाथ हिलाया तो उसने भी हाथ हिलाकर जवाब दे दिया। कुछ दिन बाद फिर फ़ास्ट-टैग का बैलैन्स समाप्त होने को आया तो सोचा चलो इस बार तो उस बांगडू से ही रिचार्ज करवाती हूं, चार पैसे वह भी कमा लेगा। लिहाज़ा अगले दिन टोल पार करने से पहले ही मैंने साइड पर गाड़ी लगाई। नज़र दौड़ाई तो वह दिख गया, मैंने हाथ के इशारे से बुलाया तो सरपट भागा आया।

'मैडम, कुछ प्रौबलम हो गई क्या?' दरवाज़े के पास आकर पूछा।

'बैलैन्स समाप्त हो रहा है, मेरा ५०० रुपए से रिचार्ज करवा दोगे क्या, मेरे फ़ोन की बैटरी बहुत कम रह गई है।' मैंने बहाना बनाया।

'ज़रुर मैडम' कहकर उसने तुरन्त ५०० रुपए से रिचार्ज कर दिया। 'मैं आपको रोज़ ही आते-जाते देखता हूं, क्या आप किसी कम्पनी में जौब करती हैं?'

यह जानकर न जाने क्यों मुझे बहुत अच्छा लगा कि वह रोज़ मुझे देखता है। एक बार तो सोचा कि मैं भला इस बांगडू से इतनी बात क्यों कर रही हूं, फिर भी बात करना चाहा।- 'हां इसी महीने मैंने... लिमिटेड को जौइन किया है।'

'यह तो गुड़गांव की सबसे बड़ी कम्पनी है। एक बात बताउं, आप हमेशा १००० रुपए से रिचार्ज करवाया करिए, इस पर आपको २५ रुपए कैश बैक भी मिलेगा।-

मैंने भी हंसते हुए कहा- 'अगली बार १००० रुपए का भी तुम ही करवा देना। थैंक यू कहा और आगे बढ़ गई। *रीयर व्यू मिरर* में देखा तो चेहरे पर मुस्कान बिखेरे वह मेरी ओर ही देख रहा था।'

ऐसे लड़के हमारी जैसी मॉडर्न ड्रैस पहने लड़कियों को ललचाई नज़रों से निहारते हैं, घूरते हैं ओर कभी-कभी तो बद्‌तमीज़ी भी कर देते हैं। महिलाओं को भगवान ने पारखी नज़रों से नवाज़ा है, हम क्षण भर में ऐसे लफ़ंगे लड़कों की नीयत भांप लेती हैं। पहली बार बांगडू को भी मैंने ऐसा ही समझा था, परन्तु मैं उसे परखने में ग़लती कर गई थी। वह तो हमेशा नज़रें झुका कर ही बात करता था। उसने एक बार भी मुझे आँख भर कर नहीं देखा था। उस दिन के बाद से मैं रोज़ आते-जाते समय उसे ढूंढ कर चोर नज़र से देखती और निकल जाती। मैंने भी महसूस किया कि वह भी मुझे रोज़ाना आते-जाते एक नज़र ज़रुर देखता था।

३.

अपने जौब में मुझे मज़ा आने लगा और एक महीने की ट्रेनिंग के बाद मुझे इनडीपैन्डैन्ट चार्ज भी दे दिया गया। मेरी क्वालिफ़िकेशन के हिसाब से मेरी तनख्वाह भी ठीक-ठाक थी। पापा भी यही कहते थे कि अपनी पहुंच से ज़्यादा ऊंची उड़ान भरने में समझदारी नहीं होती। मेरे जैसे फ़्रैशर के लिए कौरोना के बिगड़े आर्थिक माहौल में पच्चीस हज़ार की नौकरी पाना कामयाबी से कम न था। एक बार तो मैंने अपने दायरे के दोस्तों को बुलाकर अपना ऑफ़िस भी दिखाया, हमने लन्च भी साथ-साथ किया। अपने दोस्तों से मैंने संक्षिप्त में उस बांगड़ू का भी ज़िक्र किया तो मेरी घनिष्ठ मित्र रिचा बोली- 'ओए ऐसे जोकरों को कभी मुंह मत लगाना, यह बहुत ख़तरनाक होते हैं। आज के बाद कभी इसके पास भी न जाना, समझ गई न?'

इसे एक संयोग समझूं य नहीं, कुछ कह नहीं सकती, परन्तु हुआ कुछ अजीब ही। कुछ दिनों बाद ऑफ़िस जाते समय मैं *टोल-बैरियर* के करीब पहुंची ही थी कि गाड़ी के पहिए से ज़ोर-ज़ोर से आवाज़ आने लगी और स्टीयरिंग हिलने लगा। पीछे से ट्रैफ़िक रफ़तार से आ रहा था। मैंने किसी तरह मुश्किल से ब्रेक लगाकर गाड़ी को किनारे लगाकर रोक दिया। बाहर निकल कर देखा तो आगे का बाईं ओर का पहिया बैठ चुका था, हवा पूरी तरह से निकल गई थी। परेशान होकर इधर उधर देखने लगी, कहीं

नज़दीक में कोई पंक्चर वाला य कोई मैकेनिक हो। जानती थी कि टोल के आस-पास क्या, दूर-दूर तक सड़क पर किसी कारीगर को बैठने और पसरने नहीं दिया जाता।

अचानक मेरी नज़र कुछ दूर खड़े मेरे बांगडू पर पड़ी, वह भी मुझे देख चुका था लेकिन पास आने की हिम्मत नहीं कर रहा था। जैसे ही हाथ के इशारे से बुलाया, वह तुरन्त सामने आ खड़ा हुआ।- 'मैडम सर आपने सही समय पर गाड़ी रोक दी वरना ऐक्सिडैन्ट हो सकता था।'

'यहां आसपास कोई पंक्चर वाला है क्या?'

'टायर में या तो बड़ा पंक्चर है या फिर ट्यूब फट गई है। यहां दूर-दूर तक कोई मैकेनिक नहीं मिलेगा, आपके पास स्टैपनी तो होगी न?'

'हां वो तो है, पर मैं टायर बदल नहीं सकती, आप किसी से करवा दो, जो पैसे होंगे मैं दे दूंगी।'

'हर बात पैसे से जुड़ी नहीं होती, प्रौबलम यह है कि यहां पर टायर बदलना भी एलाउड नहीं है, देख रही हैं पीछे कितना ट्रैफ़िक आ रहा है। यहां टायर बदला तो वह जो पुलिस वाले खड़े हैं न, तुरन्त आ धमकेंगे।'

फिर इधर-उधर देखकर बोला- 'आप ऐसे करिए, थोड़ा सा बैक करके वो जो बांए पर पेड़ के नीचे कच्ची जगह है, वहां गाड़ी लगाइए। बहुत धीरे-धीरे से चलना वरना टायर कट जाएगा।'

'लेकिन पीछे से आ रहे बेतहाशा ट्रैफ़िक में कैसे बैक कर सकती हूं?'

हमदर्दी से मुझे देखकर कहा- 'लाइए मैं लगा देता हूं।' उसने बड़ी होशियारी से धीरे-धीरे बैक कर के एक पेड़ की छांव में गाड़ी पार्क कर दी। मेरे कहे बग़ैर ही बहुत कुशलता से डिक्की में से औज़ार निकाल कर टायर बदल दिया। देखकर हैरानी हुई, सोचने लगी- 'यह तो बहुत प्रतिभाशाली निकला। अच्छा ड्राइवर है, मैकेनिक है, मोबाइल एप्लीकेशन्स भी जानता है, और न जाने क्या-क्या जानता होगा? और मैंने इसका नाम बांगडू रख दिया। यह तो उसके साथ नाइन्साफ़ी है।'

डिक्की में सामान व टायर वापिस रखकर मुझे चाबी थमाते हुए बोला- 'मैडम सर जी आपको देरी हो जाएगी, आप ऑफ़िस पहुंचिए।'

तुरन्त डैशबोर्ड से काग़ज़ के खुशबूदार नैपकिन उठाकर मैंने उसकी ओर बढ़ाए- 'लो पसीना तो पोंछ लो।'

जेब से रुमाल निकालते हुए कहा- 'हम तो रुमाल ही इस्तेमाल करते हैं, नैपकिन से पोंछेंगे तो फेंकने के लिए यहां डस्ट बिन भी नहीं है।'

उसने मुझे लाजवाब कर दिया था। मैंने पर्स खोल १०० रुपए का एक नोट उसकी तरफ़ बढ़ा दिया।

'मैडम सर जी, माफ़ करना, मैंने केवल आपकी मदद की है, पैसे के लिए नहीं किया। पैसे तो मैं केवल रिचार्ज से ही कमाता हूं।'

मेरे मन में उसका रुतबा काफ़ी उंचा हो गया और उसकी बातों से बहुत प्रभावित हो चुकी थी। 'चलो तुम्हारी सब बात ठीक है, बस इतना और बता दो कि तुम मुझे यह 'मैडम सर जी क्यों कहते हो?'

'देखिए जी मैं ज़्यादा अंग्रेज़ी तो जानता नहीं हूं, प्रत्येक साहब को सम्मान देने के लिए हम उन्हें सर जी कहते हैं, महिला को मैडम कहा जाता है, तो बस, अपको मैं 'मैडम सर जी' कह कर बुलाता हूं। ठीक है न?' उसने मासूमियत से बहुत तर्कसंगत जवाब दिया।

उसका तर्क सुन मेरी हंसी छूट गई। मुझे खिलखिलाते देख वह भी हंसी में मेरा साथ देने लगा। हम ऐसे हंस रहे थे मानो हम पुराने दोस्त हों। कुछ दूरी पर खड़े उसके साथी लोग उत्सुकता से हमारी ओर देख रहे थे परन्तु मैंने उनकी परवाह न कर अपना वार्तालाप जारी रखा।

'अरे तुम तो बहुत दिलचस्प बातें करते हो, क्या नाम है तुम्हारा?'

'मेरा नाम बिनोद कुमार है। और आपका नाम क्या है, आप कहां रहती हैं?'

'मेरा नाम अंजलि है और मैं कालका जी में रहती हूं, रोज़ाना घर से गुड़गांव आती हूं, तुम्हारी तरह मैं भी रोज़ी-रोटी के लिए ही आती हूं। और कुछ?' -कहकर मैं उस पर तिरछी नज़र डाल कर हंस दी।

बिनोद के चेहरे पर एक लालिमा सी आभा बिखर गई, कुछ सकुचाये कुछ शरमाये अन्दाज़ में बोल उठा- 'मैडम जी आप तो बहुत अच्छी हैं।'

और मेरा रिएक्शन देखे बिना ही एकदम मुड़ा और अपने ठियूये की ओर भाग खड़ा हुआ। शायद यह सोचकर डर रहा होगा कि न जाने मैं उसकी टिप्पणी पर कैसी प्रतिक्रिया दूंगी। पगला यह भी नहीं जानता था कि लड़कियां अपनी तारीफ़ सुन कर फूली नहीं समाती हैं, नाराज़ होने का तो प्रश्न ही नहीं उठता।

मैं खुद अपने पर हैरान थी कि न चाहते हुए भी आज मैंने इतने खुल कर उससे बातें कैसे कर लीं। उसमें कुछ तो है जो बार-बार मैं उससे ही जा टकराती हूं। यह क्या हो रहा था, मुझे कुछ भी समझ नहीं आ रहा था।

४.

हमारे परिवार की परम्परा रही है कि प्रतिवर्ष मेरे जन्मदिवस पर माता-पिता मन्दिर में कुछ दान देते व भगवान को प्रसाद अर्पण करते हैं। प्रसाद में थाली भर कर मेरे पसंदीदा देसी घी के लड्डू जिनमें भरपूर मात्रा में मेवे, भुना गोंद आदि डालकर पहले से ही बना लिए जाते हैं। अपनी सहेलियों को पार्टी देने के साथ साथ उनको घर के देसी घी के लड्डू खिलाना मेरी मम्मी कभी नहीं भूलती थीं।

इस वर्ष १७ जनवरी, मेरा जन्मदिवस सोमवार को था, लडडू बनाए गए, सुबह मन्दिर भी गए। ऑफ़िस के सहकर्मियों को खिलाने के लिए मम्मी ने एक डिब्बे में लड्डू रखकर मुझे थमा दिए। न जाने मुझे क्या सूझा कि मैंने मम्मी की नज़र से छुपा कर, एक छोटे डिब्बे में अलग से ६ लडडू और रख लिए। सच कहूं तो मेरे मन में था कि यदि बिनोद सामने पड़ा तो उसे लड्डू का प्रसाद अवश्य दूंगी।

टोल-बैरियर से पहले ही उसके अड्डे के पास कार धीमे करी, वह कहीं भी दिखाई न दिया, कुछ क्षण मैं रुकी भी पर वह आस-पास कहीं भी नहीं दिखा तो मैं ऑफ़िस निकल गई। सोचा कि वापसी में देखूंगी। लडडू का छोटा डिब्बा मैंने अलग से गाड़ी के डैशबोर्ड में रखा था। ऑफ़िस से वापसी में बहुत खोजने पर भी दूर-दूर तक वह कहीं नहीं दिखा तो मेरी उत्सुकता बढ़ गई। वह तो कह रहा था कि वह कभी भी छुटटी नहीं करता है, तो आज क्या हो गया? कहीं बीमार तो नहीं हो गया। लेकिन मैं उसके बारे में इतना क्यों सोच रही हूं? जब दिखेगा तो दे दूंगी, वरना न सही। फिर विचार आया क्यों न उसे फ़ोन करके पूछ लूं? बार-बार फ़ोन मिलाने को हाथ बढ़ाती, नम्बर मिलाती और घबराकर तुरन्त काट देती। निर्णय नहीं कर पा रही थी कि बात करुं य न करुं। वह क्या सोचेगा मेरे बारे में? काफ़ी देर तक इसी पशोपेश में सड़क किनारे सोचती रही।

अन्त में एक बोल्ड निर्णय ले ही लिया। क्या बुराई है, हाल-चाल ही तो पूछ रही हूं, कोई ग़लत बात तो कर नहीं रही, अपना दोस्त नहीं तो कम से कम जानकार तो है ही, ग़रीब है तो क्या हुआ? निडर होकर तुरन्त फ़ोन मिलाया तो दो तीन घंटी बाद ही उसने उठा लिया।- 'हां मैडम अंजलि जी, नमस्ते।'

'नमस्ते बिनोद जी, आज ड्यूटी पर क्यों नहीं आए, तबियत तो ठीक है न?'

'मैडम जी बात यह है कि अभी मैं मन्दिर में हूं, आज मेरा जन्मदिन है।'

‘क्या कहा! तुम्हारा जन्मदिवस भी आज? आज तो मेरा भी है, क्या इत्तफ़ाक है, मुझे विश्वास नहीं हो रहा। अच्छा बताओ तो तुम्हारी जन्मतिथि क्या है? कितने साल के हो गए?’ उत्सुकता से एक साथ ही प्रश्नों की झड़ी लगा दी।

‘मेरी जन्मतिथि १७ जनवरी १९९९ है, आज मैं २३ वर्ष का हो गया हूं।’

‘यह कैसे हो गया? मेरी जन्मतिथि भी १७ जनवरी १९९९ है। तुम सच बोल रहे हो न, मज़ाक तो नहीं कर रहे?’

‘कैसे का जवाब तो मेरे पास नहीं है, परन्तु इतना अवश्य जानता हूं कि ज़रुरी नहीं है कि एक ही दिन पैदा होने वालों की किस्मत एक जैसी होती है। आप मेरे सच बोलने पर शक क्यों कर रही हैं?’

‘नहीं नहीं मैं शक बिल्कुल नहीं कर रही हूं, इतने कमाल का संयोग है कि मुश्किल से विश्वास होता है। एक तारीख़, एक ही महीना और एक ही वर्ष। ग्रेट कोइन्सिडैन्स? मैं तो तुम्हारी, उसे क्या कहते हैं, हां सहोदरी हो गई।’

‘नहीं मैडम जी सहोदर-सहोदरी तो एक ही मां के जाये को कहते हैं।’

‘अरे हां, तुम ठीक कह रहे हो, मेरा मतलब कि हम दोनों में काफ़ी समानता है।’ फिर हिम्मत कर के मन की बात कह ही डाली- ‘क्यों न कल हम दोनों एक दूसरे को हैप्पी बर्थडे कह दें?’

वास्तव में मैं उसको लडडू का प्रसाद देना चाहती थी, इससे पहले कि वह कुछ कहे, मैंने सुझाया- ‘चलो कल हम वहीं मिलते हैं जहां तुमने टायर बदला था।’

‘नहीं नहीं वहां नहीं, उसके थोड़ा सा आगे एक नर्सरी है, वहीं एक छोटा सा पार्क है, वहां गाड़ी भी लग जाएगी। बस वहीं आ जाइए, ओ.के.।’

‘लेकिन ज़रा जल्दी आना, ठीक साढ़े नौ बजे, ओ.के.?’ मैने पक्का किया।

‘ओ.के. मैडम।’ कहकर फ़ोन काट दिया।

इस बातचीत के दौरान न जाने क्यों मेरा दिल ज़ोर-ज़ोर से धड़क रहा था, मुझे शर्म महसूस हो रही थी क्योंकि मेल मिलाप बढ़ाने में पहल मैं ही कर रही थी। अपना चेहरा छू कर देखा, गरम हो रहा था, मोबाइल में देखा तो चेहरा और कान सुर्ख़ लाल थे। आज तक मैंने किसी भी लड़के से न तो इस तरह बात करी थी, न ही इतनी दिलचस्पी दिखाई थी। मैं समझ नहीं पा रही थी कि बिनोद में ऐसा क्या था कि न चाहते हुए भी मैं उसकी ओर खिंची चली जा रही थी।

कभी लगता कि मैं ग़लत कर रही थी, अगले ही क्षण सोचती कि इसमें ग़लत ही क्या है। आज पहली बार मैंने जाना कि किसी व्यक्ति के चरित्र का आंकलन उसकी

शक्लो-सूरत, सामाजिक व माली हालत से कर के हम कितनी बड़ी ग़लती करते हैं। जिसको मैं अनपढ़ गंवार समझ बैठी थी वह तो बहुत समझदार निकला। कितनी समझदारी की बातें करता है? तुरन्त अपने मोबाइल के कौन्टैक्स में जाकर उसका नाम बांगडू से बदल कर 'फ़ास्ट-टैग मास्टर' कर दिया। मैं नहीं चाहती थी कि मेरे मोबाइल में उसका असली नाम हो।

५.

दिन के घटनाक्रम के बारे में रात भर मैं सोचती रही, अपने आप से ही बहस करती रही। कहीं उससे मिलने का फ़ैसला ग़लत तो नहीं था। कहां मैं और कहां वह, लेकिन मैं कौनसा उसको बॉय फ्रैन्ड बनाने जा रही हूं? न मेरे मन में ऐसा कुछ है न उसका रुतबा ऐसा है। अच्छा व्यवहार है, शरीफ़ है तो एक दोस्त की हैसियत से बातचीत करने में, कभी कभी मिलने में कोई बुराई तो नहीं है। सच कहूं तो उसके बारे में सोचने मात्र में ही मुझे बहुत अच्छा लगने लगा था।

मुझे उससे बहुत कुछ सीखने को मिला, पता भी चला कि उस जैसे आर्थिक रुप से कमज़ोर लोगों की विचारधारा कैसी होती है। मैंने यह भी जाना कि हम सब अपनी सीमित दुनियां में ही रहते हैं, अपनी सीमित सोच में ही जीते हैं। इस बात से पूर्णतयः अनभिज्ञ रहते हैं कि दुनियां में करोड़ो लोगों की क्या सोच है, वह कैसे जीवन-यापन करत हैं। उसने तो समाज के प्रति मेरी धारणा ही बदल डाली। मेरे विचार से हमें अपने समाज के हर वर्ग को जानना-पहचानना और समझना चाहिए वरना हम कूप-मन्डूक बन कर रह जाएंगे। क्या फ़ायदा ऐसी शिक्षा का जो हमें अपने ही समाज, अपने ही भाई-बहनों, जिनके बीच हम रहते हैं, एक दूसरे से सेवाओं का आदान-प्रदान करते हैं, उनको पहचानने परखने को प्रेरित न करे।

अगले दिन सुबह जल्दी ही घर से निकल पड़ी, यह कह कर कि- 'आज कॉन्फ्रैन्स है, सर ने आधा घन्टा पहले आने को कहा है।'

नर्सरी के पास पार्किंग में कार लगाई तो वह सामने ही खड़ा था। दरवाज़ा खोल उसे अन्दर आने को कहा तो वह थोड़ा झिझका, फिर आकर मेरे बराबर वाली सीट पर बैठ गया- 'मैडम नमस्ते, आप तो बिल्कुल टाइम से आ गईं।'

'हैप्पी बर्थडे' कहते हुए उसने मेरी ओर एक छोटा सा पैकेट बढ़ा दिया। 'एक बहुत छोटी सी भेंट मैडम अंजलि जी को मेरी ओर से, स्वीकार करें।'

'थैंक यू, तुम्हें भी हैप्पी बर्थडे। इस तोहफ़े के लिए भी थैंक यू बिनोद जी।'

मैंने जिज्ञासावश पूछा- 'एक बात तो बताओ, तुमने मुझे यहां आने को क्यों कहा।'

नज़रें झुकाए हुए बोला- 'बात यह है मैडम कि टोल पर खड़े साथी मुझे छेड़ते हैं। मुझे अच्छा नहीं लगता, नहीं चाहता कि वह आपके लिए अन्ट-सन्ट कहें।'

'बताओ तो क्या छेड़ते हैं, क्या कहते हैं, मेरे को पहचानते हैं क्या, क्या तुमने अपने साथियों को मेरे बारे में कुछ बताया है?'

'नहीं नहीं, भगवान कसम, मैंने उनसे कुछ भी न कहा न बताया। दुनिया की नज़र बहुत तेज़ होती है। मेरे साथी आपको केवल पहचानते हैं क्योंकि आप एक-दो बार मुझसे बातचीत कर चुकी हैं। मज़ाक में बस इतना कहते हैं 'ओए तेरे वाली जा रही है' इसके अलवा कुछ भी नहीं कहते।'

'बस इस वजह से ही मैंने आपको टोल पर न आकर यहां आने को कहा था।'

'इन बातों की परवाह न करो। अच्छा अब मुंह खोलो।' कहते हुए मैंने डिब्बा खोलकर एक लड्डू उसके मुंह से छुआ दिया। मेरे जन्मदिन का प्रसाद है, मेरी मम्मी हर साल मेरे लिए बनाती हैं। यह तुम्हारे हिस्से का है, खाओ न।'

उसने मेरे हाथे से लडडू लेकर आधा किया, दूसरा आधा मेरी ओर बढ़ाते हुए- 'यह हिस्सा आपका है, लीजिए।'

मैंने बेझिझक उसके हाथ से लडडू खाया और उसने मेरे हाथ से, दोनों एक दूसरे को देख मुस्कुराते रहे। डिब्बा उसको थमाते हुए कहा- 'यह मैं तुम्हारे लिए कल लाई थी, नहीं मिले तो सोचा आज तो तुम्हें ढूंढ कर ज़रुर खिलाउंगी।'

मैंने गिफ़्ट्र पैक खोलते हुए कहा- 'अरे हां, देखूं तो मेरे लिए क्या लाए हो।'

एक छोटी सी परफ़्यूम की शीशी थी, खोलकर तुरन्त लगाया और एक स्प्रे उसकी ओर इंगित करके हंसने लगी।

'यह सब तो जल्दबाज़ी में रहा, क्यों न हम दोनों इकट्ठे बर्थडे मनाएं? बोलो क्या कहते हो?'

कुछ सकुचाते लहज़े में जवाब दिया- 'जैसा आप ठीक समझें।'

'ठीक है, मैं प्लान करके तुम्हें दोपहर तक फ़ोन करके बताती हूं। अभी तो मेरे ऑफ़िस का समय हो रहा है, मैं निकलती हूं, बाय बिनोद।'

अपनी बेबाकी पर मुझे गर्व महसूस हो रहा था। आज की मुलाकात के बाद मैं हल्का महसूस कर रही थी, अपने मन की बात जो खुल कर कह डाली थी। लन्च ब्रेक में उसको फ़ोन किया- 'बिनोद जी, चार दिनों बाद शनिवार है, दोपहर २.०० बजे मेरी

छुट्टी हो जाएगी। मैं सोच रही हूं कि लौटते समय टोल-बैरियर से १०० मीटर आगे करीब ढाई बजे मिलें, ठीक रहेगा क्या?'

'आप जैसा कहें, शनिवार को ढाई बजे, टोल से १०० मीटर आगे, ओ.के. मैडम।'

अब तो उससे बातचीत करने में मुझे कोई झिझक नहीं होती थी, बावजूद इसके कि हर बार मैं ही उसकी ओर कदम बढ़ाती रही। वह तो बस मेरी हर बात से सहमत हो जाता था। मुझे अपने व्यवहार में कुछ भी ग़लत नहीं लग रहा था। सोचा कि शायद वह हीन भावना से ग्रसित रहता है और मेरे सामने ज़्यादा बोलने से बचता है। लेकिन यह भी सच था कि अनेक बार वह मुझे लाजवाब कर चुका था। शुरु में मैंने उसका जैसा आंकलन किया था, वह ग़लत साबित हुआ, वह तो काफ़ी चतुर होशियार निकला।

६.

अपने कॉलेज जीवन में मुझे रिवीलिंग कपड़े जैसे कि टाइट जीन्स हो या फिर नाभि से नीचे, डीप नैकलाइन, पारदर्शी व छोटे टॉप पहनना ज़्यादा पसंद नहीं था। परन्तु अन्य लड़कियों की देखा देखी अपने को समाज में आधुनिक जताने की होड़ में मैंने भी इस किस्म के रिवीलिंग कपड़े पहने तो सही, परन्तु कभी भी ऐसे कपड़ों में सहज महसूस नहीं किया। यह मेरे जीवन का एक छोटा सा दौर ही था। ग्रेजुएशन पूरी होते होते मैं तंग व छोटे कपड़े पहनना छोड़ चुकी थी। सबसे बड़ा फ़ायदा यह हुआ कि लोगों की पैनी नज़र से, घूरने से बच गई और एकदम सहज और तनाव मुक्त हो गई। हमेशा हल्का मेक-अप ही करती थी, हां पार्टी विवाह आदि की बात अलग है।

हीरो जैसे कपड़े पहनने वाले लड़को को मैं कभी पसंद नहीं करती थी, अतः मैं यह चाहती थी कि बिनोद अपना ड्रैस-अप के स्टाइल में सुधार लाए। मैने ठान ली कि अगली मुलाकात में उसे ड्रैस-अप सुधारने के लिए कुछ सुझाव ज़रुर दूंगी। लेकिन मन में डर था कि वह कहीं बुरा न मान जाए, फिर सोचा चलो एक-एक करके धीरे-धीरे उसको सुझाव देती रहूंगी।

प्रोग्राम के मुताबिक शनिवार को ऑफ़िस से चली तो टोल-बैरियर से आगे उसको इंतज़ार करता पाया। नीली जीन्स व हल्के नीले रंग की टी शर्ट में स्मार्ट दिख रहा था। मुझे देखा तो मुस्कुराते हुए फ़्रन्ट सीट पर आ बैठा।

'बिनोद आज किसी बढ़िया से रेस्त्रां में चलते हैं, तुम तो यहां के चप्पे-चप्पे से वाकिफ़ हो, कोई बढ़िया सी जगह सुझाओ न।'

‘करीब ६ किलोमीटर आगे, ३२ माइलस्टोन पर आपके स्तर के कई रेस्त्रां हैं, लेकिन मंहगे हैं।’

‘कोई बात नहीं, दो जनों का बर्थडे है, चलो वहीं चलते हैं। तुम मुझे गाइड करो, रास्ता बताते जाओ।’

‘अन्दर से एक शौर्टकट भी है, लेकिन आपको चलाने में मुश्किल होगी, आप कहें तो मैं ड्राइव करुं?’

‘ठीक से चला लोगे, ड्राइविंग लाइसैन्स है तुम्हारे पास?’ कुछ हैरानगी से पूछा।

‘गाड़ियां तो मैं सभी चलाना जानता हूं, क्या इंडियन और क्या इमपोर्टेड। ड्राइविंग लाइसैन्स तो मैंने १८ वर्ष की आयु में ही बनवा लिया था।’ जवाब देते हुए घूमकर ड्राइविंग सीट पर आ गया और मैं उसके बराबर की सीट पर बैठ गई। उसके चलाने के तरीके से एकदम समझ गई कि वह ड्राइविंग में माहिर था।

‘गाड़ी चलाना तुम्हें कैसे आ गया?’

‘आप भी कमाल की बात करती हैं। ड्राइविंग आना कोई बहुत बड़ी बात तो नहीं होती। मैंने भीकाजी कामा प्लेस की पार्किंग में दो साल नौकरी करी थी। सारा दिन गाड़ियां आगे-पीछे करना, तंग जगहों पर पार्क करना, फंसी गाड़ियों को निकालना, यही सब तो करता रहा। वहीं से सब मौडूल की गाड़ियां चलाना सीख गया। गाड़ियों के सारे कन्ट्रोल जानता समझता हूं।’

उसका जवाब सुनकर मुझे अपने-आप पर शर्म महसूस हुई। मैं कितना बेवकूफ़ी भरा प्रश्न कर बैठी थी, मेरे सवाल में साफ़-साफ़ घमंड की बू आ रही थी। बिनोद का और उसकी काबलियत को कितना कम समझा था मैंने। मन ही मन निर्णय लिया कि आइन्दा से मैं बहुत सोच समझ कर ही कुछ बोला करुंगी।

उसकी झिझक के बावजूद मैंने ३२ माइलस्टोन के एक मंहगे रेस्त्रां को चुना और हम रेस्त्रां में किनारे की एक अलग सी मेज़ पर जा बैठे। हम दोनों के चेहरे पर खुशी के भाव साफ़-साफ़ झलक रहे थे और अपनी खुशी छिपाने की कोशिश भी हमने नहीं की। शायद हम एक दूसरे को यही संदेश देना भी चाहते थे। मुझे तो ऐसा महसूस हो रहा था कि जैसे मैंने पहला माइलस्टोन हासिल कर लिया हो, शायद आज मैं अपनी पहली डेट पर निकली हूं।

आपस में सलाह करके वेटर को तुरन्त आर्डर देकर हम बातचीत में मशगूल हो गए।

बैठते ही मैंने कहा- 'आज सबसे पहले इस बात का फ़ैसला भी हो जाना चाहिए कि हम में कौन बड़ा है। हम दोनों का जन्म तो एक दिन ही हुआ था। मेरा जन्म स्थान दिल्ली और समय सुबह ६ बजकर १७ मिनट का है, अब तुम अपना बताओ।'

'जैसी कि मेरी माई जी बताती हैं, मेरा जन्मस्थान बिआवर, राजस्थान और शाम को सूरज ढलने का समय था। उस हिसाब से शाम ६ बजे के करीब कहना लगभग ठीक ही होगा।'

खुशी से उसके हाथ पर ताली बजाते हुए मैंने कहा- 'बहुत बढ़िया, चलो हो गया फ़ैसला कि मैं तुमसे बड़ी हूं, चाहे कुछ घंटे ही सही। बड़ी होने के नाते अब तुम्हें मेरी हर बात माननी होगी, इस नाते मैं तुम्हारे कान भी खींच सकती हूं, समझ गए न?'

इस बात पर वह खुल कर हंसा- 'ओ.के. आपको पूरा अधिकार है मैडम।'

सधी आवाज़ में मैंने कहा- 'देखो बिनोद हम दोनों अकस्मात ही मिल गए। तुम्हारा आचरण मुझे बहुत अच्छा लगा, तुम मेहनती हो, ईमानदार हो और एक बहुत अच्छे इंसान हो इसलिए मेरे मन में तुम से फ़्रैंडशिप करने का विचार आया। इस के अतिरिक्त मेरे मन में कोई और बात नहीं है। क्या तुम मेरे फ़्रैंड बनना पसंद करोगे? हां, कहो या न कहो, तुम्हारी मर्ज़ी है। बिना झिझक के साफ़-साफ़ जवाब दो।'

'मैडम अंजली जी, आप तो सीधी-सादी और भोली-भाली लड़की हैं, अमीर होने के बावजूद आप शालीन परिधान में रहती हैं। वरना दिल्ली में लड़कियां कपड़े पहनने में कौनसी शालीनता की सीमायें नहीं लांघती, आप तो भली-भांति जानती हैं। दिल्ली में तो अन्ट-सन्ट कपड़े पहनने की मानो स्पर्धा चलती है, परन्तु आप बिल्कुल अलग हैं। यह मेरा सौभाग्य है कि आपने मुझ ग़रीब को फ़्रैंडशिप के लायक समझा। आपकी मेहरबानी, आपकी फ़्रैंडशिप स्वीकार करता हूं।' कहकर उसने हाथ जोड़ दिए।

पता नहीं कैसे भावावेष में आकर मैंने तुरन्त उसके दोनों हाथ अपने हाथों में लेकर कहा- बस-बस, दोस्ती में हाथ नहीं जोड़े जाते, हर बात हक से कही जाती है। आज के बाद कभी मेरे सामने हाथ नहीं जोड़ना, समझ गए न? मुझ से हाथ मिलाना। आओ मिलाओ हाथ।' कहकर मैंने अपना दाहिना हाथ उसकी ओर बढ़ाया तो उसने भी हाथ बढ़ा दिया। उसके स्पर्श मात्र से मैं भाव विभोर हो गई और एक बहाव में बहते हुए अधिकार पूर्वक कहा- 'अरे बुद्धू ऐसे नहीं, दोनों हाथ मिला कर।'

और हमने एक दूसरे के हाथ थाम लिए। आज पहली बार मैंने उसको छुआ था, सच कहूं तो इस पल का मुझे बहुत समय से इंतज़ार था। न जाने कब से अपनी इस इच्छा को मैं स्वयं अपने से ही छुपा रही थी। मुझे असीम आनन्द की अनुभूति हो

रही थी, मेरी आँखें छलक आईं, अपनी भावनाओं को छिपाने के लिए मैंने कुछ पल के लिए आँखें बन्द कर लीं। आँखें खोलीं तो पाया कि वह मुझे ही निहार रहा था, उसकी आँखों में एक ख़ास चमक थी। वह धीमे से मेरे हाथ दबा कर, सिर हिलाकर, मानो मुझे एक मूक संदेश दे रहा हो कि मैं उस पर भरोसा कर सकती हूं। कुछ पल तक हम जड़वत हो बस एक दूसरे को निहारते रहे। मेरे दिल में प्यार की किरण फूट गई थी, पर मैं उसे स्वीकारना नहीं चाहती थी।

तभी एहसास हुआ कि आसपास के लोगों की नज़रें हम पर ही टिकी हुई थीं। न चाहते हुए भी मैंने शर्माकर हाथ वापिस खींच लिए। अपनी भावनाओं पर काबू कर अपने को संभाला। कुछ देर तक हम एकदम शान्त बैठे रहे।

कुछ समय बाद वेटर ने हमारा ऑर्डर सर्व किया। लेकिन मेरा मन भरा नहीं था, मैं उसके साथ और समय बिताना चाहती थी। स्नैक्स समाप्त कर मैंने कॉफ़ी पीते हुए कहा- 'यहां तो बहुत भीड़ है, चलो किसी ऐसी जगह चलते हैं जहां हम आराम से बैठ कर बातचीत कर सकें। क्या तुम ऐसी कोई जगह जानते हो?'

तपाक से जवाब दिया- हां हैं न, ऐसी तो बहुत जगहें हैं। यहां एक बहुत सुन्दर पार्क है, जिसे ताउ पार्क कहते हैं, बहुत शांत और हरा भरा है। वहीं एक ढाबे पर बढ़िया चाय भी मिलती है। वहां ठीक रहेगा।'

'तो बस चलो, वहीं ले चलो।'

करीब १५ मिनट में हम ताउ पार्क पहुंच गए। वहां हमने जी भर कर बातें कीं, एक दूसरे को जानने की कोशश की। मैं उसके बारे में ज़्यादा से ज़्यादा जानने को बहुत उत्सुक थी। उस पर हक जताते हुए मैंने आग्रह किया कि वह अपनी आपबीती सुनाए। वह कुछ क्षण रुका, गहराई से सोचा फिर गम्भीर मुद्रा में बोलना आरम्भ किया।

'मैं बिआवर, राजस्थान का रहने वाला हूं। जब मात्र १७ वर्ष का था, ११वीं कक्षा में पढ़ता था, तो एक सड़क हादसे में मेरे पिता की मृत्यु हो गई। परिवार में एक छोटी बहन व माता रह गईं जिनके भरण-पोषण की ज़िम्मेदारी मेरे कंधों पर आन पड़ी। जिस दिन पिता जी की मृत्यु हुई वह स्कूल में मेरा आख़िरी दिन था। उसके बाद मैंने स्कूल का मुँह नहीं देखा, इस बात का मुझे हमेशा अफ़सोस रहेगा। एकदम पढ़ाई छोड़ रोज़ी-रोटी के जुगाड़ में लगना पड़ा। चप्पल बनाने की फ़ैक्ट्री में अपने पिता जी की जगह पर काम करने लगा। तनख्वाह केवल ४५०० रुपए मिलती थी जिसमें गुजारा नहीं चलता था। मां खेत में मज़दूरी करने लगीं, उनको इतनी मेहनत करते देख मैं बहुत दुखी होता था।

घर की माली हालत सुधारने का केवल एक विकल्प था कि मैं गाँव छोड़ शहर चला जाउं। फिर हमारे एक दूर के चाचा की बदौलत दिल्ली में भीकाजी कामा प्लेस के एक कार-पार्किंग में नौकरी मिल गई। दिल्ली में कोइ ठौर-ठिकाना न था, पार्किंग में ही एक छप्पर में रात बिताता था। मालिक को भी फ़ायदा था क्योंकि रात की चौकीदारी भी मैं ही करता था। मेरे मालिक अग्रवाल जी मुझ पर बहुत मेहरबान थे। उनके पार्किंग के ठेके चलते थे, बहुत बड़ा काम था उनका। मैंने मेहनत इमानदारी से काम किया तो मालिक सैलरी बढ़ाते रहे। दिल्ली आना कामयाब रहा क्योंकि मेरे पास माँ को भेजने के लिए भी काफ़ी पैसे बच जाते थे।

इसके बाद अग्रवाल जी ने एक मोबाइल की दुकान खोल ली। मेरे काम से प्रभवित तो थे ही, मुझे दुकान का इंचार्ज बना दिया। यहां काम करने से मुझे बहुत कुछ सीखने को मिला। सारे एप्स पर काम करना, स्मार्ट फ़ोन के सब फ़ीचर्स समझने के साथ-साथ मोबाइल रिपेयर करना भी सीखा। दुकान अच्छी चल निकली तो मेरी तनख्वाह भी बढ़ती रही। मां और बहन को दिल्ली में ही ले आया। बहन की शादी के लिए भी पैसा इकटठा करना शुरु कर दिया, सब कुछ बहुत अच्छा चल रहा था।

पर अचानक कोविड महामारी ने सब कुछ बिगाड़ कर रख दिया। दुकान बन्द कर दी गई, मालिक की भी मजबूरी थी। खाने के लाले पड़ गए पर मैंने हिम्मत नहीं हारी। होम डिलीवरी वालों की डिमाण्ड बहुत बढ़ गई थी, सो मैं भी एक पुरानी साइकिल ख़रीदकर होम डिलीवरी के काम में लग गया। रोज़ १२-१३ घंटे तक की डयूटी करता था, साथ में खुद का भी फल-सब्ज़ी डिलीवरी का काम करने लगा। हैरानगी की बात तो यह कि उस महामारी के काल में मेरी आमदनी पहले से भी अधिक होने लगी।

जब होम डिलीवरी का काम केवल मोटरसाइकिल वालों को ही दिया जाने लगा तो यह काम छोड़ दिया। अब करीब एक साल से, जब से फ़ास्ट-टैग अनिवार्य हुआ है, मैं इस हाईवे यानिकि एन.एच ८ पर फ़ास्ट टैग बेचने के धंधे में लग गया। आज भी यही कर रहा हूं, न जाने कब तक यह करता रहूंगा मैं नहीं जानता।' एक लम्बी सांस छोड़कर कहा- 'बस यही है मेरी टूटी-फूटी ज़िन्दगी की दास्तान, आगे जो प्रभु की इच्छा!' कहकर आँखें मूंद हाथ जोड़ लिए, जैसे भगवान से प्रार्थना कर रहा हो।

फिर आँखें खोल कर- 'आपको बोर तो नहीं किया मैंने?'

उसके चेहरे व हावभाव पर नज़र गढ़ाए मैं पूरी तवज्जो से उसकी आपबीती सुन रही थी, उसके दर्द को दिल से महसूस करने की चेष्टा कर रही थी। सुनाने के अंदाज़ से ही उसकी कहानी की सच्चाई और सादगी साफ़ झलक रही थी। मुझे ऐसा लगा कि

मानो मेरे सामने ही सब कुछ घटित हो रहा हो। उसके व्यक्तित्व में सबसे बड़ी बात तो यह पाई कि कठिन परिस्थितियों का उसने हिम्मत और सहजता से सामना किया। अपने जीवन में इतना कुछ झेलने के बाद भी वह मुस्कुरा रहा था, संतुष्ट था, और अपनी किस्मत से उसे कोई गिला शिकवा नहीं था।

हम इस बात से बिल्कुल बेपवरवाह थे कि पार्क में लोग हमें देख रहे होंगे। मैं अपने को रोक न पाई और भावुक स्वर में बोली- 'बिनोद जी आप तो बहुत कर्मठ और जुझारु प्रवृति के व्यक्ति हैं, इतनी सी उम्र में ही जीवन के इतने उतार-चढ़ाव, रंग-ढंग सब कुछ झेल लिए।'

'आप पहली हैं जिसको मैंने अपनी दास्तान दिल से सुनाई है, किसी ने आज तक मुझे इतनी तवज्जो नहीं दी जितनी आप ने दी है। मैं दिल से आपका आभारी हूं।'

'आभार-वाभार कहां से आ गया? दोस्तों से ही तो ऐसी बातें बेझिझक शेयर करी जाती हैं।'

'अभी मेरी दास्तान का आख़िरी अध्याय तो बाकी है।'

'बोलो, जल्दी बोलो।'

'फ़ास्ट टैग का धंधा मेरे लिए बहुत शुभ रहा क्योंकि इस दौरान न जाने कैसे एन.एच.८ पर मैं एक सुन्दर और बढ़े घर की कन्या से टकरा गया। मेरे लिए तो यह खुशकिस्मती ही है, उसके लिए है या नहीं, मैं नहीं जानता।'

'तुम मेरे सबसे अच्छे दोस्त हो। अब ज़रा यह तो बता दो कि एन.एच ८ पर किस कन्या से टकरा गए, कहां है वो, क्या नाम है उसका?' आतुरता से पूछा।

'बता दूं क्या? तुम्हें बुरा तो नहीं लगेगा न?'

'मुझे क्यों बुरा लगेगा, मेरा क्या मतलब वास्ता तुम्हारी उस टकराने वाली से? बोलो यार, इंतज़ार न करवाओ, बोलो भी।' मुझे पूरा यकीन हो चला था कि वह मेरी ही बात कर रहा था।

वह चेहरे पर शैतानी मुस्कान लिए बैठा रहा, हम दोनों एक दूसरे की आँखों में तन्मयता से देख रहे थे, एक दूसरे की मन की बात भी जान चुके थे। एक तरफ़ वह अपनी ज़ुबान से नाम लेने में हिचकिचा रहा था, दूसरी ओर मैं अपना नाम उसकी ज़ुबां पर आने का बेकरारी से इंतज़ार कर रही थी। मेरी सांसें भारी हो चलीं थीं पर वह मुझे देख मन्द-मन्द मुस्कुरा रहा था, लगता था कि मेरे दिल की हालत जानकर शायद मज़े ले रहा हो।

शोख़ अन्दाज़ में बोला- 'कोई भी तो नहीं है, यह तो मेरी कल्पना मात्र ही थी।'

मेरे चेहरे पर निराशा के भाव देखकर फिर धीमे से बोला- 'अरे कल्पना नहीं है, सच है सच है।'

मैं एकदम तनाव में आ गई- 'नहीं बताते तो मैं चलती हूं।'

'रुको तो बताता हूं, परन्तु मेरी सबसे बड़ी दुविधा यह है कि मैं उसके सामाजिक व आर्थिक स्तर से बहुत नीचे हूं।'

मैं और देरी बर्दाशत नहीं कर पा रही थी, चीख़ पड़ी- 'कौन है, नाम बताओ तो।'

'शांत शांत। वह सुन्दर कन्या इस समय मेरे सामने बैठी है, उसका नाम अंजलि है।' कहकर उसने मेरी आतुरता को विराम लगा दिया, वह पहचान चुका था कि मैं उसकी ज़ुबां पर अपना नाम सुनने को व्याकुल थी।

मेरा चेहरा सुर्ख लाल हो गया, हाथों से अपना चेहरा ढक लिया, ज़िन्दगी में पहली बार किसी ने आशिकाना अंदाज़ में मेरी इतनी प्रशंसा करी थी। क्या रिएक्शन दूं, कुछ समझ नहीं आ रहा था, मेरी तो किंकर्तव्य विमूढ़ सी स्थिति हो गई थी। मेर हाल देखकर शायद वह भी कुछ असमंजस में पड़ गया लगता था।

'मैडम आप ठीक तो हैं, यदि मेरी बात बुरी लगी हो तो क्षमा करना।'

मेरे चुप रहने पर धीमे से कहा- 'क्या हम वापिस चलें?'

मैंने अपनी भावनाओं को काबू कर शांत भाव से कहा- 'बिनोद जी चलने से पहले मेरा जवाब तो सुन लो।'

लड़खड़ाती सी आवाज़ में घबराता हुआ बोला- 'हां-हां सुनाइए मैडम।'

अब मुझे उसकी घबराहट देखकर बड़ा मज़ा आने लगा था। ठहाका लगाते हुए शोख़ अन्दाज़ में जवाब दिया।- 'जिस लड़की से तुम एन.एच.८ पर टकराए वह भी तुमसे मिलकर अपने को बहुत ख़ुशकिस्मत समझ रही है।'

कुछ पल या मिनट, कुछ याद नहीं, हम एक दूसरे को प्यार से निहारते रहे। हमारे चेहरों से संतोष का भाव झलक रहा था, दोनों अपने दिल में छिपी प्रेम भावनाओं को व्यक्त कर सुकून महसूस कर रह थे। इससे अधिक कुछ कहने या सुनने को नहीं बचा था। सांय ६ बज चुके थे, सूरज अस्त होने को था, पार्क में लोग छंटते जा रहे थे। हम भी एक दूसरे को विदा कहकर अपने अपने घर की ओर चल पड़े।

७

काफ़ी समय तक हमारी दोस्ती में न तो कोई इज़ाफ़ा हुआ और न ही कमी आई। हमारा एक दूसरे के प्रति रुझान बढ़ता रहा, कम से कम अपने बारे में तो मैं कह ही

सकती हूं। फ़ोन पर बात होती रहती थी। मैंने महसूस किया कि मैं मन ही मन काफ़ी खुश रहने लगी थी। अक्सर आशिकी के गाने अनायास ही मेरे मुंह से निकल पड़ते थे। कभी-कभी स्वयं से पूछती कि आख़िर मैं चाहती क्या हूं, क्या उसको जीवन साथी बनाना उचित होगा। विचारों में खोई रहती कि उसकी सोच क्या होगी? मैंने निर्णय लिया कि उचित समय पर यह सब मम्मी को बताउंगी और उनकी सलाह लूंगी क्योंकि अपनी मां पर मुझे सबसे ज़्यादा भरोसा था। मैं आश्वस्त थी कि मेरे इस दोस्ती के रिश्ते को कोई दूसरा नहीं जानता, पर मैं ग़लत थी।

न जाने कैसे मां ने मेरे व्यवहार में आए परिवर्तन को भांप लिया। वास्तव में माता-पिता की निगाहें, खासतौर पर मां की नज़र से कभी चूक नहीं हो सकती। एक रात वह मेरे कमरे में मुस्कुराते हुए आईं, कान के करीब आकर बहुत आहिस्ता से कहा- 'ज़रा बताओ तो कौन है वो जिसके चक्कर में खोई रहती हो?'

मैं एकदम चौंक गई, कुछ पल तो सहमी सी आँखें फाड़े मम्मी को देखती रही, अपने को संभाल कर बोली- 'क्या कह रही हैं, कौनसा चक्कर मम्मी?'

मेरी प्रतिक्रिया व घबराहट देखकर मम्मी एकदम आश्वस्त हो गईं कि कुछ न कुछ बात तो अवश्य है- 'बेटा मां से कुछ नहीं छिपाना चाहिए, मैं सब कुछ जान चुकी हूं।' कहते हुए उन्होंने अपने मोबाइल फ़ोन की ओर हाथ बढ़ाया।

मम्मी ने इतने आत्मसिश्वास से कहा और इस प्रकार फ़ोन उठाया कि मुझे यकीन हो गया कि उनके पास सबूत भी है जो वह मुझे दिखाने जा रही हैं। सोचा शायद किसी ने देख लिया होगा, फ़ोटो खींच ली होगी य फिर किसी ने मम्मी को बता दिया होगा। मैं समझ ही नहीं पाई कि मम्मी मुझसे ब्लफ़ कर रहीं थीं।

उन्होंने बहुत दुलार से मेरे सिर पर हाथ रख आलिंगन में ले लिया- 'बेटी अंजलि तेरी उम्र में मेरा भी यही हाल था, हर लड़की के साथ यही होता है। मैं तेरी सच्ची सहेली हूं, हमेशा तेरा साथ दूंगी। खुद ही बता दे कौन है वो?'

बिनोद के बारे में उनको सब कुछ सच-सच बता दिया सिवाय उन निजी व भावुक पलों के जो मैं किसी से भी साझा करना नहीं चाहती थी। मुझे मम्मी द्वारा चली गई ब्लफ़ चाल का बुरा नहीं लगा, बल्कि अच्छा लगा कि मेरी मम्मी कितनी होशियार हैं। उन्होंने इत्मीनान से मेरी कहानी सुन पहले तो मुझे आश्वस्त किया कि वह किसी को भी नहीं बताएंगी, न पापा को और न ही दीपक भैयूया को। फिर उन्होंने जो कहा वह किसी दीक्षा से कम न था।

'देखो अंजलि, सर्वप्रथम तो तुमको ही निर्णय लेना होगा कि तुम क्या चाहती हो। क्या वास्तव में उसमें अपना पसंदीदा पति देखती हो? उसका मानसिक, सामाजिक व आर्थिक स्तर, उसके रिश्ते नातेदार, ताउ-चाचा से तुम्हें सदैव मिलना-जुलना होगा, उनसे संपर्क रखना क्या तुम्हें स्वीकार होगा। अपने रिश्तेदारों, अपने सामाजिक सर्कल में उसके साथ जाने में तुम्हें परेशानी तो नहीं होगी?

दूसरी बात, उसकी माता और बहन के साथ ही तुम्हें रहना होगा। रैस्टोरैन्ट में इकटठे खाना-पीना, घूमने बतियाने में मज़ा तो है, परन्तु असलियत होती है पति के घर के माहौल में रहना, जीवन-यापन करना। भले ही नौकर रखो, घर की देखभाल तो स्वयं ही करनी होती है, यह सब कर पाओगी क्या? बदलना तुम्हें ही पड़ेगा, समझौता तो तुम्हें ही करना होगा।

मैं तुम्हें उसके ख़िलाफ़ न तो भड़का रही हूं और न ही उससे दोस्ती तोड़ने को कह रही हूं। मुझे यकीन है कि बिनोद से मित्रता करने से पहले तुमने उसके आचरण और व्यवहार को परखा अवश्य होगा, क्योंकि मैं जानती हूं कि तुम आसानी से किसी बाहर वाले पर भरोसा नहीं करतीं। यह भी जानती हूं कि भारतीय संस्कृति व मर्यादाओ का पालन करने में तुम कभी पीछे नहीं रहती हो।

कन्या द्वारा अपने वर का चयन करना हमारी संस्कृति में मान्य है, तुम यदि स्वयं अपने लिए लड़का चुन लोगी तो हमें प्रसन्नता ही होगी। परन्तु उपयुक्त वर का चयन करने के लिए उसकी योग्यता और सामर्थ्य को कसौटी पर परखना आवश्यक होता है। विवाह केवल एक लड़की और लड़के का मिलना नहीं होता, यह दो परिवारों का मिलाप होता है जिससे अनेक नए व मधुर रिश्ते भी जुड़ते हैं।

मैं जानती हूं कि दूसरों की पीड़ा देख तुम व्यथित हो जाती हो, यही गुण तुम्हारे व्यक्तित्व का सर्वश्रेष्ठ पहलू है। तुम बचपन से ही ऐसी हो, क्या तुम्हें याद है वह किस्सा? तुम करीब ६ वर्ष की थीं, तुम्हारे हाथ में लाल टैडी बीयर देखकर एक नन्हा बालक कैसे सड़क पर पसर गया और तुमसे टैडी बीयर लेने की ज़िद्द करने लगा। उसका रोना बिलखना देख स्वयं तुमने ही स्नेह से अपना टैडी बीयर उसको दे दिया। उसके बाद तुमने उस बालक को पुचकारा भी था। तुम्हारे हृदय की गहराई में करुणा छिपी है, हम तभी जान गए थे। तुम्हारा व्यक्तित्व कहता है कि बिनोद के प्रति तुम्हारा झुकाव यकीनन प्यार नहीं अपितु हमदर्दी है।

और आख़िरी बात, प्यार की भावना में बहकर आनन्दित होना क्षणभंगुर होता है। जिस गति से यह बुख़ार चढ़ता है, उससे भी तेज़ गति से उतरता है। मेरा सुझाव है

कि इन सब पहलुओं पर गहराई से सोचो और निर्णय लो। जो भी फ़ैसला लोगी मैं तुम्हारे साथ रहूंगी हर कीमत पर तुम्हारी इच्छा पूरी होगी, यह तुम्हारी मां का वादा रहा। कुछ दिन आराम से विचार करो, जब भी चाहो मुझसे दोबारा बात करने में बिल्कुल न झिझकना। एक बज रहा है, अब सो जाओ।' कहकर मम्मी स्नेह से मेरे सिर पर हाथ फेर अपने कमरे में चली गईं। वाह मेरी मां! आज जाना कि मेरी मम्मी तो बहुत ज्ञानी हैं, मैंने तो हमेशा उन्हें भी कम ही आंका था। उनके वचन मेरे लिए ज्ञानवर्धक और मार्गदर्शक रहे।

मुझे जमकर नींद आई, सुबह उठी तो बहुत हल्का महसूस कर रही थी। दिनभर इस विषय पर गहनता से विचार करती रही। क्या उससे प्यार जताकर मैं उस पर दया करना तो नहीं चाहती, या फिर मैं अपने को समाज सुधारक हीरोइन के रोल में देखना चाहती हूं। मम्मी की हरेक बात का मैंने अनेकानेक बार विश्लेषण किया।

कुछ दिनों तक रोज़ाना टोल-बैरियर पार करते समय यदि वह दिखता तो दूर से हाथ हिला कर हम एक दूसरे का अभिनन्दन कर देते थे। एक दिन उसने मैसेज भेजा कि अचानक उसे अपने गांव जाना पड़ रहा है, वापिस आने में समय लग जाएगा। करीब एक महीने तक न तो उसका फ़ोन आया और न ही वह टोल पर नज़र आया। मैंने भी उससे सम्पर्क साधने की कोशिश नहीं करी।

पापा तो हमेशा से ही मुझे आगे पढ़ने के लिए प्रेरित करते थे। एक बार पढ़ाई छोड़ नौकरी करने लगो तो फिर आगे पढ़ाई करना बहुत मुश्किल हो जाता है। अभी तुम्हारी उम्र ही क्या है? केवल ग्रेजुएशन से कुछ नहीं होता, कैरियर में आगे बढ़ना है तो एम.बी.ए. या एम.सी.ए. अवश्य करो।

जीवन के सबसे महत्वपूर्ण निर्णय लेने में मार्गदर्शन पाने हेतु अन्ततः मैंने फिर मम्मी का सहारा लिया। दुविधा बयान कर सलाह का अनुरोध किया तो मम्मी ने सुझाया।

'मुझे लगता है कि बिनोद तुमसे ज़्यादा परिपक्व है। वह समझता होगा कि उसका हित इसी में है कि वह अपने समाज-परिवार में रहकर ही ज़िंदगी में आगे बढ़े। तुम व्यर्थ में ही उतावली हुए जा रही हो। उससे दोस्ती रखो, अपने घर बुलाओ, मैं मना नहीं करती। उसकी सहायता भी करती रहो, परन्तु जीवन साथी बनाने का विचार मन में न पनपने दो।

मन के अंर्तद्वन्द से बाहर निकलो, निर्णय लो। कुछ दिन तुम्हें बुरा ज़रुर लगेगा पर जल्दी ही सब कुछ भूलकर सामान्य हो जाओगी। संभव है कि कुछ समय बाद तुम स्वयं ही अपनी आज की सोच को बचपने की संज्ञा दे दो। सारी उम्र पछताने से

तो कहीं अच्छा है कि अपनी क्षणिक भावनाओं को काबू कर यथार्थ को जानो और व्यावाहारिक जीवन जिओ, इसी में तुम्हारा हित है।'

मैंन निर्णय लेकर निश्चय कर लिया कि मुझे क्या करना है। अगले दिन एक सुन्दर सा फ्रैन्डशिप बैन्ड व फ्रैन्डशिप कार्ड ख़रीद उसकी फ़ोटो खींचकर बिनोद को व्हाटसऐप कर दिया। मैसेज दिया- 'यह तुम्हारे लिए उपहार स्वरुप ले कर रखा है, जब मिलोगे तो दे दूंगी। भगवान से प्रार्थना करती हूं कि हमारी फ्रैन्डशिप इस तरह ही बरकरार रहे।'

उसने बहुत अच्छा जवाब दिया- 'आपकी दोस्ती मेरे लिए एक उपलब्धि है, हमेशा इस दोस्ती के रिश्ते की कद्र करुंगा। हम यदि आपस में समाचार का आदान प्रदान करते रहें तो अच्छा लगेगा। अंजलि मैडम जी नमस्कार।'

समाप्त

बिग बॉस

- ८:३० मिनट -

सुबह के साढ़े दस बजे थे, मोहन रावत स्टूल पर चढ़ कर अपने साहब के केबिन के बाहर टंगी नेम-प्लेट को रगड़-रगड़ कर चमकाने में लगा था, बेचारे के पसीने छूट रहे थे। आख़िर ब्रास की *नेम-प्लेट* को चमचमाती हुई रखना कोई आसान काम नहीं होता। तभी गैलरी से गुज़रते ओम प्रकाश की नज़र पड़ी तो रुक गया- 'अबे तेरे पास और कुछ काम नहीं है क्या, जब देखो नेम प्लेट को ही चमकाता रहता है। कभी अपने साहब के चेहरे को भी पौलिश कर दिया कर।'

'क्या करुं यार, जब से साहब ने यह पीतल की नेम-प्लेट बनवाई है मेरी मुसीबत आ गई है। साहब कहते हैं कि मेरी नेम-प्लेट ऐसे चमकनी चाहिए जैसे हमारे होटलों के ऐन्ट्री गेट की प्लेटें चमकती हैं। हफ़्ते में दो बार पॉलिश करने की सख़्त हिदायत दी है मुझे।

'तू क्यों करता है, यह तेरा काम नहीं है, मैन्टेनैन्स वालों से बोल वह ही पॉलिश करेंगे -

'कहा था भाई जी लेकिन उन्होंने साफ़-साफ़ मना कर दिया। बता रहे थे कि कम्पनी के नियमों के तहत तुम्हारे साहब को केवल प्लास्टिक की नेम-प्लेट ही एलाउड है। उनकी रिक्वैस्ट पर *आउट ऑफ़ द वे* जाकर हमने ब्रास की नेम प्लेट बनवा दी। वह बोले, 'जाकर कह दे अपने साहब से, पॉलिश करना हमारा काम नहीं है।' आख़िरकार साहब ने ब्रासो की डिब्बी मुझे थमा दी और चमकाने का ज़िम्मा मेरे ऊपर डाल दिया। क्या करुं मना भी नहीं कर सकता, अभी तो मैं *टैम्परेरी* हूं न।'

'तेरी परेशानी मैं समझता हूं, यहां सारे आफ़िसर *टैम्परेरी* स्टाफ़ से पर्सनल काम करवाते हैं। सहायकों को ख़ूब निचोड़ना होता है न, तभी तो जानबूझ कर पर्मानैन्ट नहीं करते। कम्पनी ने पिछले पांच वर्षों से किसी को भी *पर्मानैन्ट* नहीं किया। हमारे

समय में तो रुल के मुताबिक एक वर्ष के बाद ही सारे क्लास४ स्टाफ़ को पर्मानैन्ट कर दिया जाता था।'

'देखो तो सही इतनी बड़ी नेम प्लैट बनवाई है, पहले तो इतना लम्बा नाम, 'पुरुषोत्तम दयाल टेकरीवाल' फिर सारी डिग्रियों की एक लाइन, ऊपर से डैज़िगनेशन *'जैनरल मैनेजर, फ़ाइनैन्स एण्ड चीफ़ एकाउन्टस ऑफ़िसर'*। साथ में बाप का नाम भी लिखवा देते, वह क्यों छोड़ दिया? यह नेम प्लेट है या जन्मपत्री।'

'हां बेटा बात तो तेरी ठीक है, इसको चमकाने में बहुत मेहनत लगती होगी।' फिर पास आकर धीमे से बोला- 'तुझे इस मुसीबत से छुटकारा चाहिए क्या?'

ओम प्रकाश क्लास४ स्टाफ़ का बहुत सीनियर कर्मचारी था।

'हां हां, लेकिन यह कैसे हो सकता है?' उत्सुकता से मोहन ने पूछा।

'देख किसी को भी बताना मत, वायदा करे तो अपने तजुर्बे से एक अचूक हल सुझाता हूं, हमेशा के लिए पॉलिश करने से छुट्टी मिल जाएगी।' कहकर मोहन का हाथ थाम लिया।

'पक्का वादा भाई जी, आप तो हमारे सीनियर हैं, बताइए क्या तरीका है?'

'ऐसा कर, मौका देखकर धीरे-धीरे, चुपचाप तीन-चार हरफ़ उखाड़ दे जिससे नाम और डैज़िगनेशन आदि की ऐसी-तैसी हो जाए। साहब पूछें तो कह देना 'सर जी जैसा आपने कहा मैं तो बस चमकाने के लिए धीरे से रगड़ता हूं, यह हरफ़ बहुत ढीले से लगाऐ गए हैं, ज़रा सा रगड़ते ही गिर जाते हैं। बेटा नेम-प्लेट का मज़मून इतनी बिगाड़ दे कि जो देखे वह हंसे, मजबूरन उन्हें नेम-प्लेट हटानी ही पड़ेगी। लकिन बहुत सावधानी से, कहीं कोई देख न ले।'

'और सुन, साढ़े दस से पहले तो यहां सुनसान होता है, बस वही समय ठीक रहेगा।'

'लेकिन साहब ने अगर दोबारा ब्रास की नेम प्लेट बनवा ली तो क्या होगा?'

'मैं ऑफ़िस मेन्टेनैन्स वालों की कार्यशैली को अच्छी तरह जानता हूं, एक बार तो दबाव में आकर ब्रास की बनवा दी, दोबारा नहीं बनवाऐंगे। तेरे साहब तो अपनी जेब से पैसे खर्च करने से रहे। मेन्टेनैन्स वाले दोबारा ज़्यादा से ज़्यादा प्लास्टिक की बनवा देंगे। तेरी समस्या का हल तो हो ही जाएगा।'

पौने ग्यारह बज रहे थे, तभी साहब रौबदार चाल से आते दिखे, पीछे उनका ड्राइवर ब्रीफ़केस उठाए आ रहा था। मोहन ने गुड मॉर्निंग कह अदब से झुककर दरवाज़ा खोला और साहब कुर्सी पर आसीन हो गए।

पानी पेश करते हुए पूछा- 'सर चाय के साथ पकौड़े या बिस्कुट, क्या लाना है।'

'पनीर के हों तो पकौड़े लाना वरना बिस्कुट ठीक हैं। लेकिन पहले मैनेजर गुप्ता को बोलो मुझे फ़ोन करे, अर्जेन्ट है।'

मोहन मैनेजर गुप्ता के कमरे की ओर बड़बड़ाता हुआ चल पड़ा। 'इन बड़े साहब लोगों की बात समझ में नहीं आती, यह भी कैसे नख़रे हैं? 'मैनेजर से कहो मुझे फ़ोन करे' अरे खुद ही फ़ोन कर के बात कर लो न, मुझे क्यों दौड़ा रहे हो?'

जी.एम. साहब ने सबसे पहले ब्रीफ़-केस से अपने निजि खातों की कुछ बैंक की पास बुक्स निकालीं, बैंक में चैक जमा करवाने के लिए पे-इन-स्लिप भरीं, कुछ काग़ज़ात उलटे-पलटे फिर इन्टरकौम फ़ोन से अपने स्टैनो को बुलाया- 'श्रीनिवासन एक लैटर लिखना है, तुरन्त आ जाओ।'

अपने शेयर्स के हस्तान्तरण के बारे में एक पत्र शेयर ब्रोकर को लिखवाया और तुरन्त प्रिन्ट कर के लाने का आदेश दिया। 'मेरे पर्सनल लैटर हैड पर प्रिंट लेना है।'

मैनेजर गुप्ता का फ़ोन आया- 'गुड मॉर्निंग सर, आपने याद किया, हुक्म जनाब।'

'गुप्ता हमारे पास डिस्पोज़ल के लिए कितनी पैन्डिंग फ़ाइल्स हैं। कल मैंने *स्टेट्स रिपोर्ट* बनाने को कहा था, रिपोर्ट लेकर आ जाओ।'

'सर रिपोर्ट तो मैंने कल शाम को ही तैयार करके महेश को दे दी थी। वह अभी आया नहीं है, उसके आते ही रिपोर्ट लेकर मैं हाज़िर होता हूं।'

'क्या कहा महेश अभी आया नहीं? सवा ग्यारह बज चुके हैं, यह क्या तमाशा बना रखा है? आप जानते हैं न कि रुल्स के मुताबिक साढ़े दस बजे तक न आने वालों को रैड मार्क किया जाना चाहिए, आप करते हैं य नहीं?'

'जी आज से ज़रुर करुंगा।'

'आइन्दा से ऐसा न हो। पंक्चुएल्टी में कोइ कोताही नहीं होनी चाहिए। समझ गए न?'

-राइट सर, ऐसा ही होगा सर।'

साहब *सबसिडाइज़्ड* कैन्टीन के चाय पकौड़े नोश फ़रमा रहे थे कि श्रीनिवासन जी पत्र का प्रिंट ले आए। मोहन को बुलाकर इत्मीनान से काग़ज़ात देते हुए समझाया- 'यह छः पास बुक्स हैं, बैक जाकर इनको अपडेट करवाओ, इन ४ चैक्स को जमा करवाओ। फिर आसिफ़ अली रोड पर हमारे ब्रोकर गोयल एण्ड कम्पनी को यह पत्र डिलिवर करो। ढाई-तीन बजे तक वापिस आ ही जाओगे, लंच आकर कर लेना। समझ गए, अब एकदम चल पड़ो।'

'और सुनो, हमेशा की तरह कन्वेयेन्स के खर्चे का बिल बनाकर, मुझसे पास करवा के कैशियर से पैसे ले लेना।'

'ठीक है सर जी मैं अभी निकल रहा हूं।'

मॉर्निंग रुटीन का पहला पड़ाव समाप्त हुआ। पैर फैलाकर कुर्सी पर पसरते हुए एक लम्बी अंगड़ाई ली। फिर फ़ोन पर कुछेक रिश्तेदारों मित्रों से इधर-उधर की गप्पें हांकीं।

साढ़े बारह बज चुके थे, सोचने लगे आज लन्च किस होटल में किया जाए। कॉरपोरेशन के तो देहली में ही ७ होटल्स हैं, आज कहां का प्लान बनाउं। कुछ सोचकर पांच सितारा मनिष्का होटल के जी.एम. को फ़ोन मिलाया- 'हां खंडारी साहब आप मुझसे कुछ कमरों के रिनोवेशन के प्रोपोज़ल की बात करना चाहते थे। अभी मेरे पास समय है, बात कर लेते हैं, बताइए कहां करें?'

इतना इशारा खंडारी साहब के लिए काफ़ी था। वह जानते थे कि पौने एक बजे फ़ोन करके मीटिंग फ़िक्स करने का क्या मतलब होता है। तुरन्त बोल उठे- 'सर आप यहां आइए न, आपके पसंदीदा ग्रैंड बुफ़े में ही डिस्कस करते हैं।'

'ओ.के. ऐज़ यू प्लीज़, डेढ़ बजे मैं पहुंच जाउंगा, रेस्त्रां के गेट पर ही मिलते हैं।'

'वैलकम सर।'

जब हैड ऑफ़िस से बिग बॉस आते हैं तो आतिथ्य भी अपनी चरम सीमा पर होता है। वेटर इतना ज़्यादा झुक-झुक कर खाना परोसते हैं कि देखने वालों को लगता है मानो टेबूल पर लेटने ही वाले हों। अपने शरीर को कमर से सिर तक साहब के सामने करीब-करीब बिछा ही देते हैं। वाह-वाह ! क्या ख़ातिरदारी है।

लंच के पश्चात साहब ने तीन बजे वापिस अपने कमरे में प्रवेश किया तो भोजनोपरान्त विश्राम करने का मन हुआ। मोहन सारे काम निबटा कर बाहर बैंच पर बैठा भोजन कर रहा था। उसको हिदायत दे दी कि वह कहीं न जाए, यदि कोई मिलने आए तो कह दे कि साहब व्यस्त हैं, अन्दर कदापि न भेजे। साहब का *आफ़टरनून नैप* का समय जो ठहरा।

साहब अभी सोफ़े पर लेटे ही थे कि इंटरकॉम की घंटी बज उठी। झुंझलाकर बड़बड़ाते हुए उठे- 'सीनियर मैनेजमैन्ट तो कभी आराम से बैठ ही नहीं सकता। हैलो, कौन है?'

'सर मैं परचेज़ मैनेजर मेंहदीरत्ता, सर क्रॉकरी के ऑर्डर का प्रोपोज़ल आपकी फ़ाइनैन्शल ऐप्रूवल के लिए भेजा हुआ है, उस पर ग़ौर फ़रमाएं, देरी हो रही है सर, ज़रा अर्जेन्सी का मामला है।'

'देरी कहां हो रही है, कौनसी अर्जेन्सी आ गई? कोई आसमान तो नहीं गिरने वाला है, अगले हफ़्ते देख लेंगे।'

'सर अर्जेन्सी तो है ही, सप्लायर की ओर से टॉप मैनेजमैन्ट को गिफ़्ट् देने के लिए कॉमप्लीमैन्ट्री आइटम्स की लिस्ट भी तो फ़ाइनल करनी है, इसके लिए आपकी पसंद और रिक्वायरमैन्ट जानना भी तो ज़रुरी है न सर।'

'अच्छा ठीक है, चलो साढ़े चार बजे फ़ाइल ले कर आ जाओ, चाय के साथ साथ डिसकशन करके फ़ाइनल ऐप्रूवल भी कर देते हैं।'

चाय-स्नैक्स के बीच परचेज़ मैनेजर साहब से चर्चा की गई। परचेज़ मैनेजर ने बताया कि टॉप मैनेजमैन्ट के प्रत्येक अधिकारी के लिए एक बोन चाइना का डिनर सैट और एक कम्पलीट टी सैट की बात फ़ाइनल कर ली है।'

'जो आपने कर दिया ठीक है, लेकिन हो सके तो मेरे लिए दो डिनर सैट करवा दो। शादी के बाद बेटी की पहली दीपावाली है न, उसके लिए भी एक डिनर सैट हो जाए तो अच्छा लगेगा।'

'हो जाएगा सर, आपकी बेटी हमारी बेटी, दो डिनर सैट करवा दूंगा जी। अब आप पर्चेज़ ऑर्डर की फ़ाईनैन्शल एप्रूवल कर दें तो सबको जल्दी से गिफ़्ट्स डिलिवर हो जाएं।'

'बस यह ध्यान कर लेना कि क्रौकरी पर हमारे किसी भी होटल का मोनोग्राम न हो और गोल्डन लाइन्स में थोड़ा सा फ़रक करवा देना।' साहब ने हिदायत दी।

'इसकी चिन्ता आप मत करिए जी, यह तो हमारा रोज़ का काम है, ऐसी सावधानियां तो हम हमेशा बरतते हैं।'

वित्तीय स्वीकृति देते हुए साहब ने तुरन्त हस्ताक्षर करके परचेज़ मैनेजर को विदा किया। पांच बजा चाहते थे, साहब दिन भर काम करके थक चुके थे, सो ८-१० मिनट मेज़ पर सिर टिका कर रिलैक्स किया। ठीक सवा पांच बजे ब्रीफ़ केस में सामान समेटा और मोहन को बुलाने के लिए घंटी बजाई। वह भी जानता था कि ऑफिस छोड़ने के मामले में साबह बहुत पंक्चुअल रहते हैं। ड्राइवर को बुला लाने का आदेश मिला तो वह कैन्टीन की ओर चल पड़ा जहां ड्राइवर लोग अपना समय बिताते थे। बड़े साहब के एक और मेहनत भरे दिन का समापन हुआ।

समाप्त

दास्ताने खोजी पत्रकार

- १६:५० मिनट -

१.

पत्रकार तो मैं हूं, परन्तु न जाने क्यों मुझे खोजी पत्रकारिता करने की धुन सवार हो गई। सोचा कि खोजी पत्रकार की भूमिका में समाज में व्याप्त बुराइयों, आर्थिक व शारीरिक रुप से कमज़ोर लोगों के ऊपर हो रहे अत्याचार के ख़िलाफ़ आवाज़ बुलन्द करुंगा। चाहता था कि ऐसी समस्याओं पर शोध करुं ताकि उनसे निदान पाने के रास्ते सुझा सकूं।

घर की चारदीवारी में हो रहे अन्याय व शोषण का शिकार होती महिलाओं की स्टूडी में मेरी ख़ास दिलचस्पी थी। अतः कुछ एक महिलाओं की दुःखभरी गाथाओं पर शोध के आधार पर रिपोर्ट, अर्थात केस-स्टडी आधारित अनुसंधान करने की ठानी। इस उद्धेश्य से ऐसी पीड़ित महिलाओं की तलाश कर उनसे सम्पर्क करने की योजना बनाई।

मुझे यह समझने में देर नहीं लगी कि किसी पीड़िता से संपर्क कर उसका केस-स्टूडी कर पाना मेरे जैसे पत्रकार के लिए बहुत कठिन था। होड़ में लगे मीडिया व राजनेता लोग अपने धन व पहुंच के बल पर ऐसी महिलाओं से तुरन्त सम्पर्क कर उनकी गाथा को भुनाने में सफ़ल हो जाते हैं। अतः उनका नज़रिया जानना मेरे जैसे छोटे से पत्रकार के लिए असम्भव सा लगा। सोचा क्यों न फ़ेसबुक, इंस्टाग्राम या फिर व्हाट्सऐप के माध्यम से ऐसी पीड़िताओ से संपर्क स्थापित करुं। मेरे मित्रों का भी यही विचार था कि सोशल मीडिया के माध्यम से ही उनसे सम्पर्क साधा जा सकता है।

देखकर हैरानगी हुई कि सोशल मीडिया पर महिलाएं अजीबोगरीब किस्म के विचार शेयर करती हैं। मैंने जाना कि आजकल की लड़कियां कितनी स्वच्छंद हैं, यहां तक कि अपने निजि विषयों के बारे में भी बेझिझक बात करती है। हर उम्र, वर्ग व आर्थिक स्तर की पीड़िता अपनी समस्या निसंकोच साझा करने को तत्पर रहती है, परन्तु उनका

दृष्टिकोण व्यावसायिक रुप ले चुका है। अपनी गाथा साझा करने के बदले में पैसा मांगती हैं, वह भी एक मोटी रकम।

संदेश भेजने आरम्भ किये तो अनेक महिलाओं ने मुझसे संम्पर्क किया। कुछेक महिलाओं से चैट किया, उन सबके प्रश्नों के उत्तर व शंकाओं का समाधान भी किया। जब मैं अपना परिचय देता कि मैं पत्रकार हूं और अपने प्रौजैक्ट का उद्धेश्य समझाता तो वह सोच में पड़ जातीं। उनको आश्वस्त करने में मुझे बहुत मग़ज़मारी करनी पड़ती थी।

परन्तु मेरी गाड़ी पैसे पर आकर रुक जाती थी। पीड़िताएं सोचतीं कि उनकी गाथा से मैं न जाने कितना धन अर्जित कर लूंगा। उनको लालच घेर लेती, एक दो बार फ़ोन करने मात्र से ही उनका दिमाग़ आसमान पर चढ़ जाता था। दूसरी बार संपर्क करने पर तो वह अपने को फ़िल्मी हीरोइन समझने लगतीं, बेतुके पैसों की डिमांड करने लगतीं। किसी की सोच होती कि मैं उसकी गाथा को भुनाकर मालामाल हो जाउंगा, तो कोई सोचती कि उसके ऊपर कोई सीरियल य फ़िल्म बना ली जाएगी। फिर क्या, वह लाखों रुपयों की मांग करने लगतीं।

हारकर मैंने कुछ समाज सेवियों और संस्थाओं से सर्म्पक कर अपने शोध के लिए सहायता का आग्रह किया। कुछ भी जानकारी देने से पहले वह भी पैसे की मांग करते, या संस्था की मैम्बरशिप लेने अथवा डोनेशन देने की बात करते। यहां तक कि महिलाओं की संस्थाएं तो बिना पैसे लिए बात करने को भी तैय्यार नहीं हुईं। आख़िरकार इतना परेशान हो गया कि मैंने शोध को त्यागने का निर्णय ले लिया और पीड़िताओं से संम्पर्क करना छोड़ चुप होकर बैठ गया।

कहते हैं न कि यदि किसी को ज़्यादा भाव देने लगो तो वह बद्‌दिमाग़ हो जाता है, इस स्थिति में उसको एकदम अनदेखा करना ही उसका इलाज होता है। बस सबको अनदेखा करके ही मुझे समस्या का समाधान मिल गया। शोध का विचार त्यागने के करीब एक महीने बाद मेरे पास फिर से जवाब आने शुरु हो गए। वही महिलाएं जिन्हें मैं साक्षातकार का ऑफ़र देता था, अब मेरे शोधकार्य में दिलचस्पी दिखाने लगीं और अपने केस को शोध में शामिल करने के लिए आग्रह करने लगीं।

इस बीच एक और सकारात्मक बात हुई। पत्रकारों के एक संगठन ने महिलाओं से सम्बन्धित समस्याओं पर शोधकार्य के लिए अनुदान देने की घोषणा करी। मैंने आवेदन किया, मेरे शोध कार्य को मंज़ूरी मिल गई और ३५,००० हज़ार के शोध-अनुदान की स्वीकृति भी मिल गई। फिर क्या था, मैं दोगुने उत्साह के साथ कार्य में लग गया।

२.

अब मैं अपनी शर्तों पर काम कर सकता था। मेरे पास जितने भी जवाब आए उनमें से प्राथमिकता के आधार पर चुनकर एक लघु-सूची तैयूयार करी जिसमें ८ प्रत्याशियों को शामिल किया। यह वही महिलाऐं थीं जिनको मैंने अपनी शोध के काबिल समझ कर बातचीत आगे बढ़ाई थी।

सर्वप्रथम शोध के नियम व शर्तें प्रत्याशियों को लिखित में बताई गईं। अधिकांश महिलाओं की पहली शर्त होती कि उनकी कहानी को गोपनीय रखा जाए। इसलिए लिखित आश्वासन देने का प्रावधान किया कि किसी भी कीमत पर पीड़िता के नाम का खुलासा नहीं किया जाएगा। दिल्ली के बाहर से आने वाले प्रत्याशियों को बताया गया कि, बस या ट्रेन से दिल्ली आने-जाने का खर्चा, टिकट प्रस्तुत करने पर दे दिया जाएगा। इसके अतिरिक्त लोकल आवाजाही के खर्च की भी अदायगी कर दी जाएगी।

सर्वप्रथम मैंने जयपुर की एक बलात्कार पीड़िता जिसका नाम कविता 'यह असली नाम नहीं है' था, को साक्षातकार के लिए आमंत्रित किया। कविता के बताए अनुसार उसका दो बार बलात्कार हुआ था। एक बार तो एक परिचित द्वारा, और जब पुलिस में एफ़.आई.आर. दर्ज करवाई गई, तो दूसरी बार पुलिस द्वारा, जिसने उसकी मजबूरी का फ़ायदा उठाने में कोई कसर नहीं छोड़ी। लगातार उसको बहुत कठिन परिस्थितियों का सामना करना पड़ा, यहां तक कि हमदर्दी जताने वाले अधिकांश पुरुष भी मौके का फ़ायदा उठाने की फ़िराक में ही रहते थे। उसके कथनुसार इस वजह से उसका विश्वास हमारे समाज से, कानून व्यवस्था से और न्यायिक प्रक्रिया से पूर्णतयः उठ चुका था। लिहाज़ा प्रत्येक पुरुष को शक की निगाह से देखना उसकी प्रकृति बन चुकी थी।

फ़ोन पर कविता से बात हुई- 'कविता जी नमस्कार, अपना पता आपको भेज चुका हूं। जैसा कि निश्चित हुआ है, पुष्टि करें कि आप कल सुबह साढ़े ग्यारह बजे मेरे पास पहुंच रही हैं। आपके केस से सम्बन्धित सारे डौकुमैन्ट्स, एफ़.आई.आर., नोटिस, अदालती आदेश, अपील आदि की मूल प्रतियां अवश्य लाएं, इनके बिना हम कुछ भी नहीं कर पाएंगे।'

'जी हां याद है, मैं कल साढ़े ग्यारह बजे पहुंच जाउंगी। जयपुर से ट्रेन से आ रही हूं, स्टेशन से टैक्सी लेकर सीधा आपके पास पहुंच जाउंगी। जैसा आपने कहा था मुझे फ़स्ट् क्लास की ट्रेन टिकिट के पैसे तो देंगे न?'

'जी हां ज़रुर, यह तो तय हो चुका है, परन्तु अपना ट्रेन टिकिट मेरे पास जमा करवाना होगा।'

'सर एक बात और बताएं क्या आप अपने घर से ही काम करते हैं।'

'जी हां, मैं घर से ही औपरेट करता हूं, कॉरोना महामारी के कारण घर के बाहर वाले कमरे में अपना ऑफ़िस बना रखा है।'

'क्या आप अकेले ही हैं।'

'मैं अकेला ही रहता हूं, ऑफ़िस में एक सहायक है, आप बेझिझक आ सकती हैं।'

मैने एक बंगले के सर्वेन्ट क्वार्टर में दो कमरे का फ़्लैट किराए पर ले रखा था, मेरे घर का दरवाज़ा बैक लेन से ही था। कविता के आने से पहले ही अपना आवश्यक कार्य समाप्त करने के विचार से करीब साढ़े नौ बजे बाल्कनी में बैठ नाश्ता कर रहा था कि मेरी नज़र सड़क पर बने बस स्टैन्ड पर पड़ी। ऐक फ़ैशनेबूल महिला डी.टी. सी. की बस से उतर कर हमारी लेन की ओर बढ़ती दिखाई दी। मेरा ध्यान इसलिए गया क्योंकि उसने सड़क किनारे रुक कर पर्स से शीशा निकाल इत्मीनान से मेक-अप दुरुस्त किया। फिर गली के कोने पर प्रैस करने वाले धोबी से कुछ बात करी, शायद पता पूछ रही थीं, और सीधा हमारी बैक लेन में प्रवेश किया।

मन में आया कहीं वह मेरी उम्मीदवार तो नहीं है। कैसे हो सकती है, उसको तो साढ़े ग्यारह बजे आना है, अभी तो पौने दस ही बजे हैं। और कविता तो बेचारी दुखियारी महिला है, ऐसे लिबास में वह तो नहीं हो सकती, दूसरे उसे तो टैक्सी से आना था। सोचकर अपनी मेज़ पर जा बैठा और ज़रुरी काम निबटाने लगा।

तभी दरवाज़े की घंटी बजी, खोला तो सामने उसी महिला को खड़ा पाया। गहन मेक-अप की वजह से उसकी वास्तविक शक्ल का ठीक से पता नहीं लग रहा था।

'आप कौन, किससे मिलना है?'

'जी मैं कविता, पत्रकार सुरेश गावरकर जी से मिलना है।'

'मैं ही हूं सुरेश गावरकर, परन्तु आपका साक्षत्कार तो साढ़े ग्यारह बजे है न?'

'जी हां लेकिन ट्रेन जल्दी पहुंच गई। टैक्सी भी तुरन्त मिल गई तो समय से पहले ही पहुंच गई।'

'आपको मेरा पता ढूंढने में कोई तकलीफ़ तो नहीं हुई?'

'बिल्कुल नहीं सर, गूगल पर आपके घर की लोकेशन लगा ली थी, टैक्सी ने ठीक आपके दरवाज़े पर उतार दिया।'

हैरानगी हुई, कितने आत्मविश्वास से झूठ बोल रही है। मेरी आँखों के सामने डी.टी.सी की बस से उतरी हैं जिसमें महिलाएं मुफ़्त में यात्रा करती हैं, और टैक्सी

में आने की बात कर रही हैं। सोचा कि पैसे बचाने के लिए इतना झूठ तो बहुत से लोग बोलते हैं, इसने भी बोला तो क्या हुआ, कोई बात नहीं।

आमने सामने बैठकर हमारी बातचीत आरम्भ हुई। अपने बारे में उसने जो कुछ भी बताया था तदानुसार पहले से ही मैंने उसका प्रोफ़ाइल तैय्यार कर रखा था। अचानक हवा के तेज़ झोंके से दरवाज़ा एक झटके से बन्द हो गया।

चौंक कर उसने पलटकर देखा- 'यह क्या? दरवाज़ा क्यों बन्द कर दिया?'

'आप ग़लत मतलब न निकालें, दरवाज़ा मैंने बन्द नहीं किया, हवा के झोंके से हुआ है। आप शान्त रहें, जिस काम के लिए आपको बुलाया गया है, वही होगा।'

मम्मी ने देखा कि कोई ऑफ़िस में आया है तो वह ट्रे में दो गिलास पानी लेकर आईं, गिलास रखकर दरवाज़े पर जाकर *नाइट लैच* को लॉक कर दिया।

उसने पलटकर देखा- 'यह क्या? अब दरवाज़ा लॉक भी कर दिया? क्या इरादा है आप लोगों का?'

'दरवाज़ा तो हम हमेशा बन्द ही रखते हैं। काम धन्धे में गोपनीयता तो रखनी ही चाहिए।' मम्मी ने जवाब दिया।

'क्या कहा, धन्धे में, आप धन्धा करती हैं, धन्धे में आप भी शामिल रहती हैं? आप कौन हैं।'

मम्मी मुस्कुराकर बोलीं- 'क्यों नहीं, मैं तो हर काम में अपने बेटे का साथ देती हूं, इसमें बुराई क्या है? तुम्हें कुछ परेशानी है क्या?'

'हे भगवान क्या ज़माना आ गया है, मम्मियां भी यह काम करती हैं, धन्धा करवाती हैं?'

कविता एक झटके में उठ खड़ी हुई- 'मुझे तो पहले से ही शक था, इसलिए मैं पूरी तैय्यारी से आई हूं।' कहते हुए उसने तुरन्त पर्स में से एक *रैड चिली-स्प्रे* का कैन निकाला लेकिन *स्प्रे* कविता के हाथ से छूटकर लुढ़कता हुआ मम्मी के पैरों के पास जा कर रुक गया।

मम्मी ने तुरन्त उठाकर पढ़ने का प्रयत्न किया- 'अरे वाह यह क्या है, *रैड चिली-स्प्रे* लिखा है, यानिकि लाल मिर्च, कितनी सुन्दर डिब्बी है? तुम खाना बनाने में इस मिर्च का ही इस्तेमाल करती हो क्या?'

'मम्मी इसे एकदम छोड़ दीजिए, यह खाने वाली मिर्च नहीं है, ख़तरनाक चीज़ है, लाइऐ मुझे दीजिए।' कहकर *रैड चिली-स्प्रे* मैंने उनके हाथ से झटक लिया।

मैं कविता की मनोदशा को समझता था, सो मैंने इत्मीनान से उसको सारी परिस्थिति समझाई। बताया कि मेरी मम्मी एक सीधी-सादी घरेलू महिला हैं। साथ देने का तात्पर्य केवल इतना ही था कि हर अतिथि के लिए चाय-पानी आदि का प्रबन्ध वही करती हैं।

'कविता जी माना कि आपके साथ बहुत अन्याय हुआ है, परन्तु इतना शक्की होना भी तो ठीक नहीं है।'

'शायद आप ठीक कह रहे हैं, मैं सदैव इस पूर्वाग्रह से ग्रसित रहती हूं। मुझे सदैव ऐसा ही लगता है कि मेरे ख़िलाफ़ साज़िश रची जा रही है। मुझे हर पुरुष में एक बलात्कारी दिखता है। मैं क्या करुं, यह मेरी प्रकृति ही बन चुकी है। जब आपकी माता जी ने दरवाज़ा लॉक किया तो मन में विचार कौंधा कि शायद यही आपका बलात्कार करने का तरीका तो नहीं है? महिलाओं से अत्याचार पर लेख के बहाने बुलाकर फंसाना कहीं आपका स्टाईल तो नहीं। पत्रकार भी तो बलात्कारी हो सकते हैं।'

कुछ देर में मम्मी चाय नाश्ता ले आईं, कुछ समय में वह सामान्य हो गई तो मैंने अपना कार्य आरम्भ किया। साढ़े दस बजे मेरे सहायक राकेश जी भी आ पहुंचे। एक पीड़ित महिला से सम्बंधित अति संवेदनशील मामला होने के कारण, भरपूर सावधानी बरतते हुए, ऐहतियात के तौर पर मैंने अपनी सहयोगी महिला पत्रकार, मनोरमा जी को भी बुला लिया था। उन दोनों को भी टेबल पर बिठा कर बात शुरु करी।

सर्वप्रथम मैंने कविता के केस से सम्बंधित काग़ज़ात का अवलोकन करके सब तथ्यों की पुष्टि करनी चाही। वह सारे दस्तावेज़ों की फ़ोटोकॉपी ही लाई थी। किसी भी दस्तावेज़ की मूल प्रति नहीं लाई थी जबकि उनको चेता दिया गया था कि मूल प्रति या कोर्ट द्वारा प्रमाणित प्रति के आधार पर ही शोध को आगे बढ़ाया जा सकेगा।

उसका जवाब था- 'सर जल्दबाज़ी में मूल प्रति के स्थान पर मैं फ़ोटोकॉपी उठा लाई, अगली बार आउंगी तो सबकी मूल प्रतियां ले आउंगी।'

बारीकी से देखा तो शक हुआ- 'आपने जितनी भी एफ़.आई.आर. की फ़ोटोकॉपी दी हैं उनमें न तो तारीख़ है, न एफ़.आई.आर. नम्बर है और न ही थाने की मोहर है।'

'सर मैं कह तो रही हूं कि अगली बार सब ले आउंगी।' मेरे सवालों से वह परेशान हो रही थी।

'एक बात तो समझाइये कि फ़ोटोकॉपी करने में तारीख़, नम्बर और थाने की मोहर कैसे ग़ायब हो गई, फ़ोटोकॉपी में तो कुछ भी मिस नहीं हो सकता।'

अब तो वह घबरा सी गई- 'सर आप तो वकील की तरह मेरे से बहस कर रहे हैं। मेरा विश्वास कीजिए मैं बलात्कार पीड़िता हूं, मैं झूठ कैसे बोल सकती हूं?'

रुकी, फिर कुछ सोचकर बोली- 'क्या आप जानते नहीं हैं कि बलात्कार पीड़िता की हर बात अदालत में सच मानी जाती है, उसके कहे पर पूरा विश्वास किया जाता है।'

'अदालत हर बात का सबूत मांगती है। पीड़िता के बयान के आधार पर एफ़.आई.आर. रजिस्टर तो हो जाती है, लेकिन अदालत में साक्ष्य के आधार पर ही निर्णय होता है। पीड़िता का कहा तभी सच माना जाता है जब वह पुख़्ता सबूत दे सके या फिर परिस्थितिजन्य साक्ष्य उपलब्ध हों।'

उसके चेहरे के भाव बदलने लगे, भय व क्रोध का मिश्रित लक्षण दिखने लगा। मुझे ऐसा लगने लगा कि किसी भी क्षण वह आपा खो बैठेगी, तो तुरन्त उसको सहज करने का प्रयास करने के लिए मुस्कुराते हुए कहा- 'चलिए कोई बात नहीं, यह सब आप अगली विज़िट में ले आइए। अपना आधार कार्ड और वोटर कार्ड तो लाई ही होंगी, जो लिस्ट मैंने भेजी थी उसमें पहला आईटम यही था। हमें आपकी आईडैन्टिटि का प्रूफ़ तो चाहिए ही। मुझे भी तो तसल्ली करनी होती है कि मैं एक सत्य मामले को आगे बढ़ा रहा हूं।'

'जी जल्दबाज़ी में कुछ भी नहीं ला सकी। सारे काग़ज़ात जयपुर में ही रह गए हैं। ऐसा कीजिए अभी तो आप मुझे ट्रेन टिकट के और टैक्सी का किराया दे दीजिए, मैं अभी वापिस जाती हूं, कल सुबह फिर आ जाउंगी।'

कुछ सोचकर बोली- 'जैसा आपने प्रौमिस किया था, मुझे ट्रेन का फ़स्ट क्लास का किराया और टैक्सी का भाड़ा तो दे दीजिए। कल सुबह सब डौकुमैन्ट्स की मूल प्रतियां लेकर मैं फिर आ जाउंगी।'

'ट्रेन का टिकेट दीजिए जिसके आधार पर मैं आपको रीइमबर्स कर सकूं।'

'वो तो मैंने फेंक दिया।'

क्यों फेंक दिया, आपको बताया था कि टिकेट के आधार पर ही आपको पैसे मिलेंगे। आपके केस के शोधकार्य के लिए मिले अनुदान का एक पैसा भी रसीद-सबूत के बिना खर्च नहीं किया जा सकता।'

'आप कोई भी मूल डौकुमैन्ट्स नहीं लाईं, जो लाई हैं वह सब नकली लगते हैं, आख़िर आप करने क्या आई हैं। लगता है कि आप केवल ट्रेन का *फ़र्स्ट क्लास* टिकिट और टैक्सी के पैसे लेने ही आई हैं। ज़रा यह भी समझाइए, आप आज किस ट्रेन से जयपुर जाऐंगी और कल सुबह किस ट्रेन से वापिस दिल्ली आएंगी?'

वह एकदम चुप बैठी रही। मुझे लगने लगा कि वह बलात्कार पीड़िता है ही नहीं केवल पीड़िता होने का नाटक कर के पैसा हथियाना चाहती थी। एक लम्बी सांस लेकर मैंने निष्कर्श सुनाया।

'कविता जी आप ने अभी तक जो कुछ भी कहा वह केवल झूठ है, आप की बातें मनघड़ंत हैं। आप टैक्सी से नहीं डी.टी.सी. की ६८१ न. बस से आई हैं, आप जयपुर में नहीं दिल्ली में ही रहती हैं। मैंने सब मालूम कर लिया है। जो भी डौकूमैन्ट्स आपने दिए वह सब नकली हैं, कहिए आप क्या कहती हैं?'

सुनते ही उसके चेहरे का रंग उड़ गया, स्तब्ध सी रह गई

'मैं आपके बारे में सब कुछ जान चुका हूं। सच बता दो कि तुम कौन हो और किस इरादे से आई हो। यह भी जान लो कि पत्रकार कानून भी जानते हैं, पुलिस से भी करीबी सम्बन्ध रखते हैं। तुम्हारे सारे मैसेजेज़, पत्र, व्हाटसएप मैंने संभाल कर रखे हैं। तुम बलात्कार पीड़िता नहीं हो केवल पीड़िता होने का नाटक कर के पैसे ऐंठना चाहती हो, यह एक बहुत बड़ा अपराध होता है, जानती हो न?'

'या तो अपनी असलियत बताओ वरना मैं अभी पुलिस को बुलाता हूं, वह सब कुछ उगलवा लेंगे। अब आपको कुछ कहना है क्या? राकेश जी एक फ़ोनकॉल १०० नम्बर पर और दूसरा वसंत विहार थाने में मिलाओ।'

मेरी बात ख़त्म होने तक उसका चेहरा एकदम सफ़ेद हो गया, हाथ पैर बुरी तरह कांपने लगे, हकलाते स्वर में हाथ जोड़ बोली- 'नहीं सर पुलिस को मत बुलाइये। मैं सच-सच सब कुछ बताती हूं।'

'बहुत हो गया तुम्हारा नाटक, तुम्हारी बातों पर बिल्कुल भी यकीन नहीं किया जा सकता। अब तुम्हारा सारा कच्चा चिटठा पुलिस ही निकालेगी।'

मनोरमा जी का हाथ पकड़ वह गिड़गिड़ाने लगी- 'मैडम दो सालों से मैं अनएम्प्लौएड हूं, कौरोना में नौकरी चली गई। यह सब मैंने घोर मजबूरी में किया है। कम से कम आप तो मेरी मदद कीजिए, पुलिस को मत बुलाइए।'

हाथ जोड़े बोलती रही- 'अपनी गलती की मैं क्षमा मांगती हूं। गम्मी जी ज़रा आप इनको समझाइऐ। मुझे पैसे की सख़्त ज़रुरत थी, इसलिए ही मैंने यह सब किया। प्लीज़ पुलिस को न बुलाइए।' कहकर रोने लगी।

थी तो वह पकी हुई चोट्टी, परन्तु आंसुओं से सराबोर चेहरा देख उस पर दया आ ही गई। 'ठीक है, एक मौका देते हैं, अपनी असलियत व सच्ची कहानी सुनाओ।'

उसने इस प्रकार आपबीती सुनाई- 'सर आप किसी जासूस से कम नहीं हैं, मेरे सारे झूठ पकड़ चुके हैं, फिर भी सब कुछ बताती हूं। मैं दिल्ली में जे.जे. कॉलौनी में रहती हूं। एक छोटे से ज्वैलर की दुकान में नौकरी करती थी, सैलरी अच्छी थी, गुज़ार ठीक-ठाक चल रहा था।

आभूषण बनाने वाले एक कारीगर से दोस्ती हो गई और हम दोनों ने भागकर शादी कर ली। बाद में पता चला कि वह पहले से ही शादी-शुदा था और उसके दो बच्चे भी थे।, मुझे धर्म बदलने पर मजबूर करने लगा तो उसे छोड़कर घर वापिस आ गई। मां-बाप ने थोड़ा डांट-डपट कर मुझे अपने पास रख लिया। उनकी भी मजबूरी थी क्योंकि मेरी सैलरी पर ही वह निर्भर रहते थे।

फिर कौरोना महामारी में दुकान बंद हो गई, नौकरी गई। पापा पेन्टर हैं, उनका काम चौपट हो गया। खाने के लाले पड़ गए। मां की बीमारी में बचे-खुचे पैसे भी ख़त्म हो गए और भूखों मरने की नौबत आ गई। धन्यवाद भारत सरकार का जिसकी मुफ़त राशन योजना से ग़रीब लोग बच गए। हमें बहुत दुखभरे दिन देखने पड़े सर। कौरोना ख़त्म होने के बाद भी मुझे नौकरी नहीं मिल सकी। तो क्या करती?'

'तो इसलिए तुमने यह कांड कर डाला। लेकिन तुमने क्या सोचकर मुझसे संपर्क किया?' मेरा प्रश्न था।

'बलात्कार के किस्से कहानियां, उनको मिलती लोकप्रियता और मुआवज़े के बारे में सब जानते हैं, टी.वी. पर रोज़ाना देखते हैं। पीड़िता के केस को उछालने में पत्रकारों व राजनैतिक दलों में होड़ सी लग जाती है। अपनी कहानी साझा करने और इन्टरव्यू देने पर पीड़िता को अच्छा ख़ासा पैसा मिलता है, सब जानते ही हैं। जनता की हमर्ददी उमड़ पड़ती है, सब ओर से खूब आर्थिक मदद बरसती है, यही मुझे सबसे आसान रास्ता सूझा तो कर डाला।

'एक दिन अचानक फ़ेसबुक पर आपका मैसेज देखा तो सोचा क्यों न बलात्कार पीड़िता बनकर एक कहानी गढ़ूं और उसे बेचकर एक झटके में पैसा बना लूं। जबकि आपका १५,००० रुपए का ऑफ़र बहुत कम था, पर मेरे लिए बहुत था। सो मैंने आपसे संपर्क साध कर यह योजना बनाई।'

'योजना बनाना इतना आसान नहीं होता, बहुत मेहनत और दिमाग़ लगाना होता है, तुम्हारी योजना तो खोखली थी।'

'आप ठीक कह रहे हैं। लोगों को बेवकूफ़ बनाना जितना आसान समझा था उतना है नहीं। पुलिस, एफ़.आई.आर., अदालत की कार्यवाही और डौकूमैन्ट्स के बारे में

कुछ भी जाने बिना ही मैं इस में कूद पड़ी। यह मेरी मूर्खता ही है। प्लीज़ मुझे माफ़ कर दीजिए। कान पकड़ती हूं, अब कभी भी ऐसा काम नहीं करुंगी।'

'हम लोगों के लिए तो जीवन मरण का प्रश्न था, बस भारतीय सरकार की फ्री राशन स्कीम हमारे लिए वरदान साबित हुई। आपको तो पता ही होगा कि कौरोना महामारी में लोगों ने पैसा कमाने के नए नए हथकंडे अपनाए, ठगी करी और कुछ ने तो अपराध का भी सहारा लिया। सर मैंने तो बहुत मामूली सी हेराफेरी करनी की कोशिश करी थी, वह भी आपने पकड़ ली।'

उत्सुकता वश पूछा- 'एक बात तो बताओ, यदि ठगना ही था तो किसी मोटे व्यापारी, अरबपति पर हाथ साफ़ करतीं, बेचारे पत्रकारों के पास पैसा कहां होता है? मुझ ग़रीब को क्यों चुना?'

'मैं तो किसी बड़ी हस्ती, बड़े व्यापारी को ही लपेटना चाहती थी। सच्ची बात तो यह है कि आपका ऐड्रैस देखा, दिल्ली की इतनी पौश कॉलौनी में रहते हैं तो रईस तो होंगे ही। सोचा कि आप किसी मीडिया या टी.वी. चैनल के बड़े अधिकारी अथवा डायरैक्टर होंगे। यहां आकर पता चला कि आप तो बंगले के *सर्वेन्ट क्वार्टर* में रहते हैं।'

'तुम होशियार हो, दिलेर हो और वाक्पटु भी हो, यदि अपनी क्षमता और उर्जा को सही दिशा में सकारात्मक कार्य में लगाओ तो कामयाब रहोगी।'

'आइन्दा मैं ऐसा ही करुंगी सर।' आश्वासन देते हुए हाथ जोड़ दिए।

उसके कहे में कितना सच था हमें जानने की जिज्ञासा नहीं थी। वह अपनी ग़लती मान कर हाथ जोड़ माफ़ी मांग रही थी। ग़नीमत थी कि इतनी शातिर होने के बावजूद वह शर्मिंदा थी। थोड़ी सलाह-मशविरा, शिक्षा देकर उसे विदा कर दिया। जाते-जाते उसने निवेदन किया कि उसके लिए कोई नौकरी हो तो दिला दी जाए।

मेरा खोजी पत्रकारिता का भूत, वह भी पीड़ित महिलाओं पर शोध करने का, पूरी तरह से उतर चुका था। तौबा मेरी तौबा, आज के बाद महिलाओं के उत्पीड़न से सम्बंन्धित मामलों पर न तो कभी शोध करुंगा और न ही टांग अड़ाउंगा।

समाप्त

दामाद हो तो ऐसा

\- ६:०० मिनट -

सरोज ने दरवाज़े की घंटी बजाई ही थी कि बड़ी बहन आशा ने दरवाज़ा खोला- 'देखो जीजी मैं तो समय से पहले ही आ गई, कहो कैसी हो?'

'अभी खाना खा के चुकी हूं। बस तेरा ही इंतज़ार कर रही थी। बहुत अच्छा किया तूने कि आने का प्रोग्राम बना लिया, ऐसी बातें तो इत्मीनान से मिल बैठ कर ही करने में ठीक रहता है।' छोटी बहन का स्वागत करते हुए आशा ने कहा।

'जीजा जी कहीं दिखाई नहीं दे रहे, कहां हैं?'

'पीछे बालकनी में कपड़े सुखा रहे हैं। मैंने वॉशिंग मशीन में धो दिए थे, उनको तो बस कपड़े फटकार कर अरगनी पर टांगने होते हैं। वह भी तो घर के काम-काज में कुछ हाथ बंटाएं, है कि नहीं?'

'हां ठीक ही तो है, इस मामले में बिल्कुल भी ढिलाई नहीं करनी चाहिए। मैने भी इनकी आदतें नहीं बिगड़ने दीं, बराबर का काम लेती हूं। लेकिन छत कर क्यों नहीं सुखा रहे, तुम्हारी छत पर तो खूब अच्छी धूप आती है न।' सरोज ने पूछा।

'वहां तो सारी दुनिया देखेगी, आख़िर उनकी इ़ज़्ज़त का भी तो ख़्याल रखना होता है।'

दोनों बहनें आराम से बैड पर पसर गईं। आशा ने उत्सुकता से पूछा- 'हां, अब बता कौन सा लड़का है जिसका तू ज़िक्र कर रही थी?'

'अरे वही हैदराबाद वाला इंजीनियर, सरकारी कम्पनी ... लिमिटेड में इंजीनियर है, करीब ७० हज़ार प्रतिमाह उसकी तनख्वाह है और पर्क्स अलग से। होशियार है, अगला प्रोमोशन इसी साल में ड्यू है। हमने सब मालूम कर लिया है।'

'देखने में कैसा है?'

'वैसे तो स्मार्ट है, बस रंग ज़रा सांवला सा है।'

‘तो क्या हुआ, बाकी सब तो बहुत बढ़िया है। उसके मां-बाप, घर परिवार, ज़मीन जायदाद के बारे में भी कुछ मालुमात करी या नहीं?’

‘हां जीजी कर ली। लगते तो पैसेवाले हैं, गुड़गांव में पिता की ५०० गज़ के प्लॉट पर कोठी है। पिता से मिले थे, पी.डब्लू.डी. से एसिस्टैन्ट इंजीनियर की पोस्ट से रिटायर हुए हैं, ज़ाहिर है मोटा माल बनाया होगा। रहन-सहन से साफ़ पता चलता है कि अंटी में अच्छा-ख़ासा पैसा है। मज़े की बात तो यह कि न कोई भाई न बहन, बस इकलौता लड़का है।’

‘वाह भई वाह, बड़ी किस्मत वाली है रे तेरी बेटी प्रियंका। ऐसे परिवारों के लड़के तो बहुत मुश्किल से मिलते हैं।’

‘और सुन, सबसे बढ़िया बात। सास-ससुर के टंटें से हमेशा छुट्टी रहेगी।’

‘वो कैसे, दोनों खिसक चुके हैं क्या?’

‘नहीं नहीं, बताती हूं। अभी तो दोनों बरकरार हैं। उसके पिता स्वयं ही बता रहे थे कि लड़के का ट्रांन्सफ़र कभी भी गुड़गांव में नहीं हो सकता और मां-बाप गुड़गांव छोड़कर जा नहीं सकते। सास-ससुर से तो प्रियंका का कभी-कभार ही सामना होगा, वह तो पूरी आज़ादी से मौज करेगी।’

‘ऐसे ही क्यों खुश हुए जा रही हो? मां-बाप कभी भी हैदराबाद में बेटे के पास रहने तो जा ही सकते हैं। उनकी क्या उम्र है, कैसी सेहत रहती है, क्या पता कब तक सिर पर सवार रहेंगे, यह भी तो सोचना चाहिए न।’

‘जीजी इतनी कच्ची नहीं हूं मैं। हम दो बार मां-बाप से मिलकर आ चुके हैं, दोनों की पूरी-पूरी मैडिकल रिपोर्ट भी निकाल लाए हैं। सुनोगी तो तबियत खुश हो जाएगी। मां कैन्सर से पीड़ित हैं, कीमोथीरैपी हो चुकी है, ज़्यादा लम्बी चलने वाली नहीं हैं। पिता को एक बार तो दिल का ज़ोरदार दौरा पड़ ही चुका है, आगे भगवान की मर्ज़ी। बहुत कमज़ोर हैं, ठीक से चल भी नहीं सकते। हमारे अनुमान से ज़्यादा से ज़्यादा दो-तीन साल में ही दोनों निबट लेंगे, इसीलिए तो उन्हें शादी करने की बहुत जल्दी है।’

‘बढ़िया है, सारा माल जल्दी ही हाथ आ जाएगा।’ खुशी से ताली पीटते हुए जीजी बोलीं।

‘हमने तो कई बार उन्हें घर पर बुलाया, लेकिन वह आने की हालत में नहीं थे, तो हम ही उनके घर चले गए। अपने घर पर एक बार लन्च और एक बार डिनर पर बुला चुके हैं। बढ़िया मेहमान नवाज़ी करते हैं।’ सरोज ने आँखें मटकाते हुए कहा।

'अरे वाह, इतनी ख़ातिर करने वाला समधियाना तो किस्मत वालों को ही मिलता है। सरोज इस लड़के को हाथ से मत जाने देना, देर न कर बात आगे बढ़ा।'

सरोज ठहाका लगाकर बोली- 'देखो जीजी, अम्मां ने भी तो हमारे लिए ऐसे ही लड़के खोजे जहां न सास न ससुर, न ही साथ में रहने वाली देवरानी-जेठानी। ननदों को तो हमने दस हाथ की दूरी पर रखा। और देखो कैसे ससुराल में अपना ही सिक्का चलता है।'

'सच कहा सरोज, इस मामले में तो हमें मां की सूझ-बूझ की दाद देनी पड़ेगी। हमारा भी तो फ़र्ज़ बनता है कि अपनी बेटियों के लिए भी ऐसा ही घर ढूंढ निकालें। जहां तक बात है हमारा सिक्का चलने की, बराबर की सैलरी है तो हमारी क्यों न चलेगी, केवल इनकी तनख्वाह से भला घर का *स्टैन्डर्ड आफ़ लिविंग मेन्टेन* हो सकता है क्या?'

'बिल्कुल सही जीजी, हमारी तनख्वाह से ही तो घर के आर्थिक हालात इतने अच्छे हुए, बच्चों को अच्छी शिक्षा दे रहे हैं। मैं तो इनका कोई लिहाज़ नही करती, ज़्यादा चूं-चपड़ करते हैं तो झाड़ देती हूं। जवाब नहीं दे पाते, बस चुप हो जाते हैं, चूं तक नहीं करते।'

'यह सब छोड़, अब यह फ़ैसला कर कि आगे कैसे बढ़ना है। लड़के से मिले थे क्या?'

'हां हैदराबाद भी गए थे, वह कम्पनी के बैचलर्स फ़्लैट में रहता है। हमें बता रहा था कि शादी से पहले ही दो बैडरुम का फ़्लैट खरीदने का प्रोग्राम बना रहा है। हमने उसे तीन बैडरुम का फ़्लैट लेने की सलाह दी तो मान गया। हमारा आना-जाना होगा तो हमारे लिए भी तो खुली जगह चाहिए न। उसने चाय बना कर पिलाई, बातचीत करते रात हो गई तो हमें एक अच्छे रेस्टोरैन्ट में डिनर भी करवाया, बहुत अच्छा लड़का है।'

'दामाद सेवा करेगा तो अच्छा तो कहलाएगा ही, सच बात तो यह है कि दामाद से सेवा करवाने का आनन्द अनूठा ही होता है, किस्मत वालों को ही ऐसा मज़ा मिलता है।'

'तूने प्रियंका की पढ़ाई के बारे में क्या बताया?'

'हमने तो कह दिया पी.एच.डी. कर रही है, आगे की आगे देखी जाएगी। बाद में कह देंगे कि बीच में छोड़ दी। उन्हें कौनसी नौकरी करवानी है। जीजी आजकल के ज़माने में लड़की का रिश्ता करने में फूंक-फूंक कर कदम रखना पड़ता है, न जाने कहां धोखा हो जाए। लड़के वाले कहते कुछ हैं और निकलता कुछ और है।'

बहनें बात कर ही रही थीं कि आशा जीजी के मोबाइल की घंटी बजी। मौसी थीं 'आशा मैं बाज़ार आई थी, सोच रही हूं कि यदि घर पर हो तो मिलने आ जाउं?'

'हां मौसी जी ज़रुर आइए, सरोज भी आई हुई है, अच्छे मौका है, आइए।'

'सरोज, फत्तो मौसी का फ़ोन था। यहीं बाज़ार में शौपिंग करने आई हुई हैं तो हमसे मिलने आ रही हैं।'

२.

अब दोनों बहनों को अपनी मौसी का इंतज़ार था।

'जीजी मैं कई बार सोचती हूं कि जो भी नौकरी करने वाली लड़की से शादी करता है, उसे पत्नी से दब कर ही रहना पड़ता है। दूर क्यों जाती हो, अपने कुन्बे में ही चारों तरफ़ नज़र दौड़ा के देख लो, हमारे मामा, चाचा, भाई, भतीजे, भान्जे आदि, सबकी यही कहानी है, सब के सब पत्नियों की जी हुज़ूरी करते हैं।'

'इसे जी हुज़ूरी नहीं, यह कहो कि पत्नी को उचित सम्मान देना पड़ता है। हम बच्चे पालें, घर का काम करें और ऊपर से नौकरी करें सो अलग। सच कहा जाए तो पत्नियों का योगदान पतियों से अधिक ही होता है। हम जैसी कामकाजी महिलाएं तो ऐसे पुरुषों के परिवारों के लिए तारनहार होती हैं। केवल पति की तनख्वाह से भला घर चला सकता है। यह जो मौज-मस्ती करते हैं, हीरो बने फिरते हैं सब हमारी कमाई की बदौलत ही तो है।'

'कमाउ पत्नी की कदर तो होनी ही चाहिए, इस में ही पति की समझदारी है, जब बीवी परिवार में इतना योगदान करे तो क्या पति को उसका कृतज्ञ नहीं होना चाहिए?'

-जीजी मेरे विचार में तो कामकाजी लड़कियों को ऐसा लड़का चुनना चाहिए जो कमाई और पढ़ाई में उनसे बस थोड़ा सा ही आगे हो, सीधा सा हो पर लल्लू-पटाका न हो। साथ तो दे ही, और कहा भी माने। लेकिन एक बात मेरी समझ में नहीं आई, हमारी फत्तो मौसी न तो पढ़ी-लिक्खी न कमाउ, फिर उन्होंने मौसा जी को कैसे इतना काबू में कर रखा है?'

'तू अभी तक समझ नहीं सकी, उनकी बात तो बिल्कुल अलग है। कुछ महिलाओं में ऐसे दरोगाई गुण होते हैं कि वह अपने दबंग रवैय्ये से ही अपने पति पर भारी पड़ती हैं, बशर्ते कि पति सीधा सा हो। वह पढ़ी-लिखी नहीं हैं तो क्या हुआ, स्मार्ट हैं, चतुर हैं। बीवी लड़ैइय्या हो तो समझौता करने में ही पति की समझदारी होती है। मौसी आने ही वाली होंगी अब मैं चाय पानी का इंतज़ाम करती हूं।'

जीजी ने फिर बहन को चेताया- 'देख सरोज, मौसी को इस लड़के के और उसके घर-परिवार के बारे में ज़्यादा कुछ नहीं बताना है। सारे कुन्बे में ढोल पीट देंगी। बस मोटा-मोटी बात करनी है, समझ गई न।'

मौसी के आने से ख़ुशी का माहौल बन गया। उनके पास तो हमेशा से ही सारे कुन्बे की ख़बरों का भण्डार रहता है। बड़े चाव से सब रिश्तेदारों के घरों के ताज़ा समाचार, पारिवारिक क्लेश, अनबन आदि के ढेरों किस्से स्वाद ले-ले लेकर भान्जियों को सुनाए।

भारतीय महिलाओं के हितों की पैरोकारी करने वाली मौसी ने अपने विचार रखे- 'हम महिलाएं ही हैं जो भारतीय संस्कृति व संस्कारों की रक्षा कर रही हैं। ज़रा पश्चिमी देशों की महिलाओं को तो देखो, जहां पति ५५-६० वर्ष का हुआ नहीं कि उसे नाकारा जान कूड़ेदान में डाल देती हैं, यहां तक कि तलाक भी दे डालती हैं। यह हम भारतीय महिलाएं ही हैं जो हर हालात में अपने पतियों को झेलती हैं।'

'बिल्कुल सही कहा मौसी, विदेशी संस्कृति में तो महिलाएं पति को *यूज़-एण्ड-थ्रो* की तरह इस्तेमाल करती हैं।'

'वाह मौसी आपके विचार तो बिल्कुल आधुनिक और प्रगृतिशील हैं।'

मौसी जी से हैदराबाद वाले लड़के के बारे में सलाह मांगी तो उनका कहना था- 'रिश्ता बहुत बढ़िया रहेगा। सास-ससुर से मुक्त वातावरण, पूरी स्वतंत्रता, पैसा-जायदाद, सब कुंछ तो मुंह मांगा मिल रहा है, और क्या चाहती हो? करो रिश्ता पक्का।'

'मौसी इसलिए ही तो जीजी के पास आई हूं, लड़की दिखाने को कह रहे थे। बस अगले हफ़्ते लड़का आ रहा है। उसके माता-पिता को चलने में तकलीफ़ होती है तो हमने गुड़गांव के ही रेस्टोरैन्ट या मॉल में दिखाने का तय किया है।'

'जैसे भी करो, लड़के को जल्दी से लपेट लो। इतना पढ़ा लिखा, अच्छी नौकरी, इकलौती औलाद ऐसे लड़के बहुत कम मिलते हैं।'

'एक बार लड़का-लड़की को मिलवा दें, आपस में मोबाइल नम्बर एक्सचेन्ज कर लें, उसे पटाने का काम तो खुद प्रियंका ही बख़ूबी कर लेगी।' सरोज ने भरोसे से कहा।

जीजी बोलीं- 'लड़के के व्यवहार के बारे में भी कुछ मालूम कर लेतीं तो ठीक रहता।'

मौसी ने ऑंखें मटकाकर कहा- 'उसके व्यवहार को लाइन पर लाने की ट्रेनिंग तो सरोज ने दे ही रखी होगी, क्यों सरोजा? अपनी प्रियंका भी कोई कम होशियार थोड़े है।'

गप्पबाज़ी करते कब रात हो गई पता भी नहीं चला। मजलिस ख़त्म होने का कोई आसार न लगते देख जीजा जी ने होटल से खाना मंगवा लिया। दोनों बहनों ने मौसी से रात भर रुकने का आग्रह किया तो वह टाल न सकीं।

'तुमने तो मेरे दिल की बात कह डाली, चाहती तो मैं भी यही थी कि रात को यहीं रुक जाउं, अभी बातों से मन कहां भरा है।' फत्तो मौसी बोलीं।

जीजी ने जीजा को हांक लगाई- 'सुनो जी, आज तो आप दूसरे बैड रुम में जाइए। हम तीनों मास्टर बैड रुम में ही सोएंगी, हमारा सैशन तो देर रात तक चलेगा न। हां एक बात और, मौसी जी को आपके हाथ की चाय ही पसन्द है। कल सुबह दूध लाने के बाद हमें चाय बना के उठा देना प्लीज़।'

ऐसा मौका मौसी-भंजियों को बहुत कम मिलता है जब विचारों का आदान प्रदान कर सकें, हंसी ठट्ठा हो, रिश्तेदारों के कहानी किस्सों की बारिश हो और दुनियादारी का सबक भी मिलता रहे। यूं समझो कि मौसी जी की विज़िट से कुन्बे के समाचारों का अपडेट मिलता है और रोज़ाना की *बोरिंग रुटीन* ज़िन्दगी में नया रंगोल्लास भर जाता है। बहनों की ख़ुशनसीबी कि भगवान ने उनकी किस्मत में ऐसी लल्लनटॉप मौसी लिखीं।

समाप्त

हजामत

\- ८:०० मिनट -

१.

स्मार्ट और चुस्त दिखना है तो रोज़ाना शेव करना ज़रुरी हो जाता है। पुरुषों को चेहरा खुरचने की यह ज़हमत उठानी ही पड़ती है, क्या करें मजबूरी है। हां रिटायरमैन्ट के बाद, उम्र बढ़ने पर रोज़ाना न कर के एक-दो दिन का अन्तराल दे दिया जाता है।

मेरे पिता जी जब तक ६४-६५ वर्ष के थे, सप्ताह में एक बार अवश्य शेव करते थे, या फिर ख़ास मौकों पर, तीज-त्यौहार आदि पर भी कर लेते थे। उनको नाई से हजामत करवाना नापसन्द था, लिहाज़ा स्वयं ही करते थे। उम्र और बढ़ने पर वह स्वयं शेव करने में असमर्थ हो गए तो नई समस्या खड़ी हो गई। खुद कर नहीं सकते, नाई से करवाने को तैय्यार नहीं। मैंने सोचा कि मैं ही कर दूं, पर मुझे करने में डर लगता था, कहीं ग़लती से कट न जाए, अब करें तो क्या करें।

बहुत जिद्दो-जहद के बाद आख़िरकार हम उन्हें नाई से हजामत बनवाने के लिए राज़ी कर पाए। बहुत सी शर्तें रखी गईं, जैसे कि- 'नाई तमीज़दार होना चाहिए, बहुत धीमे-धीमे, आराम से हाथ चलाए, हबड़-तबड़ न करे। कहीं भी कटना नहीं चाहिए, और जब भी मैं रुकने को कहूं एकदम रुक जाए। अगर मेरी बात नहीं मानेगा तो हजामत नहीं करवाउंगा, उसे घर से भगा दूंगा।'

मैंने पापा जी को पूरी तसल्ली दे आश्वस्त किया कि जैसा आप कह रहे हैं, हजामत बिल्कुल उस तरह से ही करी जाएगी। फिर सोचा क्यों न शेव के साथ-साथ हेयर कट भी करवा दिया जाए। पापा जी का कहना था- 'अरे एक साथ दो-दो काम कैसे हो सकते हैं, बीच में ब्रेक होना चाहिए, दोनों काम में एक आध घन्टे का अन्तराल तो होना ही चाहिए। अन्ततः कुछ बहस, सवाल-जवाब और अनुनय विनय करने के बाद दोनो काम एक साथ करवाने पर उनको मनवाने में हम कामयाब हो ही गए।'

उनकी सारी बातें मान कर अब एक नाई की तालाश शुरु हुई। कई दुकानों पर गया, कोई भी नाई अपनी दुकान छोड़ कर आने को तैयूयार नहीं हुआ। सब व्यस्त थे, न तो काम की कमी थी और न ही कोई कारीगर उपलब्ध था। जो तैयूयार भी हुए वह दुकान बन्द करने के बाद रात ९ बजे आने को राज़ी थे पर पापा जी केवल सुबह करवाना चाहते थे। पता चला कि डॉक्टर की तरह नाई भी हाउस-विज़िट के अलग से पैसे लेते हैं। बहुत मान-मुनव्वल के बाद, उनकी उम्र का हवाला देने पर एक दुकानदार सुबह के समय घर पर अपना कारीगर भेजने को राज़ी हुआ। हेयर-कट व शेव चार्ज के अलावा हाउस-विज़िट के अलग से २०० रुपए देना तय हुआ।

ग़नीमत हुई चलो कोई तो तैयूयार हुआ। दिन व समय निश्चित कर मैं कारीगर को घर लाया। उसका नाम नदीम था, करीब १५-१६ वर्ष का रहा होगा, देखने में तो वह नौसिखिया जैसा लग रहा था, परन्तु कोई और विकल्प न होने की वजह से उससे ही काम करवाना पड़ा।

कारीगर छोटा बालक तो था, परन्तु था होशियार और समझदार। शेव करने के लिए उसने जैसे ही शेविंग क्रीम निकाली तो पापा जी ने कहा- 'अरे यह क्रीम-व्रीम मुझे नहीं चाहिए, यह सब फ़ालतू की चीज़ें हैं। कोई सादा सा शेविंग साबुन लगाओ न।'

'बाबा जी इस क्रीम से बहुत ज़्यादा झाग बनेंगे, इसकी ख़ुशबू भी मस्त है।'

'न तो मुझे झाग चाहिए और न ही ख़ुशबू, बस बढ़िया सी हजामत बना दो।'

मैंने कहा- 'पापा जी यह बढ़िया वाली शेविंग क्रीम है, इससे ही करवा लीजिए।'

'न न यह सब वाहियात चीज़ें हैं, हजामत करने में मुंह पर झाग का पहाड़ खड़ा करने का क्या मतलब हुआ, बड़ी-बड़ी कम्पनियां *कौमर्शलाइज़ेशन* कर के लोगों को बेवकूफ़ बनाती हैं और लोग बनते हैं।'

हमारी बातचीत सुनकर कारीगर मुस्कुरा रहा था, बोल ही पड़ा- 'बाबा जी बिल्कुल ठीक कह रहे हैं। शेव करने का फ़ंडा तो यह है कि पानी बालों को मुलायम करता है और ब्लेड काट देता है, बस हो गई शेव। साबुन तो ब्लेड को केवल मुलायमियत से फिसलने में मदद करता है। कोई भी सादा सा साबुन लगा लो, बढ़िया सी शेव बन जाती है।'

'साहब जी एक बात और है, मुंह को अगर झाग से ढक देंगे तो मुंह पर मुंहासे, कीलें आदि के कट जाने का अन्देशा रहता है, जबकि हल्का सा साबुन लगाने से मुंह के कील मुंहासे दिखते रहते हैं और उन्हें कटने से बचाया जा सकता है।'

'अरे वाह तुम तो बहुत समझदारी की बात कर रहे हो, बिल्कुल सही कहा है

तुमने।' पापा जी कारीगर की बात से खुश हो गए।

कारीगर बोलता रहा- 'असलियत तो यह है कि कम्पनियां साबुन में अच्छी सी खुशबू डालकर, बढ़िया सी पैकिंग कर देती हैं और हल्ला मचाती हैं कि इससे बहुत स्मूथ शेव होती है। स्मूथ शेव तो नमी और तेज़ ब्लेड से होती है। काम करे कोई, नाम किसी और का हो। लोगों के पास फेंकने के लिए फ़ालतू पैसा है जो इतनी महंगी शेविंग क्रीम ख़रीदते हैं।'

मैंने दलील दी- 'लेकिन तुम भी तो अपनी दुकान में लोगों के लिए मंहगी वाली शेविंग क्रीम का ही इस्तेमाल करते हो?'

'क्या करें साहब हमारी भी तो मजबूरी है। महंगी क्रीम के खूब सारे झाग से मुंह ढक दो तो ग्राहक खुश हो जाते हैं 'वाह क्या खुशबू है, क्या बढ़िया शेव की है।' यही काम कोई भी साबुन या शेविंग राउन्ड कर सकता है, पर ग्राहकों को ज़्यादा पैसे खर्च किए बिना तसल्ली नहीं होती। हमें भी तो अपनी दुकान चलानी है सर जी। महंगी क्रीम इस्तेमाल नहीं करेंगे तो हमारे पास आएगा कौन? सारी कीमत ग्राहक से ही तो वसूलते हैं, ग्राहक भी खुश और हम भी खुश।'

उसके हाथ बहुत सधे हुए थे और बहुत इत्मीनान व कुशलता से उसने दोनों काम कर दिए। पापा जी उसके व्यवहार से बहुत प्रसन्न हुए, हमें हिदायत दी कि हर बार इसे ही बुलाया जाए। मैं हैरान था, उस बच्चे की सटीक कारीगरी से और उसकी समझदारी से भी। वह केवल छटी कक्षा तक पढ़ा था, परन्तु अपने काम- धन्ध ो की कितनी समझ रखता था। उसका काम देखकर यकीन हो गया कि उसने जायज़ पैसे ही लिए थे।

मुझे याद है जब मैं नवयुवक था, मेरे मामा जी समझाते थे कि स्मूथ शेव पाने के लिए शेविंग क्रीम का कोई रोल नही होता। इसके के लिए कोई भी साधारण सा साबुन ले लो, आराम से शेव हो जाती है। जो बात वह कारीगर १६ वर्ष की आयु में जानता था, वह बात इतनी उम्र में मेरी समझ में आई।

२.

यह थी हजामत जो नाई बनाता है, लेकिन न जाने कितने और लोग भी हमारी हजामत बनाते रहते हैं। हमारे समाज में हजामत बनाने वालों की कमी नहीं है, हर कदम पर हमारा सामना एक से एक बड़े हज्जाम से होता है। इन हज्जामों से हमें बचकर रहना चाहिए क्योंकि इनकी मार बहुत मोटी होती है।

क्या बिल्डर, ठेकेदार, फाईनैन्सर और क्या बड़े-बड़े दुकानदार सब अपने ग्राहकों की जमकर हजामत बनाते हैं। जौहरी, सुनार, ब्रोकर और वकील हमारे परम हितैशी बनकर हमसे नाता जोड़ इतनी सफ़ाई से हमारी जेब साफ़ कर देते हैं कि हमें पता भी नहीं चलता। मोटर पार्टस्, हार्डवेयर पेन्ट्स आदि में इतना मार्जिन होता है कि ग्राहक सोच भी नहीं सकते।

लेकिन यह होता कैसे है, कभी सोचा है क्या? आइये देखते हैं कैसे।

उत्पादक कम्पनियां पैकिंग पर अपने उत्पाद का दाम अर्थात एम.आर.पी वास्तविक सेल-प्राइस से बहुत बढ़ा-चढ़ा कर लिखते हैं। कम्पनियों द्वारा जारी की गई प्राइस लिस्ट, जिसके आधार पर ग्राहकों को सामान बेचा जाता है, उसमें भी दाम अत्यधिक बढ़ा कर दर्शाया जाता है। उदाहरण के लिए यदि ५ लिट्र पेन्ट के डिब्बे का सेल रेट १२०० रुपए है तो उसका एम.आर.पी. १२०० न लिखकर १८००-१९०० तक प्रिन्ट किया जाता है। उनकी नीति यह है कि ग्राहक आख़िर कितनी सौदेबाज़ी करेगा। १५०० में या १६००, जहां भी ग्राहक फंसेगा, दुकानदार की मोटी कमाई तो निश्चित ही है। इस चाल से कम्पनियां अपने डीलर को लूटने का खुल्लम-खुल्ला मैदान हाज़िर कर देती हैं। कम्पनियों की प्लान साफ़ है- 'हम तुम्हें इतना बड़ा मार्जिन, कमाने का मौका दे रहे हैं, जैसा ग्राहक देखो वैसा उसे काट लो। एम.आर.पी की लूट है, लूट सके तो लूट।'

यह उत्पादक और दुकानदार की आपसी फ़ायदेवाली योजना होती है जिसका शिकार हिन्दुस्तान का आम नागरिक रोज़ाना होता है। इस प्रकार एम.आर.पी. बेतहाशा बढ़ाकर लिखना एक प्रैक्टिस ही बन चुका है। इस खुलेआम धोखेबाज़ी से जनता को बचाने के लिए सरकार की ओर से कोई भी क़दम नहीं उठाए गए हैं। यह गोरखधन्धा ज़ोरों से चल रहा है, जनता की जेब काटी जा रही है, और व्यापारियों के पौ बारह।

अफ़सोस की बात तो यह है कि आम जनता उत्पादक कम्पनियों व डीलर व्यापारियों की इस सांठगांठ से अनभिज्ञ हैं। उपभोक्ताओ के हितों की रक्षा के लिए कानून तो बनाए गएं हैं, परन्तु कानून धार-दार नहीं हैं। देश में उपभोक्ता कानून में ख़ामिया हैं, सरकारी कर्मचारी कानून का *एनफ़ोर्समैन्ट* बहुत लचर तरीके से करते हैं और बेचारा ग्राहक निरन्तर व्यापारियों की बेईमानी का शिकार होता रहता है।

ऑनलाईन शौपिंग से इस पर काफ़ी हद तक लगाम लग पाई है, यह *डिजिटाइज़ेशन* की बहुत बड़ी उपलब्धि है। परन्तु भारत का ऐक बहुत बड़ा तबका *डिजिटाइज़ेशन* के लाभ से अभी भी वंचित है, य फिर असहज होने की वजह से इस सुविधा का उपयोग

नहीं करता। लेकन वह समय दूर नहीं है जब इस गोरख- धन्धे का अन्त होगा और उमभोक्ताओं को उचित मूल्य पर सामान मिल पाएगा।

एक उदाहरण दवा विक्रेताओं का ही देख लीजिए। आज से करीब ६-७ वर्ष पहले कोई भी रिटेल दवा विक्रेता एम.आर.पी. से एक पैसा भी कम नहीं करते था, कहते थे- 'हमारा मार्जिन तो बहुत कम होता है जी।'

बहुत ज़ोर देने पर रेगुलर ग्राहकों को मुश्किल से २ से ३ प्रतिशत डिस्काउंट भी एहसान दिखा कर देते थे। जब से ऑनलाइन दवा विक्रेता आए हैं, कम्पीटीशन बढ़ा, स्पर्धा बढ़ी, और ऑनलाइन दवा विक्रेताओं ने १८ से २० प्रतिशत तक डिस्काउंट देना शुरु कर दिया। नतीजा यह कि लोगों ने ऑनलाइन ख़रीदना शुरु कर दिया।

इसका इतना अनुकूल प्रभाव हुआ कि हर गली मौहल्ले, व बाज़ार के दवा विक्रेताओं ने भी २० से २२ प्रतिशत तक डिस्काउंट देना शुरु कर दिया। क्या दवा विक्रेता जवाब दे सकते हैं कि अब मार्जिन कहां से आ रहा है। बिल्कुल साफ़ है कि दवा विक्रेता जनता को लूट रहे थे और अब उनकी पोल खुल चुकी है। यह *डिजिटाइज़ेशन* का ही लाभ है कि अब दवा विक्रेता ढोल पीटकर, बड़े-बड़े इश्तहार देकर, कॉलोनियों में पैम्फ़लेट्स बंटवा कर २५ प्रतिशत तक भी डिस्काउन्ट ऑफ़र करते हैं। असलियत सबके सामने आ गई कि दवा विक्रेता सदियों से बहुत मोटा मार्जिन कमा रहे थे।

ऐसा नहीं है कि उसूलों पर चलने वाले व्यापारी नहीं होते। होते तो हैं, परन्तु न के बराबर। अभी हमारे देश में कॉरपोरेट कल्चर, उपभोक्ता की सेवा व सुनवाई का कल्चर प्रारम्भिक स्टेज पर ही है। ऐसे लुटेरे हज्जामों से भारत की जनता को बचाने के लिए सरकार को इस प्रकार की गतिविधियों के विरुद्ध 'अनुचित व्यापार व्यवहार अधिनियम' के तहत उचित कार्यवाही करनी चाहिए।

समाप्त

***

www.ingramcontent.com/pod-product-compliance
Lightning Source LLC
LaVergne TN
LVHW100402181026
850499LV00037B/560
* 9 7 8 9 3 5 6 8 4 6 6 2 3 *